RALF STRACKBEIN

Tristan Irle
Der Bienenstich

In dieser Reihe bereits erschienen:

Tristan Irle und der Rubensmord; Tristan Irle - Eine Leiche auf der HTS; Tristan Irle - Mord Pur; Tristan Irle - Die Abseitsfalle; Tristan Irle - Das sexte Gebot; Tristan Irle und das Rathauskomplott; Tristan Irle - Der Braumeister; Tristan Irle - Gegen den Strich; Tristan Irle - Tödliche Doktorspiele; Tristan Irle - Siegener Maskerade; Tristan Irle - Eisenhart; Tristan Irle - Die Fürstenjagd; Tristan Irle - Lokalzeit; Tristan Irle - Baum fällt!; Tristan Irle - Die zitternden Tenöre; Tristan Irle - Der Killersteig; Tristan Irle - Locht ein!; Tristan Irle hat Lampenfieber; Tristan Irle und der Grabräuber; Tristan Irle - Wo ist Marlowe?

Außerdem erschienen:
Der Billy-Code, Mord im schwedischen Möbelhaus

Der Autor:

Ralf Strackbein studierte Literaturwissenschaft, Politikwissenschaft und Angewandte Sprachenwissenschaft. Er beendete sein Studium erfolgreich als Magister of Arts (Magister Artium). Der ausgebildete Technische Zeichner holte auf dem zweiten Bildungsweg sein Abitur nach und schrieb während des Studiums als Freier Mitarbeiter Reportagen und Filmkritiken für eine große Tageszeitung. Gegen Ende des Studiums veröffentlichte er seinen ersten Kriminalroman „Tristan Irle und der Rubensmord". Die Romanreihe umfasst mittlerweile 20 Tristan-Irle-Krimis. Nach dem Studium arbeitete Ralf Strackbein als Pressereferent in Frankfurt am Main, bis er sich 1996 als Presse- & PR-Berater selbstständig machte. Der Autor lebt in Siegen.

Ralf Strackbein

Tristan Irle

Der Bienenstich

Ein Siegerländer Kriminalroman

Magolves-Verlag
Siegen

Deutsche Erstveröffentlichung
1. Auflage
Oktober 2011
Magolves-Verlag, Siegen
Copyright © by Ralf Strackbein, 2011
Umschlag-Gestaltung: Michaela Herbst
Satz und Buchherstellung:
Vorländer GmbH & Co. KG, Siegen

ISBN: 978-3-935378-31-4

Das Buch wurde auf chlorfrei gebleichtem Papier gedruckt.

Zum Buch:

Der Verfasser unserer Nationalhymne August Heinrich Hoffmann von Fallersleben schrieb 1843 das Kinderlied „Biene" auch bekannt als „Summ, summ, summ". Als von Fallersleben dieses Lied schrieb, lebte er in einer Zeit, die die Historiker den deutschen Vormärz nennen. Eine Zeit, die so turbulent und unstetig empfunden wurde, wie die unsere heute.

Also, dachte ich mir, wäre es doch angebracht, dass Tristan Irle dem hektischen Treiben entflieht und sich ein paar Tage Ferien gönnt. Und wo könnte der Privatdetektiv besser Ferien machen als bei seiner Freundin Helga. Die ersten warmen Sonnenstrahlen, eine leichte Brise, die über die Ginsberger Heide streift und natürlich die ersten summenden Bienen, ganz so wie im Kinderlied:

Summ, summ, summ!
Bienchen summ herum!
Kehre heim mit reicher Habe,
Bau uns manche volle Wabe,
Summ, summ, summ!
Bienchen summ herum!

Es hätte alles so friedlich sein können, dumm nur, dass selbst in der schönsten Idylle etwas Schreckliches passieren kann.

Natürlich ist diese Geschichte Fiktion und alle beschriebenen Charaktere sind erfunden. Jede Ähnlichkeit mit realen Tatbeständen, lebenden oder juristischen Personen, Örtlichkeiten, Körperschaften, Unternehmen, Gesellschaften oder Organisationen, natürlichen und übernatürlichen Hierarchien, ist rein zufällig.

Siegen, September 2011
Ralf Strackbein M.A.

Kreis Siegen-Wittgenstein

Übersichtskarte

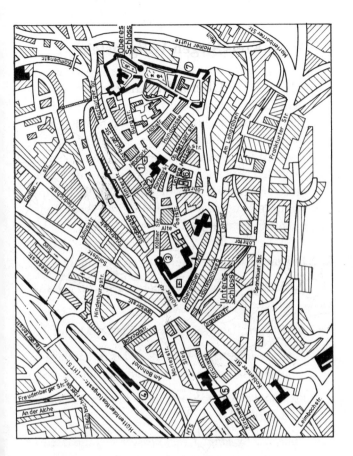

1 Nikolaikirche
2 Rathaus I und Marktplatz
3 Dicker Turm mit Glockenspiel
4 Hauptbahnhof
5 Landgericht
6 Marienkirche und Tristans Zuhause
7 Schlosspark

Vorbemerkung:

Dieses Verzeichnis von Personen, die sich mehr oder weniger in das Geschehen einmischen, soll dem Leser (der Leserin) eine praktische Hilfe sein. Das Verzeichnis ist als Vereinfachung und nicht als Täuschung gedacht. Da der Leser (die Leserin) höchstwahrscheinlich bei der geheimnisvollen Jagd nach dem Mörder den einen oder anderen Charakter aus dem Auge verliert, empfiehlt der Autor, des Öfteren dieses Verzeichnis zu konsultieren.

Die mehr oder weniger aktiven Personen:

Paul Nöll, Imker, Ortsvorsteher und das bedauerliche Opfer.

Lea Ruppert, Übersetzerin und Maries Mutter.

Marie, neunjähriges Mädchen, das in Latzhosen und Ringelsöckchen alles andere als brav ist.

Recarda Bolz, Fotografin und in den Wäldern unterwegs.

Annegrete (genannt Anne) Weisgerber, Innenarchitektin und verheiratet mit Jens.

Jens Weisgerber, Architekt und Imker, verheiratet mit Anne, tut alles für seine Bienen.

Liselotte (genannt Lotte) Weisgerber, alleinstehend und Organisatorin der Straßensanierungsaktion.

Thilo Niemayer, Koch in Helgas Pension und Bruder von Holger.

Holger Niemayer, Künstler und Bruder von Thilo.

Helga Bottenberg, die Gastgeberin auf dem Giller.

Tristan Irle, Privatdetektiv und Helgas Lebensgefährte.

Norbert Pfeiffer, Hauptkommissar und erfolgreicher Schütze.

Werner Holzbaum, Kommissar mit Hochdruckproblemen.

Arne Affolderbach, Jungkommissar unter Pfeiffers Fittichen mit ungewöhnlicher Wortwahl.

Otto Otterbach, Landrat und stolz auf seine Bürger.

Friedrich Büdenbender, Staatsanwalt.

Marlowe, Kakadu auf Streifzügen

1. Die ersten Sonnenstrahlen ...

Freitagmorgen

Die ersten Sonnenstrahlen durchbrachen den Nebelwall genau um halb neun. Paul Nöll notierte die Uhrzeit und das Datum gewissenhaft in ein abgewetztes Notizbuch.

In dem Notizbuch standen bereits eine Menge Zahlenreihen. Für Paul dokumentierten sie die Klimaveränderung in den letzten zwanzig Jahren, genau für diesen Ort. Er stand am Rand einer großen Streuobstwiese, die sich entlang der Eisenstraße über sanfte Hügel ausbreitete. Nicht weit von ihm entfernt lag die „Siedlung Lützel", die zur Ortschaft Lützel gehörte. Ein paar Meter hinter Paul wuchsen Brombeeren um einen alten Schuppen. Die Tür des Schuppens stand offen und knarrte leise, als die erste leichte Brise über den Bergkamm wehte.

Paul Nöll strich sich durch das dünne Kopfhaar. Mit Ende fünfzig war dieser genetisch bedingte Haarverlust das einzige Indiz für sein Alter. Der Ortsvorsteher des kleinen Dorfes Lützel wirkte ansonsten ausgesprochen agil und voll Lebensenergie auf seine Mitmenschen. Die kräftige Statur und ein sicherer Gang unterstützten diesen Eindruck. Sein gebräuntes Gesicht und ein kräftiger Händedruck ließen ihn jünger erscheinen, als er wirklich war.

Paul betrachtete den Nebelwall, der sich wie ein dickes Betttuch über ihn gelegt hatte.

»Jetzt wird es nicht mehr lange dauern«, murmelte Paul, »dann bricht die Sonne durch.«

Er klappte das Notizbuch zu und ging zum Schuppen. Diesen Weg ging er jetzt schon sein ganzes Leben lang fast täglich. Sein Vater hatte den Schuppen gebaut, und seit Paul gehen konnte, war er mit ihm an diesen Ort gekommen. Irgendwann hatte Paul den Schuppen übernommen und mit dem Schuppen auch die zahlreichen Bienenvölker, die in Bienenkästen unweit des Schuppens standen. Paul war Imker.

Es war Ende Mai und allen seinen Bienenvölkern ging es prächtig. Seit den ersten warmen Sonnenstrahlen schwärmten die Arbeiterbienen aus und sammelten Blütenpollen und Nektar. Dabei bestäubten sie Pflanzen und Bäume. Vielen Menschen war die Bedeutung der kleinen Brummer gar nicht mehr bewusst. Sie sahen in den Bienen lästige Insekten, die ihnen das Picknick im Freien vermiesten. Dabei hing die Obsternte unmittelbar mit dem Treiben der Bienen zusammen. Studien hatten bewiesen, dass der Ernteertrag und die Qualität des Obstes mit der Intensität der Bienenbestäubung zusammenhing.

Paul wusste das natürlich, und da seine Bienenvölker gleich neben einer großen Streuobstwiese zu Hause waren, konnte er diese Studien jedes Jahr aufs Neue belegen. Der Ortsverwalter erreichte den Schuppen und keilte einen Stein unter die Tür, damit sie offenblieb. Der Schuppen besaß kein Fenster. Dafür hatte damals das Geld nicht gereicht. Trotzdem hatte sein Vater nicht an Platz gespart und das nötige Licht drang durch die großzügige Tür bis in die hinterste Ecke des Schuppens. An der rechten Wand befanden sich zahlreiche Regalbretter, auf denen Gläser, Handwerkszeug und Holzleisten lagen. Entlang der linken Wand standen zusammengestellte Holztische und bildeten so etwas wie eine lange Werkbank. Mit vier dicken Gewindeschrauben war ein alter Schraubstock auf einem der Tische befestigt. Einige Rauchbläser, die wie überdimensionierte Pfeifen aussahen, standen neben dem Schraubstock. An der Wand über der Werkbank hingen Holzsägen griffbereit neben unterschiedlich langen und breiten Holzmeißeln. Auf der Werkbank schimmerte das Weiß eines Hutes mit Schleier in der Morgensonne. Daneben stand ein offenes Glas Honig, und auf einem Teller lagen mehrere Brotscheiben. Paul zückte ein Taschenmesser und schmierte Honig auf das Brot. Genüsslich biss er zu und aß alles auf. Dann setzte er sich den Hut auf und nahm einen der Rauchbläser in die Hand.

Er ging zu einer Kiste, in der er sein Imkerwerkzeug aufbewahrte. Dort lagen Abkehrbesen, mit denen er die mit Honig gefüllten Waben von Bienen befreien konnte, ohne die Tiere zu verletzen. Er nahm einen der Besen heraus und verließ den Schuppen.

Die Sonnenstrahlen drangen bereits auf breiter Front durch den Nebelwall. Die stärker werdende Brise tat ihr Übriges, um den Nebel nach und nach aufzulösen. Paul schritt am Schuppen vorbei und folgte einem kleinen Trampelpfad. Weitere Brombeerbüsche säumten den Pfad bis zu einer kleinen Lichtung, auf der sechs große Holzkästen nebeneinander aufgereiht standen. Jeder dieser Holzkästen war ein künstlicher Bienenstock. Ihr Inneres war so ausgelegt, dass die Bienen sich wie in einem hohlen Baum zu Hause fühlten. Der Imker konnte so problemlos an den hochwertigen Honig gelangen.

Paul hörte das Summen der Bienen, als er auf den ersten Bienenstock zuging. Ihm fiel sofort das Kinderlied von August Heinrich Hoffmann von Fallersleben ein:

Summ, summ, summ!
Bienchen summ herum!
Ei, wir tun dir nichts zuleide,
Flieg nur aus in Wald und Heide!
Summ, summ, summ!
Bienchen summ herum!

Der Imker kontrollierte den Sitz seines Hutes und ließ den Schleier herunter. Dann zündete er den Rauchbläser an. An dem Schleier befand sich zu diesem Zweck eine Öffnung. Als der Rauchbläser eine kräftige Qualmwolke von sich gab, stellte er ihn beiseite und öffnete den ersten Bienenstock. Vorsichtig nahm er den Magazindeckel herunter, der den Bienenstock abdeckte. Nun konnte er die zahlreichen Rähmchen erkennen, die in den Bienenstock eingelassen waren. Ein dünnes Absperrgitter hinderte die Insekten daran, aus dem Stock zu entkommen. Er löste vorsichtig das Gitter und hob es aus dem Magazin. Augenblicklich schwirrten die Bienen aus. Paul nahm den Rauchbläser in den Mund und pustete Rauch über den Bienenstock. Die Bienen verteilten sich und Paul konnte einen der Rahmen herausnehmen. Der Holzrahmen war mit einer großen Wabe gefüllt, auf der es von Bienen wimmelte. Mit dem Abkehrbesen strich er vorsichtig über die Wabe. Die Bienen flogen entweder weg oder landeten im Bienenstock, um sich mit einer anderen Wabe zu beschäftigen.

Paul nahm den Hut ab und betrachtete zufrieden die mit Honig gefüllte Wabe. Plötzlich wurde ihm schlecht. Er musste sich augenblicklich übergeben, dann begann sein Herz zu rasen.

2

Helga Bottenberg überprüfte ihre Einkaufsliste, die sie auf einen schmalen Kellnerblock notiert hatte. Die jugendlich wirkende Frau strich sich eine ihrer störrischen Locken aus dem Gesicht und murmelte: »Irgendetwas habe ich noch vergessen?!«

Sie blickte von der Einkaufsliste auf und sah in eine vollgestopfte Vorratskammer. Die Regale waren mit unterschiedlichen Lebensmitteln gefüllt. Dort standen Marmeladengläser mit selbst gemachter Marmelade, Dutzende Nudelpäckchen, einige volle Zucker- und Salzbehälter, Dosenmilch und vieles mehr, was man für den täglichen Bedarf einer Pension mit Restaurant benötigte. Die frischen Lebensmittel lagerten nebenan in einem Kühlraum, der nicht ganz so groß war wie dieser. Helga kontrollierte die Regale, dann sah sie eine Lücke und seufzte zufrieden.

»Honig, den hätte ich fast vergessen.« Sie notierte „Honig" auf die Liste und schloss den Vorratsraum. Kurz bevor die Tür ins Schloss glitt, hielt sie plötzlich inne.

Ein scharrendes Geräusch veranlasste sie, die Tür nochmals zu öffnen.

»Mäuse?!« zischte sie.

Helgas Pension lag abseits jeden Dorfes, idyllisch gelegen auf einem Plateau mitten auf der Ginsberger Heide. Ihre Nachbarn bewegten sich vorwiegend auf vier Beinen um das Haus und gerne verirrten sich einige der kleineren Heidebewohner mal in den Vorratsraum.

Sie schaltete das Licht an und betrat den Raum auf Zehenspitzen. Das scharrende Geräusch verstummte nicht, was sie hoffen ließ, den Übeltäter auf frischer Tat zu erwischen. Leise ging sie weiter. Das Geräusch wurde lauter. Sie stand jetzt vor dem Regal, in dem sie vorwiegend Gebäck und Süßigkeiten aufbewahrte. Eine der Plätzchenpackungen bewegte sich auffällig. Mit einem mutigen Griff nahm Helga die Packung beiseite und starrte in zwei überraschte Knopfaugen.

16

»Marlowe«, rief sie, »sofort raus hier!«

Marlowe, ein weißer Kakadu, sträubte seinen Kamm und brabbelte: »Alte Brötchen. Saure Weine. / Ein Salatblatt. Guss und Beine. / Hunger nagt im Magen-Sektor. / Und er knurrt. Wie draußen Hektor.«

Sie hielt dem Vogel den Arm hin. Marlowe watschelte aus seinem Versteck und kletterte auf Helgas Arm und weiter hinauf zur Schulter.

»Hier drin hast du nichts verloren«, sagte sie scharf und verließ den Lagerraum.

Sie ging hinaus auf die Terrasse, wo ein einzelner Mann entspannt auf einer Bank saß und Zeitung las. Kleine blaue Rauchkringel stiegen in die Morgenluft, wurden nach kurzem Aufstieg von einer leichten Brise erfasst, wie Gummibänder auseinandergezogen, bis nichts mehr von ihnen übrig war.

Helga schritt schnell zwischen Terrassenstühlen und Tischen hindurch und blieb vor dem Mann stehen.

»Hm, hm«, brummte sie und starrte auf die Titelseite der aufgeschlagenen Zeitung, hinter der weitere Rauchkringel aufstiegen. Marlowe verfolgte unruhig wippend von Helgas Schulter aus die Szene.

»Tristan Irle!« schimpfte sie Bruchteile einer Sekunde später, da sie vergebens auf eine Reaktion des Mannes wartete. Für Helga fühlten sich die Millisekunden wie eine halbe Ewigkeit an. Tristan Irle hatte dagegen gar nicht mitbekommen, dass seine Lebensgefährtin ein klein wenig echauffiert vor ihm in Stellung gegangen war.

Vorsichtig senkte sich die Tageszeitung. Eine goldene Halbbrille, hinter der zwei lindgrüne Augen milde aufblickten, kam zum Vorschein. Ein freundliches Lächeln wuchs um das Ende eines Pfeifenmundstücks, während die Zeitung von Tristan Irle, Privatdetektiv, zusammengefaltet wurde.

»Helga!« sagte Tristan und nahm die Pfeife aus dem Mund. »Wo hast du Marlowe diesmal gefunden?«

»In der Vorratskammer«, zischte die Pensionsbesitzerin. »Wenn das Gesundheitsamt das mitbekommt, dann kann ich die Pension schließen.«

»Wegen Marlowe?« staunte Tristan.

»Ich sage nur Chlamydien!« Sie hob Marlowe von ihrer Schulter und setzte ihn auf die Lehne der Bank. »Du musst aufpassen!«

»Wie ist er in die Vorratskammer gekommen?« staunte der Detektiv. »Die Tür war doch verschlossen!«

»Ich habe keine Ahnung, Tristan!« stöhnte Helga. »Pass bitte auf! Ich muss los. Der Einkauf tätigt sich nicht von alleine.«

»Soll ich mitkommen?« fragte Tristan und stand auf.

»Nein, das mache ich besser allein«, antwortete Helga und blickte auf ihren Einkaufszettel. »Dann bin ich schneller.«

Tristan nickte enttäuscht.

Helga gab ihm einen sanften Kuss und sagte: »Bis später.«

Mit schnellen Schritten eilte sie davon.

Tristan setzte sich wieder und betrachtete Marlowe.

»Na, wie hast du das wieder geschafft?« fragte sich der Detektiv, während er die Pfeife ausklopfte und sie anschließend in seiner Strickjacke verstaute.

In dem Moment jagte ein rothaariges Mädchen um die Ecke. Es erkannte Tristan sowie Marlowe und blieb abrupt stehen. Sichtlich erleichtert blickte es den Kakadu an und trottete auf Tristan zu.

Der Detektiv musterte Marie, ein neunjähriges Mädchen, und fragte: »Hast du zufällig deinen Spielkameraden verloren?«

»Morgen, Tristan«, stöhnte Marie und nickte.

Marie war die Tochter von Lea Ruppert, einer guten Freundin von Helga. Ihre roten Haare hatte sie zu zwei Zöpfen geflochten. Obwohl Tristan Klischees zu vermeiden suchte, entsprach Marie in ihrem Wesen und Aussehen ganz dem literarischen Vorbild, das Astrid Lindgren vor Jahrzehnten geschaffen hatte. Marie trug eine weite Latzhose, die schon einiges mitgemacht haben musste bei all den bunten Flicken, die sie zusammenhielten. Ihr T-Shirt war mit Blümchen bedruckt, und an den Füßen trug sie zwei klobige Lederschuhe, die jedem Bachlauf trotzten. Ein Multifunktionswerkzeug lugte aus einer ihrer

Hosentaschen und ein paar Nägel drückten in der Brusttasche gegen den Stoff. Und noch etwas entdeckte der Detektiv: Ein paar Kekskrümel hatten sich in einem ihrer Zöpfe festgesetzt.

Marlowe krächzte vergnügt, als er Marie erkannte und flatterte zu ihr hinüber. Das Mädchen streckte sofort seinen rechten Arm aus, auf dem der Kakadu landete.

»Ihr habt euch nicht zufällig in Helgas Vorratskammer umgesehen?« fragte Tristan ernst.

Marie sah auf den Boden und nuschelte: »Marlowe hatte Hunger.«

»Da hast du ihn mit Keksen gefüttert«, meinte Tristan und zupfte sich langsam seine braune Stoffhose zurecht.

»Ja, die von Bahlsen«, antwortete Marie und sah Tristan an, »die mag er lieber als die von Leibniz.«

»Das hast du also schon herausgefunden«, staunte der Detektiv.

»Außerdem«, fügte sie schnell hinzu, »hat mir Helga erlaubt, wenn ich mal Hunger bekomme, mir was zu holen.« Sie seufzte: »Allerdings nur aus offenen Päckchen.«

»Und da hattest du Pech, weil kein Päckchen offen war.« Tristan sah sie freundlich an.

»Doch, eins war offen. Aber da waren nur noch drei drin. Also bin ich losgelaufen, um mir die Erlaubnis zu holen, noch eins aufzumachen.«

»Und Marlowe hast du in der Vorratskammer gelassen.«

Sie nickte. »Ging schneller so. Hab Helga aber nicht gefunden, und als ich zurückkam, war Marlowe verschwunden. Hat mich echt erschreckt, aber jetzt ist alles wieder gut.« Sie kraulte Marlowe an der Brust und grinste.

»Für die Zukunft - Marlowe darf nicht in die Vorratskammer, klar!« Er blickte sie streng an.

»Verstehe«, nuschelte sie, »wegen der Hygiene und so!«

Tristan nickte.

»Mama schimpft auch immer, wenn ich Max auf dem Esstisch laufen lasse«, sagte sie altklug. »Als ob Max schmutzig wäre!«

»Wer ist Max?« fragte Tristan neugierig.

»Mein Molch«, grinste Marie, »und der sitzt den ganzen Tag im Wasser, sauberer kann man nun wirklich nicht sein.«

3

Hauptkommissar Norbert Pfeiffer blickte ungläubig auf das Schreiben in seiner Hand. Der Polizist stand in der Lobby des Kreispolizeigebäudes in Siegen-Weidenau.

»Was soll das?« fragte er einen jungen Mann, der ihm gegenüberstand.

»Herr Pfeiffer«, antwortete der junge Mann selbstbewusst und respektvoll, »meines Wissens hat Polizeidirektor Wilhelm Flender in diesem Schreiben Intention und Anleitung in populärer Syntax phrasiert.«

21

Pfeiffer, der einen guten Kopf kleiner war als sein Gegenüber, blickte zu dem jungen Mann auf. Seine Augen verengten sich hinter einer schlichten Nickelbrille.

»Herr Affolderbach«, begann Pfeiffer ruhig.

»Kommissar Affolderbach«, korrigierte der junge Mann und lächelte.

Aus Pfeiffers Mund zischten Laute, die an einen Dampfkessel erinnerten, dessen Druckventil kurz davor war, wegen Überlastung auseinanderzufliegen. Pfeiffer atmete tief ein. Er regulierte damit seinen in Fahrt gekommenen Puls so weit herunter, dass er in mehr oder weniger gelassener Tonlage erneut sagen konnte: »Kommissar Affolderbach, mich interessiert ganz und gar nicht, was in diesem Schreiben steht. Mein Vorgesetzter sitzt in der Dienststelle Hagen, nicht hier in Siegen!«

»Wenn Sie den Brief umdrehen würden«, erwiderte Affolderbach, »dann könnten Sie perzipieren, dass dieser Sachverhalt bereits berücksichtigt wurde.«

»Was?!« stieß Pfeiffer aus.

»Wenn Sie den Brief umdrehen ...«, wiederholte Affolderbach.

»Schon klar!« stieß Pfeiffer aus und wendete den Brief. »Das darf doch nicht wahr sein!« hallte es kurz darauf durch die Lobby.

Affolderbach sah den Hauptkommissar verwirrt an. »Der Sachverhalt ist doch a priori festgelegt.«

22

»Mann! Haben Sie ein Wörterbuch verschluckt?« knurrte Pfeiffer und knüllte den Brief zusammen. »Ich muss hier raus und eine rauchen«, stöhnte er und ließ Affolderbach in der Lobby stehen.

»Herr Pfeiffer?!« rief Affolderbach dem Hauptkommissar nach. »Wie soll ich denn jetzt agieren?« seufzte der junge Kommissar und wirkte ausgesprochen hilflos.

Die Szene wurde von zwei Polizeikollegen aus der Wache beobachtet. In der Kreispolizeibehörde befand sich gleich neben der Lobby die große Siegener Wachstelle. Durch eine breite Glasfront hatten Pfeiffers Kollegen die Begegnung verfolgt. Da aus Sicherheitsgründen Lobby und Wache getrennt waren, hatten sie die Auseinandersetzung nicht mithören können. Sie wussten deshalb nicht, was ihren Kollegen Pfeiffer so in Rage gebracht hatte. Ein schwergewichtiger Kommissar in Zivil mit einem freundlichen Bulldoggengesicht trat aus der Toilette.

»Du hast etwas verpasst, Werner«, grinste einer der Streifenpolizisten.

»So?!« Werner Holzbaum, Kommissar und Pfeiffers Partner, sah sich in der Wache um. »Hat Pfeiffer wieder scharf geschossen?«

»Nicht mit einer Kugel«, antwortete der Kollege und deutete auf Affolderbach, der immer noch da stand, als hätte man ihm die Schuhe auf dem

Boden festgeklebt. »Irgendwas wollte der von deinem Chef.«

»Der sieht aus, als ob er gleich weinen würde«, meinte der andere Kollege abfällig.

»Na ja«, überlegte Holzbaum laut, »er könnte auch über etwas nachdenken.«

»Dann müssen ihm aber seine Gedanken im Kopf wehtun«, erwiderte der Kollege. »So wie er das Gesicht verzieht.«

»Vielleicht steckt er in einem Dilemma«, meinte Holzbaum. »Na, mal sehen, ob ich ihm helfen kann.«

»Viel Glück«, scherzte der Kollege. »Wenn du Hilfe brauchst, wedle mit den Armen.«

»Danke, aber der wiegt doch höchstens sechzig Kilo«, antwortete Holzbaum. »Damit komme ich schon klar. Tag, meine Herren.«

4

Das Herzrasen ließ nicht nach. Paul griff in seine Hosentasche und suchte nach den Pillen, die ihm sein Arzt nach der letzten Herzattacke verschrieben hatte. Er fand sie nicht. Mit zitternden Händen setzte er den Rahmen in das Magazin zurück. Ihm wurde schwindelig und sein Mund fühlte sich trocken an. Er musste unbedingt seine Pillen einnehmen. Vielleicht hatte er sie im Schuppen liegen gelassen. Langsam wandte er sich von den Bienenstöcken ab und schleppte sich in Richtung Schuppen.

Mit schweren Schritten kämpfte er sich an den Brombeersträuchern vorbei. Sein Unterbewusstsein sagte ihm, dass sich irgendetwas anders anfühlte als bei seiner ersten Attacke. Ihm wurde bewusst, dass er es nicht mehr bis zum Schuppen schaffen würde. Angst ergriff ihn. Hastig suchten seine Hände nach dem Handy.

Helga hatte ihren Einkaufszettel so organisiert, dass sie mit optimalem Zeitaufwand die Dinge erledigen konnte. Als Erstes war sie zu Bauer Hubert gefahren, um sich zu vergewissern, dass er die gewünschten Mengen Damhirsch liefern würde. Von Huberts Bauernhof führte sie der Weg zu Tante Hilde, die sie mit frischen Eiern versorgte. Tante Hilde war nicht ihre wirkliche Tante. Die Gute wurde nur von jedem, der sie kannte, so genannt.

Tante Hilde unterhielt nahe der *Siedlung* eine kleine Hühnerfarm. Eigentlich war es eine großflächig eingezäunte Wiese mit einem Hühnerschuppen. Sie sammelte jeden Morgen die frischen Eier ein und verkaufte sie in einem kleinen Verkaufsraum, den sie sich zu Hause im Dorf eingerichtet hatte. Von dort fuhr Helga nach Hilchenbach, um hier die nötigen anderen Dinge zu kaufen. Als sie sich wieder auf den Rückweg machte, füllten Einkaufstaschen den Kofferraum des kleinen Fiats. Jetzt musste sie nur noch bei Paul vorbeifahren, um ein paar Gläser Waldhonig zu kaufen.

Sie steuerte durch Vormwald den Berg hinauf in Richtung Lützel. Der Nebel hatte sich im Laufe des Vormittags vollständig aufgelöst. Sie bog auf die B 62 unterhalb der Ginsburg und beschleunigte den Fiat so schnell es ging. An dieser Stelle der B 62 schossen die Motorradfahrer über den Asphalt, als wären sie aus einer Kanone abgefeuert worden. Die Biker liebten die kurvenreiche Straße und gaben bereits hinter dem Örtchen Afholderbach mächtig Gas. Helga sah aufmerksam in den Rückspiegel, aber keines der dröhnenden Zweiräder ließ sich blicken.

Die digitale Uhr im Armaturenbrett zeigte 10 Uhr an, da würde Paul bestimmt bei seinen Bienen, nahe der *Siedlung Lützel*, zu finden sein. Helga kannte die Gewohnheiten des Ortsvorstehers wie fast jeder der anderen Dorfbewohner auch. Es gab kaum Geheimnisse, wenn man in einem Ort lebte, der nur aus einer überschaubaren Anzahl von Häusern und Familien bestand. Dies traf auch auf die Bewohner der *Siedlung Lützel* zu. Diese Siedlung lag knapp 1,2 Kilometer vom Ortskern entfernt an der Eisenstraße. Sie war umgeben von dichten Fichtenwäldern, die die Siedlung vor dem stetig wehenden Wind schützten.

Helga erreichte die großzügig angelegte Kreuzung vor dem Ortseingang und setzte den Blinker. Sie bog auf die Eisenstraße. Der Fiat hatte gerade mal ein paar Hundert Meter zurückgelegt, da tauchte auch schon das erste große

Schlagloch auf. Helga bremste den Wagen ab und umfuhr das Loch. Der über zweitausend Jahre alte Handelsweg war in einem erbärmlichen Zustand. Das hatte die Lützeler Bewohner nun endlich zu dem Schritt bewogen, etwas zu unternehmen. In einer beispiellosen Aktion wollten sie Teile der Straße selbst reparieren. Dazu war Geld nötig, und weil der Kreis und die Gemeinde davon so gut wie gar nichts übrig hatten, sollte ein großes Fest für Aufmerksamkeit sorgen. Helga war mit einem Gastronomiekollegen für das leibliche Wohl zuständig. Sie fuhr an einigen Baumaschinen vorbei, die am Straßenrand standen. Dann tauchten die ersten Häuser vor ihr auf.

Pauls Bienenstöcke standen etwas außerhalb der *Siedlung*, sodass Helga weiteren Schlaglöchern ausweichen musste, bevor sie in einen kleinen Waldweg abbiegen konnte. Nach einigen Hundert Metern stellte sie den Fiat neben Pauls Kombi ab und ging zu Fuß weiter.

»Paul!« rief sie, als der alte Schuppen vor ihr auftauchte.

Sie erkannte, dass einer der Bienenstöcke geöffnet war. Ein Imkerhut lag neben dem Bienenstock. Helga wunderte sich, dass der Imker nicht antwortete.

»Paul!« rief sie nochmals und ging vorsichtig weiter.

Dann fand sie den Ortsvorsteher im Gras liegen.

»Paul«, stieß sie entsetzt aus und eilte zu ihm.

5

Pfeiffer blies eine kräftige Rauchwolke in den blauen Himmel. Er stand vor dem Haupteingang der Kreispolizeibehörde an der vierspurigen Hauptstraße und blickte den vorbeifahrenden Autos nach.

»Was hat sich Flender dabei gedacht!« zischte er und sog kräftig an seinem Glimmstängel.

»Das bringt dich noch mal um«, sagte Holzbaum laut hinter ihm.

Ein lärmender LKW übertönte die Hälfte von Holzbaums Satz.

Pfeiffer drehte sich herum und schrie: »Ja, das bringt mich noch um!«

Holzbaum wich vor Pfeiffers intensivem Ausbruch zurück.

»Hast du den Brief gelesen?« brüllte der Hauptkommissar weiter.

»Äh, ich meinte was anderes«, erwiderte Holzbaum.

Wieder brummte ein LKW vorbei.

»Was? Ah, lass uns reingehen.« Pfeiffer drückte die Zigarette in einem Sandbecken aus, das man für die aussterbende Rauchergilde vor der Eingangstür aufgestellt hatte. »Hier versteht man sein eigenes Wort nicht.«

In der Lobby stand immer noch Arne Affolderbach und wartete.

»Hast du den Brief gelesen?« fragte Pfeiffer erneut und deutete auf Affolderbach.

28

»Nein, welchen Brief?!« Holzbaum blickte erst zu Pfeiffer, dann zu Affolderbach.

Pfeiffer reichte Holzbaum den zerknüllten Brief.

»Den da haben sie uns direkt von der Akademie auf den Hals gehetzt«, maulte der Hauptkommissar und deutete abfällig auf den jungen Kommissar.

Holzbaum winkte Affolderbach freundlich zu, was den angehenden Ermittler verwirrte, da sein Gehirn noch mit der Interpretation von Pfeiffers erster Geste beschäftigt war.

»Ein Neuling«, nickte Holzbaum, während er den Brief las. »Was ist daran so schlimm?«

»Na, Windeln wechseln etwa!« konterte Pfeiffer. »Der macht sich doch bei der ersten Leiche in die Hose.«

Holzbaum wollte den Hauptkommissar an dessen eigene erste Schritte erinnern, ließ es dann aber doch bleiben. Pfeiffer war mit einem quirligen Temperament zur Welt gekommen, das ihn gleich von der ersten Minute im Polizeidienst zu einem Jäger machte. Der Hauptkommissar dachte nur selten über den nächsten Schritt hinaus. Hatte sein Verstand einmal einen Übeltäter identifiziert, dann gab er Gas und das durchaus auch im wörtlichen Sinne. Ein Öltanker zwischen Klippen war leichter zu manövrieren als Pfeiffers Verstand. Selbst wenn offensichtlich eine falsche Spur verfolgt wurde, ignorierte Pfeiffer selbst sein Bauchgefühl, das ihm etwas anderes sagte.

Holzbaum entschied sich für eine andere Methode, seinen Chef zum Einlenken zu bringen.

»Sie hätten den armen Kerl auch Müller und Bauer geben können«, meinte er lapidar.

»Was! Den beiden Idioten!« zischte Pfeiffer. »Da wären die Steuergelder für seine Ausbildung besser in den Knast investiert worden.«

Holzbaum unterdrückte ein Lächeln. »Das kann man wohl sagen. Wer auf dem Revier kommt denn nur ansatzweise an deine Aufklärungsquote heran?«

»Niemand!« stieß Pfeiffer reflexartig aus.

»Ganz zu schweigen von den zahlreichen überführten Mördern«, fügte Holzbaum hinzu.

»Du sagst es!« nickte Pfeiffer.

»Also«, Holzbaum machte eine Pause, »so wie ich die Sache sehe, wollten die da oben, dass dieser Affolderbach bei dem Besten in die Lehre geht.«

Pfeiffer sah Holzbaum kritisch durch seine Nickelbrille an. Sein feindseliger Gesichtsausdruck begann sich um die Augen herum langsam aufzulösen. Schließlich grinste er und meinte: »So habe ich das noch gar nicht betrachtet.«

»Wie könnte man diesen Befehl denn anders betrachten?« fragte Holzbaum und wirkte überrascht.

»Du hast völlig recht.« Pfeiffer klopfte seinem Partner auf die Schulter. »Wie kann man das nur anders verstehen! Affolderbach! So heißen Sie doch!«

30

Arne zuckte zusammen. »Ja, Herr Pfeiffer.«

»Willkommen an Bord.« Pfeiffer reichte ihm die Hand. »Damit das klar ist: Sie unternehmen keine Alleingänge! Sie gehorchen aufs Wort! Und stehen niemals im Weg, klar!«

»Äh, ja«, nickte Arne, dem Pfeiffers plötzliche Wandlung unheimlich wurde.

Pfeiffers Handy klingelte.

Der Hauptkommissar wandte sich ab, was Holzbaum nutzte, um sich bei Affolderbach vorzustellen: »Werner Holzbaum. Willkommen!«

»Arne Affolderbach«, erwiderte der frisch gebackene Kommissar.

Pfeiffer beendete das Gespräch. »Männer, los! Wir haben Arbeit!«

6

Bienen schwirrten in erschreckender Anzahl über die kleine Lichtung. Tristan beobachtete die kleinen Insekten mit einem leichten Unbehagen. Er hatte das Gefühl, Pauls Schützlinge würden spüren, was mit ihrem Pfleger passierte. Zum Glück reagierte sein Körper nicht allergisch auf das Melittin, das als Hauptallergen im Bienengift zu finden war. Neben Tristan stand Helga, die immer noch besorgt dem Notarzt zuschaute, der sich um Paul kümmerte. Helga hatte den Imker nach ihrem Notruf in eine stabile Seitenlage gebracht. Da hatte Paul noch geatmet. Als sie nichts Weiteres für den Ortsvorsteher tun konnte, hatte sie Tristan angerufen und ihn gebeten, den Krankenwagen und den Notarzt zum Schuppen zu geleiten. Sie wollte so Zeit gewinnen, denn der Krankenwagenfahrer würde sie hinter dem dichten Bewuchs kaum finden. Tristan war eine echte Hilfe gewesen. Er hatte den Krankenwagen auf der Eisenstraße abgefangen und ihn samt Notarzt direkt zum Schuppen geleitet.

Nur gut, dachte Helga, während sie dem Arzt schweigend zuschaute, dass auf ihren Lebensgefährten Verlass war.

Der Notarzt kämpfte verbissen um Pauls Leben. Der Puls des Patienten wurde immer schwächer, schließlich setzte Pauls Herz aus.

»Den Defibrillator, schnell!« befahl er seinem Rettungssanitäter.

Er legte Paul auf den Rücken und zerschnitt die Oberbekleidung. Der Sanitäter reichte ihm die beiden Elektroden, die der Arzt auf den Brustkorb legte.

»Achtung! Los!« sagte der Arzt und dann zuckte Pauls Körper beim ersten Stromschlag. »Nochmal!« Wieder legte der Arzt die Elektroden an. Er wiederholte die Prozedur drei Mal, dann gab er auf.

»Nichts mehr zu machen«, seufzte er und stand auf.

»Was, glauben Sie, ist passiert?« fragte Tristan den Arzt.

»So wie es momentan aussieht, erlag Ihr Bekannter einem Herzinfarkt«, antwortete der

Arzt und zog ein Datenblatt aus seinem Arztkoffer.

»Beim letzten Mal ging es noch gut aus«, sagte Helga.

»Er hatte schon einen Infarkt?« fragte der Arzt und notierte die Information auf das Datenblatt.

»Vor drei Monaten erst«, antwortete Helga.

Der Arzt nickte.

»Bienenstiche habe ich keine vorgefunden«, erklärte er, »eine externe Gewalteinwirkung hat es auch nicht gegeben. Jedenfalls lassen sich im Moment keine äußeren Merkmale finden. Wie alt war er?«

»Ende fünfzig, genau weiß ich das aber nicht«, antwortete Helga.

Er notierte die Angaben in das Datenblatt und sammelte seine Sachen zusammen. »Wir verständigen die Behörden und lassen einen Wagen kommen, der ihn abholt.«

Helga nickte.

»Da es hier einen Toten gab«, erklärte der Arzt, »wäre es hilfreich, wenn Sie der Polizei noch zur Verfügung stehen würden.«

»Kein Problem«, nickte Helga. »Wir warten auf die Beamten. Aber hätten Sie eine Decke, um Paul zuzudecken?«

»Natürlich. Peter, hol bitte eine Decke.«

Der Sanitäter nahm seine Gerätschaften und ging zum Krankenwagen, um wenig später mit einer Decke zurückzukommen.

Pietätvoll deckte er Paul zu.

Die beiden Helfer verabschiedeten sich und verschwanden über den schmalen Pfad.

»Wie lange werden wir warten müssen?« fragte Helga traurig.

»Hab keine Ahnung«, seufzte Tristan.

»Wer passt eigentlich auf Marlowe auf?« Helga sah ihren Freund skeptisch an.

»Marie hat sich mit ihm angefreundet«, erzählte Tristan. »Sie hat Marlowe mit Keksen bestochen.«

»Dann hat sie Marlowe in die Vorratskammer gelassen«, erwiderte Helga.

»Ja, allerdings gibt es da wohl eine Regelung, wonach sie nur aus geöffneten Plätzchentüten Kekse nehmen darf.«

»Ja, das stimmt«, nickte Helga, »so räubern die Kinder mir nicht das Lager aus.«

Sie blickte auf Pauls Leiche.

»Ein komisches Thema neben einem Toten«, seufzte sie und wandte sich ab.

»Leben und Sterben bilden die zwei Seiten einer Medaille«, meinte Tristan. »So jedenfalls würde es Erich, unser Diakon, ausdrücken.«

Laute Männerstimmen näherten sich von der Straßenseite.

»Wie kann man hier nur einen Bienenstock aufstellen?« maulte eine der Stimmen.

»Weil die Bienen hier ungestört ihren Honig herstellen können«, erwiderte eine tiefe Männerstimme.

»Der Imker nennt das Blüten- oder Honig-tracht«, sagte eine andere klare Männerstimme.

»Mir egal, hier ist eindeutig zu viel Natur«, nörgelte die erste Stimme. »Da vorn wird's heller.«

Wenige Augenblicke später traten Pfeiffer, Holzbaum und Affolderbach aus dem Wald auf die Lichtung.

»Der Hauptkommissar Pfeiffer persönlich«, staunte Helga.

»Was für ein Glück«, brummte Tristan abfällig.

Pfeiffer blickte zuerst auf die Bienenstöcke, die von einer Hundertschaft Bienen umschwärmt wurden. »Die greifen uns doch nicht an?« fragte er entsetzt.

»Nein«, rief Tristan, »das sind keine Killerbie-nen!«

»Irle!« zischte der Hauptkommissar. »Wie hätte es auch anders sein können.«

Den Beamten folgten ein Leichenbestatter und zwei Streifenpolizisten.

»Was machen Sie denn hier?« fragte der Hauptkommissar bissig. »Nein, antworten Sie nicht. Wahrscheinlich ein Bekannter von Ihnen.«

»Ihr ausgezeichneter Verstand hat es auf den Punkt getroffen«, grinste Tristan spitzbübisch.

»Paul ist, nein, war unser Ortsvorsteher«, erklärte Helga, »und außerdem mein Honiglieferant.«

Die Beamten näherten sich der Leiche.

»Hallo, Herr Holzbaum«, grüßte Tristan unterdessen freundlich. »Wer ist der Neue?«

»Das ist Arne Affolderbach«, antwortete Holzbaum. »Er kommt frisch von der Akademie.«

»Affolderbach? Dann stammen Sie aus dem
Siegerland?« antwortete Tristan.

Arne nickte und begrüßte Tristan und Helga.

»Es ist mir eine Ehre«, sagte er ernst. »Ohne
übertreiben zu wollen, kann ich sagen, dass mich
Ihre Fälle während meines Studiums inspiriert
haben.«

Tristan lächelte. »Das hört man gerne.«

»Affolderbach, quatschen Sie nicht rum«,
brummte Pfeiffer. »Sehen Sie sich den Toten an!«

»Ja, Chef«, nickte Arne und wandte sich der
Leiche zu.

»Wer hat die Leiche gefunden?« fragte Pfeiffer.

»Ich habe ihn gefunden«, antwortete Helga,
»aber da war er noch am Leben.«

»So?!« stöhnte Pfeiffer. »Und woran ist er gestorben?«

»Der Arzt vermutet einen Herzinfarkt«, antwortete Helga traurig.

»Naja, mal sehen«, erwiderte Pfeiffer und
wandte sich Arne zu. »Und was meinen Sie, Herr
Affolderbach?«

Arne legte die Decke beiseite und untersuchte
die Leiche.

»Oberflächlich betrachtet lassen sich keine
Anzeichen eines Kampfes erkennen«, antwortete er. »Allerdings lässt sich an der Zyanose erkennen ...«

»Der was?« hakte Pfeiffer nach.

»Der Zyanose«, wiederholte Arne.

»Schon klar«, schimpfte Pfeiffer, »ich bin nicht taub.«

»Der Blaufärbung der Lippen«, ergänzte Tristan ruhig.

»Richtig, Herr Irle«, lächelte Arne. »Die bläuliche Färbung resultiert aus der sauerstoffabhängigen Färbung des Hämoglobins. Während sauerstoffreiches Hämoglobin hellrot ist, erscheint sauerstoffarmes Hämoglobin dunkelrot bis blau.«

»Was war noch mal Hämoglobin?« fragte Helga.

»Das sind sauerstofftransportierende Proteine in den Blutkörperchen«, erklärte Arne.

»Also genau das, was man bei einem Herzinfarkt erwarten kann«, stöhnte Pfeiffer. »Schön, dann sind wir hier fertig.«

»Wie der Arzt schon feststellte«, nickte Arne.

Der Polizist stand auf und man machte Platz für den Leichenbestatter.

»Jemand sollte den Bienenstock zudecken«, meinte Holzbaum, der auf die Holzkästen am Rand der Streuobstwiese deutete. »Wenn der Stock offenbleibt, kann das den Tod des Volkes bedeuten.«

»Sie kennen sich in der Bienenzucht aus?« wunderte sich Helga.

»Nicht direkt«, antwortete Holzbaum. »Aber Sie wissen ja, dass ich auf einem Bauernhof im Westerwald aufgewachsen bin. Wir hatten dort auch Bienen. Leider reagiere ich allergisch auf Bienenstiche.«

»Und dennoch stehen Sie hier ganz ruhig«, staunte Tristan.

»Bienen greifen nicht grundlos an«, erklärte Holzbaum. »Außerdem reagiert mein Körper nicht so extrem auf das Melittin, das im Apitoxin, dem Bienengift, enthalten ist, dass es bei mir lebensgefährlich wird. Dennoch gehe ich sicherheitshalber den kleinen Stacheln aus dem Weg.«

»Wer deckt also den Bienenstock zu?« fragte Helga herausfordernd.

Die Beamten sahen sich an. Keiner schien bereit für die gute Tat.

»Was muss ich machen?« fragte schließlich Tristan, während er aus seiner Strickjacke eine Pfeife zog, etwas Tabak reinstopfte und ihn anzündete.

Holzbaum erklärte ihm, was zu machen war.

Der Detektiv sog kräftig an der Pfeife, sodass sich eine dicke Rauchwolke bildete und ging los. Das Absperrgitter lag im Gras, das sollte er als Erstes über den Stock legen. Er ging ruhig und gleichmäßig auf die Bienen zu. Das Summen wurde lauter und einige Wächterbienen umflogen ihn. Er hob das Gitter auf und legte es über den offenen Bienenstock. Dann griff er zu dem Deckel, der an dem Bienenstock lehnte.

»Äh«, stieß er aus, als seine Hand in etwas Ekliges griff, das über den Rand des Deckels verteilt war.

Die Bienen wurden unruhiger und Tristan beeilte sich, den Deckel aufzulegen. Er nahm den Imkerhut auf und ging zügig zurück zu den anderen. Als er weit genug vom Bienenstock entfernt war, wischte er sich die Hand im Gras ab.

»Was ist?« fragte Helga.

»Ich glaube, Paul hat sich übergeben«, antwortete Tristan, während er die Hand nochmals durchs Gras strich. »Habe voll in die Kotze gegriffen.«

Dann wurde ihm bewusst, was das bedeuten konnte.

7

Knappe zwei Kilometer entfernt fuhr Lea Ruppert, Maries Mutter, den Giller hinunter, um ihre Tochter abzuholen. Neben ihr saß Holger Niemayer, ein bescheidener, erfolgreicher Künstler. Er unterhielt in einer umgebauten Scheune ein Atelier, das ihm Lea vermietet hatte. Holger hatte das offizielle Logo für die Straßensanierungsaktion entworfen, außerdem war er in Lea verliebt. Allerdings hatte er bis jetzt noch nicht den Mut gefunden, Lea davon in Kenntnis zu setzen.

»Findest du das in Ordnung, dass Paul immer alles an sich reißt?« fragte Lea wütend.

Sie hatte gerade von Thilo Niemayer, Holgers Bruder, erfahren, dass Paul mit der lokalen Presse gesprochen hatte, obwohl die Bürgerorganisa-

39

tion ihr den Job der offiziellen Sprecherin über-
tragen hatte.

»Du kennst doch Paul«, erwiderte Holger be-
schwichtigend, »der muss sich doch immer in
den Mittelpunkt quetschen.«

»Ja, eben deshalb sollte ich ja mit der Presse
sprechen«, fauchte sie. »Der Mann treibt mich
noch in den Wahnsinn!«

»Ich spreche mit ihm«, schlug Holger vor.

»Das wird nichts nützen«, schnaufte Lea und
bremste ihren Wagen vor der ersten Bodenwelle
ab, die auf der Zufahrtsstraße zu Helgas Pension
das Rasen verhindern sollte.

»Warum nicht?« fragte Holger.

»Er hatte auch Streit mit Jens und Anne«,
stöhnte Lea.

»Auch mit Anne?« wunderte sich Holger.

»Natürlich, Jens ist ihr Mann«, erwiderte Lea
so überzeugt, dass Holger es nicht wagte, einen
Einwand einzubringen.

Stattdessen nuschelte er: »Nicht jede Ehefrau steht hundertprozentig hinter ihrem
Mann.«

»Anne schon«, antwortete Lea schnippisch
und parkte ihren Wagen direkt in der Einfahrt zu
Helgas Pension.

»Wenn du weiter die romantischen Vorstellungen aus deinen Romanen auf reale Bezie-
hungen projizierst, dann wird dich das irgendwann in Schwierigkeiten bringen«, mahnte
Holger.

40

Lea arbeitete als Übersetzerin. Hauptsächlich übersetzte sie amerikanische Liebesromane für ihren Verlag.

»Vielleicht«, schnaufte Lea und stieg aus. »Jetzt müssen wir Paul erst einmal zur Räson bringen.«

»Nein, zuerst müssen wir Marie abholen«, erwiderte Holger mit einem Lächeln und deutete mit dem Zeigefinger auf die Pension.

»Natürlich«, nickte Lea und ein versöhnliches Lächeln huschte über ihr Gesicht, »danach werden wir ... Was ist das denn?!«

Marie tauchte mit Marlowe in der Einfahrt auf. Der weiße Kakadu ragte auf der zierlichen Schulter des Kindes weit über dessen Kopf hinaus. Betont lässig stapfte Marie ihrer Mutter entgegen. Die beiden sahen aus, als wären sie gerade vom Filmset einer Walt-Disney-Produktion gekommen.

»Hallo Mama, hallo Holger«, rief Marie und strahlte. »Ihr braucht keine Angst zu haben«, fügte sie ernst hinzu, »das ist Marlowe, er tut keinem was.«

»Ist das ein Kakadu?« fragte Holger.

»Was macht er auf der Schulter meiner Tochter?« ergänzte Lea fast sprachlos.

»Du kennst doch Marie«, antwortete Holger, während Marie langsam näher kam, »sie findet überall irgendwelche Tiere.«

»Ja, vielleicht ein Eichhörnchen, von mir aus auch noch einen Waschbären, aber Kakadus sind hier im Rothaargebirge wohl nicht gerade zu Hause.«

41

»Wir sollten keine hektischen Bewegungen machen«, mahnte Holger. »Vielleicht erschreckt es ihn.«

Lea nickte und ging mit Holger Marie entgegen.

Marlowe saß ruhig auf Maries Schulter und beobachtete neugierig, wie die beiden auf sie zukamen.

»Hallo, Schatz«, grüßte Lea und beugte sich vorsichtig zu ihr herunter. »Wo hast du denn den Kakadu gefunden?«

»Marlowe, Mama«, korrigierte Marie. »Er mag es nicht, wenn man ihn Kakadu nennt.«

»Marlowe?!« Lea behielt den Vogel im Auge und fragte dann erneut: »Und wo hast du Marlowe gefunden?«

»Eigentlich«, antwortete Marie und streichelte Marlowe die Brust, »hat er mich gefunden.«

»Ist er jemandem davongeflogen?« fragte Holger.

»Nee, er gehört zu Tristan, Helgas Freund«, grinste Marie. »Mich hat er beim Spielen in der Heide entdeckt.«

»Und wo ist Helga?« hakte Lea nach.

»Einkaufen«, antwortete Marie.

»Und Tristan?« wollte Holger wissen.

»Vor 'ner Stunde weggefahren«, antwortete Marie gelangweilt. »Passe so lange auf Marlowe auf, sonst frisst er noch Helgas ganze Plätzchen.«

»Du bist hier ganz allein!« stieß Lea überrascht und ein wenig verärgert aus.

»Mama, ich bin nicht allein«, erwiderte Marie. »Marlowe ist auch noch da!«

In dem Moment sträubte Marlowe seinen Kamm und krächzte: »Der kleine Fipsi war als Kind / Ganz anders als sonst Kinder sind: / Nie zog er einen Hund am Schwanz, / Und auch Insekten blieben ganz.«

Lea zuckte beim ersten verständlichen Wort zurück. Sie wäre fast mit Holger zusammengestoßen, der sprachlos Marlowes Zitat wahrnahm.

»Ach ja«, grinste Marie und ihre weißen Zähne leuchteten in der Sonne, »sprechen kann Marlowe auch.«

8

Lea erholte sich noch von dem Schreck, den ihr der sprechende Kakadu auf Maries Schulter bereitet hatte, als Marlowe plötzlich mit den Flügeln flatterte und abhob.

»Was ist jetzt passiert?« fragte Holger verblüfft.

»Oh, ich schätze mal«, antwortete Marie gelassen, »er hat Tristans alten Borgward gehört.«

Holger sah Lea an, als wollte er fragen: Ist das wirklich deine Tochter?

Lea kannte diesen Blick und meinte: »Sie rät nur.«

»Nein, Mama«, sagte Marie mit der Gelassenheit eines Kindes, das schon längst begriffen hatte, dass Erwachsene die wundersamen Dinge um sie herum nur noch wahrnahmen, wenn sie darüber stolperten. Was Max, der Molch, bis jetzt zum Glück unbeschadet überlebt hatte. »Er kommt gerade.« Sie zeigte zur Straße.

Ein Borgward-Cabriolet bog in die Einfahrt und parkte neben dem Haus. Ihm folgte Helgas Fiat, der sich an Leas Auto vorbeizwängte und vor dem Restaurant-Eingang stehen blieb. Und zum Schluss rollte noch ein grauer Opel heran, der hinter dem Borgward anhielt.

Marlowe kreiste ein paar Mal über sie hinweg. Tristan stieg aus und im selben Moment schoss der Kakadu auf den Detektiv zu.

»Hier ist aber was los«, meinte Holger, der Künstler, und prägte sich das Bild für eine spätere Installation ein.

Unterdessen öffnete Helga ihren Kofferraum und fragte ihre Freundin: »Lea, was machst du denn hier?«

»Ich wollte Marie abholen«, antwortete die Übersetzerin und sah, dass Helga Hilfe brauchte. »Warte, ich komme.«

Sie nahm ihr eine der Tragetaschen ab.

»Danke, Lea«, stöhnte Helga traurig, »ich kann dir sagen, so einen Tag wie heute braucht keiner.«

»Ist was?!« Lea kannte ihre Freundin lange genug, um zu spüren, dass etwas passiert war.

»Ja, aber lass uns reingehen«, antwortete Helga, dann wandte sie sich an Holger und rief ihm zu: »Da sind noch zwei Kisten Orangensaft im Kofferraum. Würdest du sie mitbringen?«

44

»Mach ich, Helga«, nickte Holger und wandte sich dann zu Marie. »Na, und auf wen wartest du noch?«

»Auf Marlowe, der wird sicher gleich wieder zu mir kommen«, antwortete Marie überzeugt.

»Und was macht dich da so sicher?« grinste Holger, während er eine der Kisten aus dem Kofferraum hob.

»Na, das hier«, grinste sie lausbubenmäßig. Marie hielt einen Keks in der Hand.

»Das ist aber Bestechung«, meinte Holger.

»Im Krieg und in der Liebe ist alles erlaubt«, lachte Marie und hüpfte davon.

»Woher hat sie das schon wieder?« brummte Holger und schleppte die Kisten zum Restaurant.

Unterdessen stiegen Pfeiffer, Holzbaum und Arne aus dem grauen Opel aus.

»Eine illustre Gesellschaft an einem so verwaisten Ort«, bemerkte Arne.

Pfeiffer steckte sich eine Zigarette an und blies den Rauch geräuschvoll aus.

»Reden Sie immer so?« fragte der Hauptkommissar Arne.

»Wie meinen Sie das?« Arne sah seinen neuen Chef fragend an.

»So geschwollen«, erklärte Pfeiffer.

»Wie kann das Bilden von Phonemen und Wörtern schwellen?« fragte Arne ernsthaft.

»Schon wieder«, zischte Pfeiffer. »Ich glaube, Sie können nicht anders.«

45

Arne setzte zu einer weiteren Frage an, doch Holzbaum bremste ihn und meinte: »Benutzen Sie doch einfach umgangssprachliche Begriffe.«

»Darin bin ich nicht besonders gut«, antwortete Arne leise. »Beim letzten Versuch, ein Synonym für *echauffieren* zu benutzen, handelte ich mir eine schmerzhafte Ohrfeige ein.«

Pfeiffer grinste: »Da war wohl jemand sehr *aufgeregt*?«

»Der jemand war eine SIE und ja, Herr Pfeiffer, Ihre Adjektivauswahl wäre zweckdienlicher gewesen, als mein *aufgegeilt*. Dabei wollte ich mich nur der sprachlichen Umgebung anpassen.«

»Junge, Junge«, schnaufte Pfeiffer und klopfte Arne auf den Rücken, »Sie haben noch viel zu lernen.«

»Ja, das denke ich auch«, nickte Arne ernst und sah Pfeiffer an. »Zum Beispiel, was ist der Zweck dieses Aufenthaltes?«

»Nahrungsaufnahme«, antwortete Pfeiffer und zog kräftig an seiner Zigarette.

»Mittagspause«, erklärte Holzbaum und deutete auf seine Armbanduhr.

9

Die Fotografin Recarda Bolz genoss im Dorf eine gewisse Bewunderung. Das lag zum einen an ihrer Arbeit, die die Fotografin zu den schönsten Flecken dieser Erde führte, und zum zweiten an ihrer Figur.

Sie war Ende dreißig, trug einen Kurzhaarschnitt, der sich morgens leicht kämmen ließ, und hätte jederzeit in einem James-Bond-Film mitspielen können. Mit ausgiebigen Waldläufen hielt sie ihre Figur in Form und stärkte so ihre Kondition. Die brauchte sie auch, da sie als Naturfotografin quer durch die Wildnisse dieser Welt reiste. Ihr nächster Auftrag sollte sie in die Steppen der Mongolei führen. Deshalb genoss sie die letzten Tage vor ihrer Abreise mit ausgedehnten Streifzügen durch die Ausläufer des Rothaargebirges direkt vor ihrer Haustür.

Sie näherte sich gerade der Eisenstraße, als ihr das Blaulicht der Polizeiwagen auffiel. Neugierig geworden, entschied sie, nicht zurück zum Dorf zu gehen, sondern nachzusehen, was die Polizei im Wald zu schaffen hatte. Da sie durch den starken Windbruch nicht auf direktem Weg zur Eisenstraße gehen wollte – die Kameraausrüstung hätte leiden können – brauchte sie eine Dreiviertelstunde, bis sie endlich den aufgerissenen Asphalt der Eisenstraße erreicht hatte. Recarda kannte sich gut genug aus, um zu wissen, dass die Polizeiwagen in die versteckte Einfahrt zu Pauls Bienenstöcken eingebogen waren. Sie legte einen Schritt zu, doch als sie die Einfahrt erreichte, waren die Polizeiautos schon verschwunden. Nur Pauls alter Kombi stand noch da.

Ungeachtet dieser Niederlage schlenderte Recarda auf die kleine Lichtung zu. Als sie die

Lichtung erreichte, fand sie außer herumfliegenden Bienen nichts Ungewöhnliches vor. Sie sah sich aufmerksam um und erkannte, dass eine Menge Menschen das Gras auf der Lichtung niedergetreten hatte.

»Was ist hier passiert?« fragte sie laut und griff automatisch zu ihrer Kamera.

Den Bienen ging sie aus dem Weg, da sie dummerweise auf Bienenstiche allergisch reagierte. Ein Handicap, wenn man als Naturfotografin unterwegs war, aber dafür hatte sie stets ein Antihistaminikum sowie ein adrenalinhaltiges Medikament im Rucksack.

Recarda interessierte der Schuppen. Sie kannte den idyllischen Ort nur zu gut. Mit Paul zusammen hatte sie dort einige interessante Stunden verbracht.

»Ist hier jemand?« rief sie laut.

Niemand antwortete, also ging sie weiter zum Schuppen.

Die Tür stand weit offen, was sie stutzig machte. Paul ließ den Schuppen niemals offen, wenn er die Lichtung verließ. Schließlich bewahrte er hier neben einigen Honiggläsern auch seine wertvollen Imkergerätschaften auf. Irgendetwas war passiert, das spürte Recarda.

Da sie jedoch nichts Ungewöhnliches vorfand, entspannte sie sich. Mit dem Blick einer Fotografin nahm sie wahr, dass die Mittagssonne weiche Strahlen in den Schuppen warf. Staubkörnchen tanzten in diesen Sonnenstrahlen und glänzten im Schuppeninneren wie kleine Glühwürmchen. Mit all den Werkzeugen, Regalen und Rähmchen im Hintergrund ergab sich ein wunderbares Bild. Sie setzte ihre Kamera an und machte Aufnahmen.

Nachdem sie mit ihren Fotografien zufrieden war, schloss sie die Schuppentür und packte die Kamera in den Rucksack. Es war Zeit, den Heimweg anzutreten.

2. Das gefiel dem Koch ...

Freitagmittag

Das gefiel dem Koch überhaupt nicht, als Helga in seine Küche stürmte.

»Thilo, wir haben überraschend Gäste bekommen, dein Bruder ist auch dabei«, stöhnte seine Chefin und stellte die Einkaufstaschen ab. »Ich weiß, dass du noch die Grillsachen vorbereiten wolltest, aber das muss warten.«

Thilo Niemayer schnaufte verächtlich, wobei er im Moment nicht sagen konnte, ob ihn die zusätzliche Arbeit oder die Anwesenheit seines Bruders Holger mehr ärgerte.

»Die werden doch nichts von der Karte bestellen wollen?« meckerte der Koch.

»Wirf ein paar Schnitzel in die Pfanne und mach dazu Bratkartoffeln«, antwortete Helga, ohne auf Thilos Verstimmtheit einzugehen. »Der Salat ist ja schon fertig?«

»In der Kühlkammer«, antwortete Thilo.

»Super«, nickte Helga und klatschte in die Hände. »Dann will ich mich mal um die Gäste kümmern.«

In dem Moment erschien Lea in der Küchentür. Helga ließ sie vorbei und verschwand im Restaurant.

»Wohin mit den Sachen, Thilo?« Lea lächelte ihn an.

50

»Hallo, Lea«, murmelte Thilo, »stell sie neben die anderen Taschen.«

»Mach ich«, nickte Lea und fragte freundlich: »Wie geht's dir?«

»Gut, wenn man mal diese Überraschungen außen vor lässt«, motzte Thilo.

»Eigentlich wollte ich ja nur Marie abholen«, antwortete Lea, während sie Thilo eindringlich ansah. »Außerdem wollte ich mich bei dir für den Tipp bedanken.«

»Welchen Tipp?!« Thilo schien nicht zu wissen, was Lea ansprach.

»Na, dass Paul sich wieder in die Pressearbeit einmischt!«

»Ach diese Sache ...«

Holger erschien mit den Kisten Orangensaft in der Küche. Die Raumtemperatur schien augenblicklich zu sinken.

»Hallo, Thilo«, sagte er ausdruckslos.

»Hm«, knurrte der Koch und wandte sich dem Kühlraum zu.

Holger stellte die Kisten neben die anderen Einkaufstüten und ging.

»Ihr müsst diesen Streit endlich in den Griff kriegen!« stöhnte Lea. »Wir leben in einem kleinen Dorf, da kann man sich nicht ständig aus dem Weg gehen.«

Thilo zuckte mit der Schulter und verschwand im Kühlraum.

»Männer«, schnaufte Lea und ging ins Restaurant.

Dort schoben Helga und Holzbaum Tische zu einer großen Tafel zusammen. Pfeiffer und Arne zogen Stühle heran. Sie hatten die Tafel zusammengestellt, als Lea in den Raum trat. Holger stand auf der Terrasse und rauchte.

»Haben die beiden ihren Streit immer noch nicht geklärt?« fragte Helga Lea.

»Nein«, schüttelte diese den Kopf. »Die haben beide einen Dickschädel.«

»Ja, den müssen sie von ihrem Vater geerbt haben«, grinste Helga aufmunternd.

»Wo ist Marie?« Lea sah sich im Restaurant um.

»Draußen mit Marlowe«, antwortete Helga. »Mach dir keine Sorgen. Setzt euch!«

»Helga, eigentlich wollte ich nur Marie abholen«, meinte Lea verlegen, »und nicht noch hier zu Mittag essen.«

»Jetzt mach kein Theater«, entgegnete Helga energisch. »Eine ordentliche Mahlzeit hat noch keinem geschadet.«

»Da hat Frau Bottenberg recht«, sagte Holzbaum freudig und setzte sich.

Lea sah den gewichtigen Beamten skeptisch an.

»Ach, ihr kennt euch ja nicht«, stieß Helga aus. »Bei der ganzen Aufregung vergisst man die guten Manieren. Lea, das ist Kommissar Holzbaum, der Herr mit der Brille ist Hauptkommissar Pfeiffer und der junge Mann, Ihren Namen habe ich leider vergessen ...«

52

»Kommissar Arne Affolderbach«, erinnerte Arne freundlich.

»Polizei?! Aufregung?!« Lea sah zu Helga und fragte: »Was ist passiert?«

»Paul ist gestorben. An einem Herzinfarkt bei seinen Bienen«, antwortete Helga traurig.

Unterdessen wusch sich Tristan in Helgas Wohnung ausgiebig die Hände. Der Geruch von Erbrochenem wollte aber nicht verschwinden. Er schnüffelte an seiner Kleidung und fand einen Flecken auf der Strickjacke. Schnell zog er sie aus, leerte die Taschen und warf sie in den Wäschekorb. Erst jetzt nahm seine Nase den angenehmen Rosenduft in Helgas Badezimmer wahr.

Der Detektiv nahm die Pfeife, das Feuerzeug und einen Tabakbeutel und verließ das Bad. Jetzt, wo der Gestank seine Sinne nicht mehr trübte, schoss ihm ein Gedanke ins Gehirn, den er fast vergessen hätte. Hastig steckte er Pfeife, Feuerzeug und Tabakbeutel in die Hosentasche und eilte ins Restaurant. Dort hatten sich alle bereits an die Tafel gesetzt und waren von Helga mit Getränken versorgt worden.

»Da bist du ja«, rief Helga und wollte ihn fragen, was er trinken wolle. Doch dazu kam sie nicht mehr, da Tristan sie nach Pschyrembels medizinischem Wörterbuch fragte.

»Was wollen Sie denn jetzt mit dem medizinischen Wörterbuch?« rief Pfeiffer, der aufmerksam zugehört hatte.

53

»Etwas nachschauen«, antwortete der Detektiv.

»Du findest es oben neben den Bildbänden über den Rothaarsteig«, antwortete Helga verdutzt.

»Warten Sie!« Pfeiffer stand auf. »Ich komme mit!«

Zusammen gingen sie in Helgas Wohnung zurück.

»Sie haben eine Ahnung?« murrte Pfeiffer.

»Das Erbrochene«, antwortete Tristan, während er das Wörterbuch aufschlug. »Mir ist nicht bekannt, dass sich bei einem Herzinfarkt der Betroffene übergeben muss.«

Der Detektiv suchte den Eintrag und las.

2

»Da haben wir es«, sagte Tristan und hielt dem Hauptkommissar das Wörterbuch hin.

»Was haben wir?« Pfeiffer beugte sich über das Wörterbuch.

»Nur acht Prozent der Infarkte rufen Bauchschmerzen und Übelkeit hervor«, erklärte Tristan.

»Dann passt es doch«, wunderte sich Pfeiffer.

»Logik, Herr Hauptkommissar«, antwortete Tristan.

»Verstehe ich nicht«, Pfeiffer schlug das Wörterbuch zu. »Der Arzt diagnostizierte als Todesursache „Herzinfarkt". Ein Herzinfarkt kann Übelkeit hervorrufen. Paul Nöll erbrach sich, dann blieb sein Herz stehen. Herzinfarkt, also alles in Ordnung!«

»Paul Nöll hatte bereits einen Herzinfarkt«, erklärte der Detektiv. »Sollte ihm beim ersten Anfall schon übel geworden sein, dann hätte er wohl sofort reagiert.«

»Woher wissen Sie, dass er das dieses Mal nicht getan hat?« Pfeiffer schielte ihn durch seine Nickelbrille skeptisch an.

»Weil Paul sich höchstwahrscheinlich augenblicklich übergeben hat«, antwortete Tristan. »Übelkeit und Erbrechen kamen sozusagen gleichzeitig über ihn. Wie bei einem Vulkanausbruch. Es knallt und plötzlich fällt heiße Lava vom Himmel.«

»Und woher wollen Sie das nun wieder wissen?« schnaufte Pfeiffer.

»Weil ich in die Überreste griff«, sagte Tristan und hielt die rechte Hand hoch. »Sie befanden sich unmittelbar neben dem Bienenstock auf dem Deckel. Da die Bienen Pauls Lieblinge waren, kann man davon ausgehen, dass er sie nie in Gefahr bringen würde. Sollte er sich also schlecht gefühlt haben, dann wäre er nicht zum Bienenstock gegangen. Da er aber eindeutig am Bienenstock gearbeitet hat, der Deckel war abgenommen, bleibt als logische Erklärung, dass er sich plötzlich neben dem Bienenstock übergeben hat. Erst danach muss er sich zum Schuppen bewegt haben.«

»Das klingt alles sehr hypothetisch«, meinte Pfeiffer. »Wenn diesen Paul kein Herzinfarkt umgebracht hat, was war es dann?«

»Die Zyanose«, sagte Tristan, »tritt bei einigen Vergiftungen auf.«

»Jetzt sind Sie auch noch Mediziner geworden«, schnaufte Pfeiffer und griff nach seiner Zigarettenschachtel.

»Nein, das hat mit Medizin gar nichts zu tun«, erwiderte Tristan angespannt. »Bloße Beobachtungsgabe. Sie sollten eine Autopsie veranlassen.«

»Sie meinen, auf Ihren Hinweis hin?« brummte Pfeiffer, während er mit der Zigarettenschachtel spielte.

»Es handelt sich hier höchstwahrscheinlich um eine Vergiftung«, erklärte Tristan, »und dann hätten wir es mit einem Mord zu tun.«

»Irle, Sie können wirklich nerven«, Pfeiffer klopfte eine Zigarette aus der Schachtel und steckte sie in den Mund.

»Helga mag es nicht, wenn hier geraucht wird«, mahnte Tristan.

»Dann lassen Sie uns wieder runtergehen«, knurrte Pfeiffer. »Behalten Sie Ihre Vermutung vorläufig für sich.«

»Wenn Sie eine Autopsie veranlassen«, erwiderte Tristan.

Pfeiffer nickte: »Das werde ich. Aber wieso sollte jemand diesen Kerl töten wollen?«

»Das werde ich herausbekommen«, antwortete Tristan in einem Ton, der keine Zweifel an seiner Entschlossenheit aufkommen ließ.

Sie gingen zurück ins Restaurant.

»Da seid ihr ja endlich«, rief Helga. »Hast du das Wörterbuch gefunden?«

»Ja, habe ich«, nickte der Detektiv und setzte sich neben Lea.

»Was gab es da so Interessantes nachzuschauen?« wollte Holger wissen.

Lea erzählte ihm von Pauls plötzlichem Tod.

»Herr Irle«, lächelte Pfeiffer sarkastisch, »traut der ärztlichen Diagnose nicht ganz.«

»Tristan, welcher Diagnose?« fragte Helga überrascht.

»Nicht weiter wichtig«, versuchte Tristan abzulenken. »Ich wollte nur noch mal genauer nachlesen, welche Symptome bei einem Herzinfarkt auftreten.«

»Du bist durch und durch ein Detektiv, was!« Lea schüttelte den Kopf. »Und noch was«, sie sah Tristan streng an, »wenn dein Kakadu Marie auch nur ein Haar krümmt, dann vergesse ich mich. Ist das klar?«

»Das nenne ich mal eine Warnung«, grinste Pfeiffer. »Irle, in Ihrer Haut möchte ich nicht stecken.«

»Vielleicht sollte dieser Kakadu mehr Angst vor Marie haben«, warf Holger ein und erntete von Lea augenblicklich einen bösen Blick.

»Ich meine ja nur«, brummte er.

»Holger hat nicht so unrecht, Lea«, sagte Helga. »Marie ist eine ziemliche Draufgängerin. Und ihr fallen immer ein paar verrückte Dinge ein.«

»Das ist kindliche Neugier«, verteidigte sich Lea. »Sie hilft Marie bei ihrer Entwicklung.«

»Vorausgesetzt«, Holger wagte es nochmals, das Offensichtliche anzusprechen, »Marie überlebt ihre eigene Neugier.«

»Holger, jetzt übertreibst du aber«, zischte Lea.

»Du solltest ihr das von Pauls Tod möglichst rasch erzählen«, mahnte Helga. »Im Dorf wird es sowieso bald die Runde machen.«

»Interessante Konjugation«, sagte Arne trocken und außer Pfeiffer starrten ihn alle an.

Der Hauptkommissar sah in die Gesichter der Gruppe. Er konnte sogar in ihren Gedanken lesen und rief: »Nein, nicht fragen!«

Doch es war zu spät. Aus Holgers Mund flossen bereits die Worte. »Wie kommen Sie denn darauf?«

»Möchten Sie wissen, warum ich den linguistischen Terminus in den Kontext des Gesprächs setzte?« Arne sah Holger freundlich an.

Holger nickte, ohne genau zu verstehen, was er gerade abnickte.

»Natürlich wissen Sie, dass man mit Konjugation die Beugung eines Verbs beschreibt«, erklärte Arne. Sie starrten ihn weiter an, und so im Mittelpunkt zu stehen, gefiel dem jungen Kommissar. »Man kann dies auch als Abwandlung bezeichnen. Zuerst drehte sich das Gespräch um Ihre Tochter, Frau Ruppert. Als von Herrn Niemayer die Bemerkung fiel, dass Maries Neugier ihr womöglich noch den Tod bringt, erinnerte Frau Bottenberg daran, dass es einen bedauerlichen Exitus gegeben hat. – Das fand ich eine bemerkenswerte Abwandlung des Gesprächs, die ich als Konjugation bezeichnet habe.«

»Wer waren Sie gleich nochmal?« Lea musterte den jungen Beamten. Ihr Blick verriet Neugier und eine gewisse Bewunderung, die Pfeiffer ganz und gar nicht teilen mochte.

3

Liselotte Weisgerber, Hauptorganisatorin der Straßensanierungsaktion, klappte einen pinkfarbenen Ordner zu. Liselotte, die von allen nur Lotte genannt wurde, saß hinter einem aufgeräumten Schreibtisch, den sie vor das Fenster ihres kleinen Arbeitszimmers gestellt hatte. Sie überlegte, ob alle Punkte ihrer Aufgabenliste erledigt waren. Als Verwaltungsangestellte achtete sie auf korrektes Arbeiten, doch dieses Mal spürte sie, dass sie etwas übersehen hatte. Sie setzte ihre Lesebrille ab und ging in Gedanken nochmals die Aufgabenliste durch. Die Genehmigungen für das Fest waren vollständig. Die Schank-Lizenz lag vor, die Feuerwehr war informiert und hatte zugesagt. Das Rote Kreuz hatte sich mit einem Rettungswagen angekündigt, und die Kollegen der Hilchenbacher Stadtverwaltung würden für die notwendigen Straßenabsperrungen sorgen.

59

Also, was hatte sie vergessen?

Ihr fiel es nicht ein, dabei war sie stolz auf ihren tadellos arbeitenden Verstand. Sie verglich ihn gerne mit einem aufgeräumten Schreibtisch. Ihr kam nicht in den Sinn, dass man einen aufgeräumten Schreibtisch als etwas sehr Langweiliges bezeichnen konnte.

Lotte gab auf. Wenn es ihr jetzt nicht einfallen würde, dann sicher später.

Sie sah aus dem Fenster und genoss den herrlichen Blick auf grüne Wiesen und den angrenzenden Wald. Die geplante Straßensanierung genoss jetzt schon so viel Aufmerksamkeit, dass ihr ganz flau im Magen wurde. Sogar das Lokalfernsehen und ein paar überregionale Zeitungsleute hatten sich angemeldet. Sie überlegte schon seit Tagen, was sie wohl anziehen sollte. Als alleinstehende Frau, Mitte vierzig, bot die Fernsehkamera eine gute Möglichkeit, sich zu präsentieren. Allerdings konnte man sich auch ganz leicht richtig lächerlich machen.

Sie benötigte einen Rat. Dafür kam aber nicht jeder infrage. Es sollte jemand sein, der wie sie alleinstehend war. Lotte blickte erneut aus dem Fenster und grinste.

Aus dem gegenüberliegenden Wald stampfte Recarda über die Wiesen auf das Dorf zu.

»Warum nicht Recarda?« fragte sie sich.

Die Fotografin war alleinstehend und sah trotz ihres Alters blendend aus. Sie würde ihr sicher einen guten Rat geben. Dann fiel Lotte ein, dass sie beim letzten Zusammentreffen nicht gerade wie zwei beste Freundinnen harmoniert hatten. Der kleine Umstand, dass Lotte im Dorf auch als „die Dorfzeitung" bezeichnet wurde, trug zu der Unstimmigkeit bei. Dabei hatte sie beim letzten Dorffest doch nur jeden vertraulich darauf hingewiesen, dass Recarda und ihre Schwägerin im Streit lagen.

Nein, Recarda würde sie besser nicht ansprechen.

Das Telefon klingelte und Lotte wurde aus ihrer Überlegung gerissen. Sie ging zum Telefon und hob ab.

»Weisgerber«, sagte sie. »Hallo, Peter, was für eine Überraschung? Nein, die Polizei habe ich im Dorf nicht gesehen … Du bist dir ganz sicher, dass auch ein Leichenwagen ... Ja, da muss wohl ein Unglück geschehen sein … Ja, sobald ich etwas weiß, melde ich mich, ganz sicher.«

Sie legte auf. Peter war ein Junge aus dem Dorf, der momentan als Praktikant beim Siegerländer Generalanzeiger arbeitete. Er würde sie nicht wegen Nichts anrufen.

Die Polizei im Dorf und ein Leichenwagen?

Lotte blickte wieder aus dem Fenster. Wenn die Polizei ins Dorf gekommen wäre, hätte sie das mitbekommen. Ihr Schreibtisch stand schließlich nicht umsonst an dieser Stelle, sozusagen ein versteckter Beobachtungsposten. Lottes Verstand begann fieberhaft zu arbeiten.

Wenn die Polizei nicht ins Dorf gekommen war, dann konnte sie nur zur *Siedlung* gefahren sein. Das war die einzige vernünftige Erklärung, die Lotte einfiel, denn bis zur Straßenkreuzung konnte sie aus ihrem Arbeitszimmer sehen.

Mittlerweile befand sich Recarda an der Dorfgrenze. Was nichts anderes hieß, als dass sie in wenigen Schritten auf Lottes Wiese treten würde. Ihre Augen verengten sich, als sie die Fotografin erneut fixierte. Recarda kam genau aus der Richtung, in der die *Siedlung* lag.

Lotte schleuderte die Hausschuhe in den Flur, schlüpfte in ein Paar Gummistiefel, die sie für die Gartenarbeit nutzte, und eilte dann durch den Keller nach draußen. Sie öffnete die Kellertür genau in dem Moment, als Recarda Lottes Wiese betrat.

In den ländlichen Regionen des Kreisgebietes hielt man von Umzäunungen nur dann etwas, wenn damit die Rindviecher auf der Weide gehalten wurden. Innerhalb des Dorfes dienten kleine Hecken oder Blumenbeete als Abgrenzung. In Lützel, wo jeder jeden kannte, verzichtete man auch auf Hecken oder andere Barrieren. Die Grundstücke waren mehr oder weniger offen zugänglich.

»Hallo, Recarda«, grüßte Lotte überrascht, »wieder auf Fototour?«

»Hallo, Lotte«, antwortete Recarda, ohne ihr Schritttempo abzubremsen.

Lotte eilte der Fotografin hinterher.

»Kommst du zufällig aus der Siedlung?« fragte Lotte, so gelangweilt es ihr aufgeregter Zustand zuließ.

Recarda blieb stehen.

»Was willst du?« schnaufte Recarda und sah sie feindselig an.

»Jetzt sei doch nicht gleich beleidigt«, maulte Lotte, »die Sache mit Anne ist doch nun schon ein paar Wochen her.«

»Es geht nicht um Anne«, antwortete Recarda und hätte gerne noch hinzugefügt: Es geht um deine Plapperschnauze.

»Dann ist es ja gut«, grinste Lotte schief und fragte penetrant nach: »Kommst du nun aus der Siedlung?«

»Was interessiert es dich, wo ich herkomme?« Sie antwortete etwas zu laut, das ärgerte Recarda.

»Die Polizei war hier oben«, erklärte Lotte leise, »es soll sogar noch ein Leichenwagen gekommen sein und dieser Privatdetektiv, mit dem Helga zusammen ist, soll auch dabei gewesen sein.«

Jetzt verschlug es Recarda den Atem.

Lotte genoss den Augenblick. »Du hast etwas gesehen, nicht wahr!?«

»Polizeiwagen in der Zufahrt zu Pauls Schuppen«, antwortete sie mehr zu sich selbst als zu Lotte.

»Oh, wie schrecklich!« Lotte hielt sich die Hand vor den Mund, was so gar nicht zu ihrem gehässigen Gesichtsausdruck passte. »Dann ist womöglich Paul etwas zugestoßen.«

63

4

Thilo war mit seinem Kochergebnis zufrieden. Er garnierte die Teller noch mit etwas zerschnittener Petersilie, dann trug er die ersten vier Mittagessen ins Restaurant. Dort hatte sich eine hitzige Diskussion entwickelt. Es ging im Wesentlichen um Sinn oder Unsinn der anstehenden Dorf-Aktion, die Eisenstraße in eigenständiger Arbeit zu sanieren.

»Wofür bezahlen wir denn KFZ-Steuern?« rief gerade Thilos Bruder Holger. »Das Geld soll doch für den Erhalt unserer Straßen eingesetzt werden.«

»Es ist aber keines mehr da«, warf Lea ein.

»Das ist aber nicht unsere Schuld«, entgegnete Holger laut.

»Deshalb brauchst du nicht zu schreien«, tadelte Thilo und stellte die Teller ab.

»Wir haben doch darüber abgestimmt«, sagte Helga ruhig. »Die Dorfgemeinschaft war sich in der Mehrheit einig, dass wir die alte Handelsstraße nicht verkommen lassen dürfen.«

»Außerdem schaden die Schlaglöcher unseren Autos«, brummte Thilo und wandte sich ab. »Die anderen Teller kommen sofort.«

»Verstehe ich das richtig«, sagte Pfeiffer, dem im Allgemeinen etwas an guten Straßen lag. »Sie wollen den Straßenbelag der Eisenstraße auf eigene Kosten erneuern?«

Lea und Helga nickten.

»Das ist eine löbliche Tat«, sagte Arne.

»Sie kostet uns aber eine Menge Arbeit und Geld«, knurrte Holger. »Der Kindergarten und die Skipiste könnten auch die eine oder andere Renovierung gebrauchen.«

»Wer weiß, wie lange der Kinderhort noch existiert«, antwortete Lea. »Wir haben ja kaum noch Kleinkinder im Dorf. Und die Skipiste nützt nichts, wenn die Gäste sich auf dem Weg zu uns das Auto kaputt fahren.«

»Jedenfalls sieht das hier sehr gut aus!« strahlte Holzbaum und rückte sich sein Mittagessen zurecht.

Thilo kam mit den restlichen Tellern, und als alle ihre Essen vor sich hatten, wünschte Helga ihnen einen guten Appetit.

»Setz dich doch zu uns«, bat Lea den Koch.

Thilo sah zu seinem Bruder und schüttelte den Kopf.

»Hab noch zu viel Arbeit in der Küche«, antwortete er und ging.

In der Küche tauchte plötzlich Marie auf.

»Hallo, Thilo«, sagte sie gelangweilt und fügte schnell hinzu: »Marlowe ist draußen.«

»Das ist gut«, nickte der Koch. »Seine Federn machen sich nicht gut im Essen. Das verstehst du doch?«

»Schon klar«, nickte Marie. »Die streiten über diese Aktion. Echt öde!«

»Erwachsenen-Sachen«, grinste Thilo. »Du wolltest kein Schnitzel mit Bratkartoffeln?«

»Nee«, antwortete Marie.

»Soll ich dir ein paar Pommes machen? Die Fritteuse ist heiß.«

Ihr Gesicht strahlte auf. »Mit Ketchup?!«

»Kein Problem«, nickte Thilo und öffnete eine Schublade, in der die Kartoffelstäbchen gelagert wurden.

Er warf die Pommes in das heiße Fett, das daraufhin zischte.

»Weißt du, weshalb die Polizei hier ist?« fragte Marie neugierig.

»Die Männer sind von der Polizei?« staunte Thilo.

»Hm, Kommissare, habe ich mitbekommen«, antwortete sie und atmete einmal kräftig durch. Schließlich fragte sie: »Verhaften Kommissare auch Kinder?«

Thilo sah das Kind an. »Hast du etwas angestellt, Marie?«

»Heute nicht«, antwortete Marie, »aber gestern hab ich Tante Hildes Hühner die Freiheit geschenkt.« Sie streckte stolz ihren Kopf in die Höhe.

Thilo musste schmunzeln.

»Du hast die Hühner aus dem Gatter gelassen?« hakte er nach.

»Ja, heimlich, schließlich wollte ich nicht erwischt werden«, erklärte Marie. »Sie sollen doch bald geschlachtet werden, da musste ich etwas unternehmen. Aber ich war nicht vorsichtig genug.«

»Wer hat dich denn gesehen?« Thilo nahm den Frittierkorb mit den Pommes aus dem Fett.

»Ich glaube, dass Tante Anne mich gesehen hat«, gestand sie niedergeschlagen.

»Du bist dir nicht sicher?«

»Nein, ich habe nur ihr Auto kommen sehen«, erklärte Marie. »Da bin ich dann weggerannt.«

»Das Hühnergatter ist doch draußen bei der Siedlung?« Er kippte den Frittierkorb in eine Edelstahlwanne aus und salzte die Pommes.

»Ja«, nickte Marie und sah ihm hungrig zu.

»Und wie viele Hühner sind entkommen?« Thilo füllte Marie einen Teller mit Fritten und spritzte genügend Ketchup drüber. »Bitte sehr«, sagte er und stellte ihr den Teller auf die Küchentheke.

»Ich weiß es nicht«, sie griff beherzt zu. »Bin ja abgehauen. Nicht sehr tapfer von mir, aber ich musste ja an Max denken.«

»Max, dein Molch?!« wunderte sich Thilo.

Sie sah Thilo mit großen Augen an und sagte: »Ja, wenn ich im Gefängnis sitze, wer kümmert sich dann um ihn?«

»Also in diesem Fall denke ich, dass die Kommissare nicht wegen dir hier sind«, sagte er nachdenklich.

»Gut«, stöhnte sie erleichtert, »aber weshalb sind sie dann hier?« Nachdenklich verschlang sie eine Fritte nach der anderen.

»Das ist eine gute Frage«, nickte Thilo, der bis jetzt von Pauls Tod nichts mitbekommen hatte. »Der sollte ich mal nachgehen.«

67

»Ich komm hier klar. Kannst ruhig gehen!« sagte Marie in ihrer altklugen Weise.

»Bist wohl neugierig, was?«

»Naja, vielleicht sind sie doch wegen mir hier?« Sie zuckte mit den Schultern.

Thilo stupste sie kurz an und meinte: »Dann will ich mal nachhören, was die Herren hier wollen.«

5

Die Herren verabschiedeten sich gerade, als Thilo aus der Küche ins Restaurant trat.

»Danke für das Mittagessen«, rief Holzbaum dem Koch zu. »Es hat ausgezeichnet geschmeckt!«

»Das freut mich«, antwortete Thilo und sah den Männern nach, wie sie von Tristan nach draußen geführt wurden.

Helga begann unterdessen, den Tisch abzuräumen.

»Soll ich dir helfen?« fragte Lea.

»Trink in Ruhe den Kaffee aus«, antwortete Helga, »das hier mache ich allein.«

Thilo trat zu Lea und seinem Bruder.

»Marie ist in der Küche«, sagte er und setzte sich. »Hab ihr ein paar Pommes gemacht. Ich hoffe, das ist okay.«

Lea nickte. »Sie mag Pommes.«

Holger sah Thilo feindselig an, sagte aber nichts.

68

»Was wollten die Polizisten hier?« fragte Thilo schließlich.

»Paul ist tot«, antwortete Holger. »Herzinfarkt, draußen bei den Bienenstöcken.«

»Oh, das tut mir leid«, Thilo griff nach Leas Hand. »Marie weiß es noch nicht?«

»Nein«, antwortete Lea.

Holger gefiel es ganz und gar nicht, dass sein Bruder Lea anpackte. Seine mühsam unterdrückten Gefühle gegenüber Thilo bahnten sich ihren Weg hinaus. Hastig stand er auf, dabei hätte er fast den Stuhl umgeworfen, auf dem er saß.

»Ich muss los!« zischte Holger.

»Was, jetzt schon?« wunderte sich Lea.

»Ja, ich hab noch was zu tun«, zischte er.

»Was hast du schon zu tun«, sagte Thilo abfällig.

»Das verstehst du sowieso nicht«, giftete Holger zurück und fragte etwas freundlicher: »Helga, was bekommst du?«

»Nichts, Holger!«

»Dank dir«, brummte der Künstler, »wir sehen uns dann heute Abend.«

Holger eilte zum Ausgang, wo er fast Tristan umgerannt hätte, der zurück ins Restaurant kam.

Lea schüttelte den Kopf und trank ihren Kaffee aus.

»Geht Holger schon?« fragte Tristan.

»Ja«, antwortete Thilo. »Der Spaziergang tut ihm sicher gut.«

Lea stand auf und sagte zu Helga: »Ich mache mich auch auf den Weg. Danke, dass ihr auf Marie aufgepasst habt. Ich nehme sie jetzt mit.«

»Wo steckt das Kind?« fragte Tristan und sah sich nach Marlowe um.

»In der Küche«, antwortete Thilo, der ebenfalls aufstand.

»Doch wohl nicht mit Marlowe?« fragte Helga ernst, die das Geschirr auf der Theke abgestellt hatte.

»Nein, keine Sorge, Chefin.« Thilo lächelte. »Ich weiß, was sich gehört.«

»Gut, dann nimm das Geschirr hier mit«, befahl sie.

»Warte, ich helfe dir«, sagte Lea, und zusammen nahmen sie das schmutzige Geschirr und verließen das Restaurant.

Plötzlich wurde es im Restaurant ganz still.

Tristan setzte sich auf einen Barhocker und sah seiner Freundin zu, wie sie die Gläser reinigte. Sie wechselten schweigend einige Blicke, dann fragte der Detektiv: »Was haben die beiden Brüder eigentlich für ein Problem miteinander?«

»Oberflächlich geht es um eine Erbsache«, antwortete Helga.

»Oberflächlich?!« staunte Tristan.

»Ja, oberflächlich«, betonte Helga. »Thilo hat von seinem Vater eine große Streuobstwiese geerbt, während Holger nichts erhalten hat.«

»Das geht doch nach unserem Erbrecht gar nicht«, warf Tristan ein.

»Nun, Holger hat schon Geld erhalten, ist Pflichtteil eben«, erklärte Helga. »Aber diese Wiese, auf der Hunderte von Obstbäumen stehen, war ihres Vaters Juwel. Er liebte dieses Stück Land über alles. Mit dem klaren Testamentswillen sagte der Vater nochmals deutlich, wie sehr er Holgers Entscheidung, als Künstler zu leben, missbilligte.

Tristan, verstehst du, die beiden hassen sich, weil der eine die Anerkennung des Vaters erhalten hat und der andere eben nicht.«

»Hm, und ich dachte, es ginge um Lea«, brummte Tristan und griff nach seiner Pfeife.

»Wie kommst du auf Lea?« staunte Helga und mahnte: »Hier drin wird nicht geraucht!«

»Ja, ja, ich stopfe sie auch nur«, murrte der Detektiv. »Hast du nicht gesehen, wie Lea Thilo ansieht und Holger wiederum Lea?«

»Nein!« Helga schüttelte ungläubig den Kopf. Sie sah ihren Freund an und meinte: »Das würde Holgers Ausbruch erklären. Wieso ist mir das nicht schon früher aufgefallen?«

»Welchen Ausbruch?« Tristan steckte sich die Pfeife in den Mund. »Keine Sorge, ich rauche draußen.«

»Gut«, nickte Helga und erzählte: »Thilo kam aus der Küche und wollte wissen, was die Polizei hier zu suchen hatte. - Du hattest die Kommissare gerade zur Tür gebracht.«

71

Tristan nickte.

»Lea erzählte Thilo, was passiert ist, daraufhin ergriff Thilo Leas Hand und der Streit zwischen Holger und Thilo ging los. Holger sprang auf und rannte raus.«

»Wo er mich fast umgerannt hätte«, sagte Tristan, am Mundstück seiner Pfeife vorbei.

»Lass uns rausgehen«, befahl Helga. »Du schmachtest ja schon nach dem Nikotin.«

»Nein, das tue ich nicht«, entgegnete Tristan entschieden. »Ich muss überhaupt nicht rauchen, es hilft mir nur beim Nachdenken.«

Helga scheuchte ihren Freund auf die Terrasse.

»Worüber musst du hier oben auf dem Giller nachdenken?« fragte Helga und ließ sich in einen Korbstuhl fallen.

Tristan setzte sich zu ihr und zündete endlich seine Pfeife an. Blauer Rauch erhob sich in den warmen Frühjahrstag.

»Ich glaube, Paul wurde ermordet«, sagte er zu Helga.

Die Pensionsbesitzerin sah ihren Freund an und nickte: »Dachte ich mir.«

»So?!« staunte der Detektiv.

»Das medizinische Wörterbuch! Und Pfeiffers schneller Aufbruch!«

»Du passt gut auf«, lobte Tristan.

»Hab einen guten Lehrer«, meinte Helga und drückte ihm einen Kuss auf die Wange.

»Wofür war der denn?« fragte Tristan überrascht.

72

»Dafür, dass du heute hier bist«, flüsterte Helga, »und mir heute Abend beim Abwasch hilfst!«

6

Hauptkommissar Pfeiffer ließ die Reifen quietschen. Vorsorglich aktivierte Holzbaum die Polizeisirene und zog den Gurt straffer.

»Wie schwer sind Sie, Affolderbach?« rief Pfeiffer nach hinten und riss den Dienstwagen durch eine scharfe Rechtskurve.

»Wofür ist mein Gewicht relevant?« Affolderbach hatte Schwierigkeiten, sich festzuhalten.

»Diskutieren Sie nicht, Mann!« brüllte Holzbaum ganz gegen seine Art. »Beantworten Sie die Frage!«

»75 Kilo!« hallte es aus dem Fond.

»Ha, deshalb«, brummte Pfeiffer und schaltete einen Gang herunter.

Holzbaum sah ihn von der Seite an und meinte ängstlich: »Chef, was bedeutet „Ha"?«

»Gar nichts, Holzbaum«, grinste Pfeiffer und nahm die nächste Kurve hinunter nach Afholderbach. »Jetzt kommen wir gleich in ihr Namensvetterdorf.«

Der junge Kommissar versuchte, seinen Oberkörper nach vorne zu beugen. Doch eine weitere enge Kurve sorgte in dem Polizeiwagen dafür, dass ihn die Zentrifugalkraft zurück gegen die Rückbank drückte. Schließlich gelang es ihm,

73

den Kopf zwischen die beiden Vordersitze vor-
zubeugen.

»Dieses Wort Namensvetterdorf«, sagte Arne
ernst, »das gibt es nicht! Und außerdem ...«

Pfeiffers Gesicht schnitt plötzlich eine diabolisch lächelnde Fratze, als er auf die letzte scharfe Kurve zuhielt, die sie auf ihrem Weg nach Siegen passieren mussten.

»Affolderbach«, rief Pfeiffer enthusiastisch,
»halten Sie sich fest, das könnte jetzt eng werden.«

Die Reifen quietschten laut, als sich das Heck
des Opels bedrohlich weit über die Begren-
zungslinie auf die Gegenfahrbahn schob.

»Chef, der Gegenverkehr!« kreischte Holzbaum, als ihnen ein schwerer Sattelschlepper
mit Holzstämmen langsam kriechend entgegen-
kam.

»Oh, oh!« zischte Pfeiffer und lenkte gegen.

Arne sah im Fond, wie sich das Heck des Wa-
gens immer mehr den Baumstämmen näherte.
Paralysiert starrte er auf die schwere Ladung.
Ihm fiel sogar die unterschiedliche Maserung des
Holzes auf.

Das Heck rutschte unter den Sattelschlepper
und kratzte über Halterungsketten. Es klang, als
würde jemand eine Schultafel mit den Fingernä-
geln bearbeiten.

»Wir werden sterben«, schnaufte Holzbaum.
Sein Gesicht leuchtete feuerrot, während sein
Herz kurz vor einem Infarkt stand.

Plötzlich verstummte das metallische Geräusch und das Heck entfernte sich vom Sattelschlepper.

»Wow!« stieß Pfeiffer aus und schielte in den Rückspiegel.

»Wow?« schüttelte Holzbaum den Kopf und rang nach Atem.

»Wollen Sie nicht anhalten?« fragte Arne, der zurückblickte und einen sehr wütenden LKW-Fahrer mit erhobener Faust aus dem Führerhaus springen sah.

»Wieso anhalten?« Pfeiffer grinste. »Wir fahren unter Blaulicht, das heißt ja wohl, dass wir in einem Einsatz sind, oder?!«

Darauf hatte Arne nichts zu erwidern.

Zwanzig Minuten später war die Höllenfahrt für Holzbaum vor der Einfahrt der Kreispolizeibehörde zu Ende – Gott sei Dank!

Pfeiffer wurde durch das parkende Dienstfahrzeug des Landrats ausgebremst.

Otto Otterbach, Landrat des Kreises Siegen-Wittgenstein, versperrte mit seiner imposanten Figur und seinem Dienstfahrzeug die Zufahrt zum Parkdeck. Eigentlich blockierte der Landrat den gesamten ankommenden und abgehenden Verkehr der Polizeistation. Doch das war Otterbach momentan reichlich schnuppe.

So hätte es der Vollblut-Politiker zwar nie ausgedrückt. Ihm wären Sätze eingefallen wie: Mein Einsatz zum Wohle der Bürger und Bürgerinnen des Kreisgebietes erfordert es, Opfer zu bringen. Dabei muss man sich schon mal in den Weg stellen. Oder: Bei der niedrigen Verbrechensrate im Kreisgebiet ist es überhaupt nicht notwendig, dass die Zufahrt ständig frei gehalten werden muss. Das Polizeiauto, das gerade dann aufs Parkdeck fahren möchte, wenn mein Dienstwagen in der Zufahrt steht, kann auch warten.

Der Umstand, dass neben dem Landrat auch Staatsanwalt Friedrich Büdenbender stand, hätte selbst den mutigsten Beamten verstummen lassen. Nur ein Idiot würde sich mit den beiden Herren gleichzeitig anlegen. Naja, es sei denn, man hieß Pfeiffer.

Holzbaum war sich nicht sicher, hatte sein Chef den Dienstwagen und die beiden Herren daneben nicht erkannt? Jedenfalls drückte Pfeiffer kräftig auf die Hupe, und als wäre dies nicht genug Lärm, schaltete der Hauptkommissar auch noch die mittlerweile wieder ausgeschaltete Sirene dazu.

Otterbach warf ihnen einen finsteren Blick zu und ging schließlich aus dem Weg.

»Na, geht doch«, jubelte Pfeiffer und quetschte den Opel am parkenden Wagen des Landrats vorbei.

»Oh je«, schluckte Arne. »Das war der Landrat!«

»Jawohl!« antwortete Pfeiffer mit einem frechen Grinsen. »Und Büdenbender stand auch noch da.«

»Das gibt einen Anschiss«, knurrte Holzbaum.

»Meine Karriere ist zu Ende, ehe sie begonnen hat«, jammerte Arne.

»Jetzt macht euch nicht in die Hose, Leute«, sagte Pfeiffer und stellte den Wagen rückwärts in eine Parklücke ab. »Ihr saßt ja nicht am Steuer.«

Der Hauptkommissar sprang federleicht aus dem Auto und richtete sein Jackett.

»Wo bleibt ihr?« rief er. »Es scheint so, als ob die Herren auf uns warten.«

»Meinst du den Landrat und den Staatsanwalt?« Holzbaum hätte sich die Frage sparen können. Er wollte nur sichergehen.

»Ja, wen denn sonst«, schnaufte Pfeiffer und steckte sich eine Zigarette an.

Arne schluckte erneut und irgendwie schien ihm die Sprache abhanden gekommen zu sein.

Der Staatsanwalt und Otto Otterbach warteten vor dem Eingang auf die Beamten.

»Guten Tag, Herr Landrat, Herr Staatsanwalt«, grüßte Pfeiffer freundlich.

»Pfeiffer, musste der Lärm sein?« fragte Friedrich Büdenbender säuerlich, der in einem karierten Anzug neben dem Landrat wie ein Dandy aussah.

»Ich stand auf der Straße bei Gegenverkehr. Sehr gefährlich!« antwortete Pfeiffer ruhig. »Zudem hatte ich nicht den Eindruck, dass Sie uns bemerkt haben.«

»Wir sind ja nicht blind!« schimpfte der Staatsanwalt.

»Wir haben auf Sie gewartet«, mischte sich der Landrat ein.

»Jetzt sind wir ja da«, erwiderte Pfeiffer und drückte seine Zigarette in einem Sandbecken aus, das als Aschenbecher genutzt wurde.

Holzbaum stöhnte innerlich und versuchte ein freundliches Lächeln auf sein hochrotes Bulldoggengesicht zu zaubern.

»Lassen Sie uns reingehen!« befahl der Landrat. »Ich habe nicht ewig Zeit.«

Arne eilte vor und hielt den Männern die Tür auf.

»Nehmen Sie sich kein Beispiel an Ihrem Vorgesetzten«, knurrte Büdenbender, als er Arne passierte.

»Jawohl, Herr Staatsanwalt!«

»Gut! Sie wissen, wer ich bin«, nickte Büdenbender und führte die Gruppe ins Foyer zu einer Sitzecke.

»Meine Herren«, begann der Landrat in einem ernsten Tonfall, »Herr Büdenbender informierte mich, dass Paul Nöll heute Morgen tot aufgefunden wurde.«

»Herzinfarkt!« sagte Pfeiffer.

»Bedauerlich, sehr bedauerlich«, stöhnte Otterbach. »Paul war ein langjähriger Weggefährte und ein nützliches Mitglied in unserer Partei.«

»Wir müssen sichergehen«, der Staatsanwalt ergriff das Wort, »dass es sich bei diesem tragischen Todesfall wirklich um einen natürlichen Schicksalsschlag handelt.«

78

»Der Notarzt tippt auf Herzinfarkt«, antwortete Pfeiffer.

»Es heißt, dass Tristan Irle ebenfalls am Unglücksort war.« Büdenbender war ein ehrgeiziger Staatsanwalt, der einen tadellosen Ruf mehr schätzte, als sein Leben.

»Ja, Irle war vor Ort«, nickte Pfeiffer.

»Und?!« Otto Otterbach sah den Hauptkommissar fragend an.

»Und was, Herr Landrat?« erwiderte Pfeiffer.

»Teilt Irle die Meinung des Notarztes?« zischte Otterbach.

»Sie kennen den Privatdetektiv doch«, lächelte Pfeiffer. »Der sieht überall gleich ein Verbrechen.«

»Er teilt die Ansicht also nicht«, schnaufte Otterbach. »Das ist nicht gut.«

»Könnten Sie uns mal erklären, warum das relevant ist?« fragte Pfeiffer genervt.

»Paul Nöll war Ortsvorsteher in Lützel«, erklärte Büdenbender. Seine Augen verengten sich zu zwei schmalen Schlitzen. »Er war die treibende Kraft der Bürgerbewegung, die die Eisenstraße in Eigenverantwortung sanieren will. Sollte es sich bei Nölls Tod nicht um einen natürlichen Todesfall handeln, dann haben wir ein massives Problem.«

»Solange wir keine Autopsie haben«, sagte Holzbaum, dessen Gesichtsfarbe nun deutlich besser aussah, »können wir von einem tragischen Schicksalsschlag ausgehen.«

79

»Wenn wir vor die Presse treten«, erwiderte Büdenbender warnend, »müssen wir Klarheit haben.«

»Dann sollte sich die Pathologie beeilen«, meinte Pfeiffer.

»Sorgen Sie dafür, dass wir das Ergebnis schnellstens bekommen«, befahl Otterbach. »Vorher geben wir kein Statement heraus. Ist das klar, Herr Büdenbender?«

»Selbstverständlich, Herr Landrat«, nickte der Staatsanwalt.

»Dann gehen Sie an die Arbeit, meine Herren!« Otterbach verabschiedete sich und verließ das Polizeigebäude.

»Sie haben den Landrat gehört«, sagte Büdenbender. »Wenn es sich um Mord handelt, dann gefährdet das die ganze Aktion.«

»Inwieweit?« hakte Holzbaum nach.

»Können Sie sich vorstellen, was für eine Nachrichtenwelle das Land überflutet, wenn der Mann umgebracht wurde, der ein Zeichen setzen wollte?«

»Glauben Sie etwa, dass Nöll wegen dieser Sanierung umgebracht wurde?« staunte Pfeiffer.

»Ich weiß es nicht!« zischte der Staatsanwalt. »Das sollten Sie herausfinden!«

7

Helgas Pension lag umgeben von Wald und Wiesen fernab jeder Schnellstraße auf der Ginsberger Heide. Als Nachbargebäude standen am Beginn der schmalen Straße das Jugendwaldheim mit einem großen Aschesportplatz und am Ende der Straße das Forsthaus. Das Jugendwaldheim wurde von Schulen zur Umweltbildung im Wald genutzt. Die Schüler reisten meist aus Ballungszentren an, um die Natur kennenzulernen. Es lag so weit entfernt, dass Helga die jungen Leute meist erst wahrnahm, wenn sie in Grüppchen im Restaurant auftauchten. Den Förster Waldemar und seine Familie dagegen kannte sie sehr gut. Ihn konnte man als guten Nachbarn bezeichnen. Außerdem versorgte er sie mit frischem Wild, wie zum Beispiel Wildschwein und ab und zu mit einem Hasen. Die Pension lag am Rothaarsteig und florierte außerordentlich gut, seit das Wandern einen regelrechten Boom ausgelöst hatte. Momentan waren alle Zimmer bis Ende Juli vermietet. Die Gäste trafen meist gegen Spätnachmittag ein und verließen am anderen Morgen nach einem ordentlichen Frühstück die Pension. Helga musste in Bettwäsche investieren. Außerdem verursachte das ständige Wechseln der Bettwäsche gehörig viel Arbeit. In den Ferien halfen Helga junge Mädchen aus dem Dorf, die sich etwas dazuverdienen wollten. Außerhalb der Ferien mussten die Kellnerinnen, allesamt Frauen aus dem Dorf, mit anpacken.

Durch diesen Rhythmus lag die Pension den halben Tag im Dornröschenschlaf. Anders hätte Tristan die Zeit in der Pension auch nicht ertragen. Während Thilo das Essen für den Abend und für das anstehende Fest vorbereitete, saßen Helga und Tristan auf der Terrasse und genossen die Ruhe.

»Hatte Paul Feinde?« fragte Tristan und paffte eine blaue Wolke in den Himmel.

»Er war Ortsvorsteher«, antwortete Helga und legte eine Modezeitschrift beiseite. »Da tritt man auch schon mal jemandem auf die Füße.«

»Doch wohl nicht so fest, dass man ihn gleich umbringen will!« erwiderte Tristan.

»Keine Ahnung.« Helga zuckte mit der Schulter. »Vielleicht war es gar nicht sein Job als Ortsvorsteher, sondern mehr seine Liebschaften, die ihm Schwierigkeiten machten.«

Der Detektiv nahm die Pfeife aus dem Mund und musterte seine Freundin.

»Was für Liebschaften?« Tristan richtete sich auf und hörte genau zu.

»Hier oben kann es im Winter ziemlich einsam werden«, erklärte sie und hielt plötzlich inne: »... eigentlich sollte ich dir das gar nicht erzählen.«

»Was?!« Tristan starrte seine Freundin über den Rand seiner Halbbrille an. »Das kann doch jetzt nicht dein Ernst sein?«

»Tristan, du weißt, dass ich diese Tratschgeschichten hasse«, stöhnte Helga.

Der Detektiv erinnerte sie daran, dass sie damit angefangen habe.

»Helga, es könnte wichtig sein, um den Mörder zu überführen!« Plötzlich sah er seine Freun-

82

din an, als wäre ihm gerade der Teufel über den Weg gelaufen. »Du hast doch nicht etwa?«

Helga verstand im ersten Moment nicht, was Tristan sagen wollte. Sein Gesichtsausdruck vermittelte jedoch den Eindruck, dass er glaubte, betrogen worden zu sein.

»Oh nein!« rief Helga. »Ich hatte nichts mit Paul!«

»Weißt du, dein Zögern«, sagte Tristan, »das kann man in so einem Fall auch missverstehen.«

»Also Tristan, das glaube ich jetzt nicht!«

»Du sagtest doch selbst, im Winter ist es hier oben oft einsam!«

»Aber doch nicht mit Paul!« stöhnte die Pensionsbesitzerin. »Ich will nur nicht noch mehr Tratsch in die Welt setzen.«

»Also, was genau ist passiert?« grinste Tristan und legte seine Pfeife zur Seite, zückte aus seiner Hosentasche ein Notizbuch und rückte seine Lesebrille zurecht.

»Dir ist das ziemlich Ernst!« staunte Helga.

»Ich denke, dass Paul vergiftet wurde. Und der Mörder stammt ganz sicher aus dem Dorf.« Tristan schlug das Notizbuch auf. »Also, wer hat es mit wem getrieben?«

»Tristan, das kann ich dir nicht sagen«, Helga schüttelte den Kopf. »Wirklich nicht! Ich weiß ... nein ... ich habe auch nur gehört, dass Paul sich hier und da um eingeschneite Hausfrauen gekümmert hat. Wer die Frauen waren, das kann ich nicht sagen.«

»Es gibt also keine richtigen Beweise?« stöhnte der Detektiv.

»Nein, keine, die jemandem im Dorf bekannt wären«, antwortete Helga.

Tristan schoss eine Frage durch den Kopf: »Weißt du, wer der Vater von Marie ist?«

»Wie kommst du jetzt auf Lea und Marie?« Helga musterte ihren Freund und rief: »Nein, nein, du glaubst doch nicht, dass Paul der Vater von Marie ist.«

»Ist dir eigentlich noch nie aufgefallen, dass Marie und Paul die gleichen geschwungenen Augenbrauen haben?«

»Viele Menschen haben solche Augenbrauen, Tristan«. Helga stand auf. »Lea hat nie über Maries Vater gesprochen. Wenn Paul der Vater war, dann frage ich mich, weshalb sie die ganzen Mühen alleine auf sich genommen hat? Paul hätte sicherlich geholfen. Er war zwar ein Schürzenjäger, aber kein bösartiges Arschloch. Bitte verzeih den Ausdruck. Aber das regt mich auf. Meine beste Freundin?!«

»Vielleicht hatte Lea einen guten Grund, den Mund zu halten«, antwortete Tristan und klopfte seine Taschen nach einem Pfeifenstopfer ab.

Helga blickte erschrocken zu ihrem Freund. »Wie meinst du das?«

»Habe noch keine konkreten Vorstellungen«, antwortete Tristan und fand den Stopfer endlich.

»Dann möchte ich dich bitten«, sagte sie mit einem warnenden Unterton, »erst wieder mit die-

84

sem Thema anzufangen, wenn du etwas Konkretes vorweisen kannst. Lea ist meine beste Freundin, klar?«

»Hab dich verstanden, Helga. Du hast mein Wort«, nickte Tristan, der mit dem Pfeifenstopfer begann, die Glut im Pfeifenkopf niederzudrücken.

»Oh nein!« stieß Helga aus.

»Du kannst mir vertrauen«, beschwichtigte Tristan und stand auf.

»Das weiß ich«, lächelte Helga und deutete mit dem Zeigefinger zur Heide. »Wir bekommen Besuch. Recarda!«

»Wer ist Recarda?« fragte Tristan. »Noch eine Freundin?«

»Naja, so würde ich sie nicht bezeichnen«, zischte Helga und ging Richtung Restaurant. »Recarda bezeichnet allerdings jeden Dorfbewohner als Freund.«

Tristan blickte über die Heide.

»Sie kommt geradewegs auf uns zu«, stellte der Detektiv fest.

»Ja, und sie hat wieder diese Kamera dabei!« Helga war nicht wiederzuerkennen. Sie machte den Eindruck, als wolle sie eine Schlägerei anzetteln.

»Sollte ich irgendwas aus deiner Vergangenheit wissen?« fragte Tristan vorsichtig.

Helga sah ihn verdutzt an und wischte sich eine ihrer störrischen Locken aus dem Gesicht. »Wieso?!«

85

»Du siehst aus, als würdest du dich schlagen wollen«, antwortete Tristan.

»Was?!« Helga atmete tief durch. »Ist es wirklich so schlimm?«

Tristan nickte.

»Sie hat früher mal was mit meinem verstorbenen Mann gehabt«, flüsterte sie.

»Bevor ihr zusammen wart oder währenddessen?«

»Beides«, sagte sie und ging ins Restaurant.

Ein grübelnder Detektiv blieb auf der Terrasse zurück. Die Glut im Pfeifenkopf war mittlerweile ausgegangen. Also zündete er sie erneut an und eine kräftige blaue Wolke stieg auf.

Recarda kämpfte sich durch die Heide und erreichte schließlich die Umzäunung der Pension. Sie kletterte über den alten Bretterzaun und ging weiter zur Terrasse.

Tristan wartete dort auf sie wie ein qualmender Leuchtturm.

»Hallo, ich bin Recarda Bolz«, sagte sie freundlich und reichte Tristan die Hand. »Sie müssen Tristan Irle, der Privatdetektiv sein. Schön, Sie mal kennenzulernen. Ich bin eine alte Freundin von Helga.«

Tristan nahm die Pfeife aus dem Mund, schmunzelte und reichte ihr ebenfalls die Hand: »Was kann ich für Sie tun?«

Recarda war keine Freundin von Höflichkeitsfloskeln und kam gleich zur Sache.

»Wissen Sie etwas über Paul Nöll? Sie sollen heute Morgen bei den Bienenstöcken zusammen mit der Polizei gesehen worden sein.«

Mit dieser Frage hatte der Detektiv nicht gerechnet und, was noch schlimmer war, sein Gesichtsausdruck verriet ihn.

Recarda lächelte und meinte: »Wir sind hier in einem kleinen Dorf, da bleibt nichts unbeobachtet.«

»So?« brummte Tristan und zog an seiner Pfeife. »Wer will mich denn gesehen haben?«

»Irgendjemand vermutlich«, antwortete Recarda ausweichend, um gleich darauf nachzubohren. »Das ist eigentlich auch nicht wichtig. Entscheidend ist doch vielmehr, ob es zutrifft. Oder?«

Tristan war beeindruckt.

»Sie sind Fotografin?« Er deutete mit der Pfeife auf ihre Kamera.

»Ja, aber versuchen Sie nicht abzulenken, das wäre doch unter Ihrem Niveau.«

»So?!«

Recarda nickte und lächelte ihn herausfordernd an.

»Paul Nöll ist tot«, sagte Tristan langsam. »Er wurde heute Morgen bei seinen Bienenstöcken gefunden.«

»Dann hat Lotte also recht«, stöhnte Recarda und ließ sich müde auf einen Stuhl nieder. »Jetzt könnte ich etwas zu trinken vertragen!«

»Wer ist Lotte?« fragte Tristan.

87

»Oh, Liselotte Weisgerber, wir nennen sie die Dorfzeitung«, antwortete Recarda und legte die Kamera auf den Tisch. »Ein Wasser wäre nicht schlecht!«

»Mal sehen, was sich machen lässt«, antwortete Tristan und ging ins Restaurant.

Helga stand versteckt hinter dem Tresen.

»Was will Recarda?« flüsterte sie.

»Ein Wasser«, antwortete Tristan, ohne zu merken, dass diese Antwort nicht gemeint war.

»Mensch, Tristan«, zischte Helga, »weshalb ist sie hier?«

Tristan erklärte ihr kurz, dass man im Dorf bereits über Pauls Tod sprach. Helga gab ihm eine Flasche Wasser und ein Glas.

»Sag ihr, dass ich gleich rauskomme«, stöhnte Helga. »Früher oder später hätte ich sie ja sowieso getroffen.«

Tristan nickte und ging wieder auf die Terrasse. Dort hatte es sich Recarda gemütlich gemacht. Was bei ihr nichts anderes hieß als die Schuhe auszuziehen und barfüßig die Sonne zu genießen.

»Hier, Ihr Wasser«, sagte Tristan und stellte Flasche und Glas auf den Tisch. »Einschenken können Sie sich selbst?«

»Kein Problem«, antwortete sie und blickte ihn verschmitzt an. »Sie sind ja kein Kellner.«

»Helga kommt gleich raus.« Der Detektiv zog erneut an der Pfeife, hielt inne und fragte: »Stört Sie es, wenn ich rauche?«

88

»Nein«, schüttelte sie den Kopf, goss sich das Glas voll und nahm einen kräftigen Schluck. »Das hat gutgetan.«

Sie stellte das Glas zurück und sah dann Tristan an. »Was jetzt noch zu klären wäre: Starb Paul eines natürlichen Todes oder wurde er umgebracht?«

Ein blauer Rauchkringel stieg über Tristans Kopf nach oben. Dieses Mal konnte Recarda den Detektiv nicht überraschen. Tristan schätzte sie nach den wenigen Minuten als eine Frau ein, die genau wusste, dass man ein Messer zum Schälen einer Papaya und Stahlbohrer zum Knacken eines Safes benutzen sollte. Sie hätte den Weg nicht durch die Heide genommen, wenn sie nur hätte wissen wollen, ob Paul gestorben sei.

»Wieso stellt sich Ihnen diese Frage?« Tristan musterte sie aufmerksam.

»Ich begründe das jetzt nicht mit der Anwesenheit der Polizei«, antwortete sie betont langsam. »Die wäre unter diesen Bedingungen auf jeden Fall erschienen. Nein!« Sie nahm einen weiteren Schluck. »Ich frage nach, weil ich Paul und das Dorf hier gut kenne.«

»Sie wollen damit sagen«, Tristan blies wieder einen Kringel in die Luft, »dass Paul Feinde hatte.«

»Oh ja, Mann, das will ich sagen«, nickte Recarda. »Ich sprach eben von Lotte.«

Tristan nickte.

»Lotte«, erklärte die Fotografin, »ist die Schwester von Jens Weisgerber, der übrigens auch Imker ist. Jens ist mit Annegrete, kurz Anne, verheiratet. Und jeder im Dorf weiß, dass ich und Anne nicht so gut können. Was aber keiner weiß, ist, dass Anne wahrscheinlich ein Verhältnis mit Paul hatte.«

»Sie sagen *wahrscheinlich*«, Tristan blies einen weiteren Kringel in die Luft. »Sicher sind Sie sich nicht?«

»Ich habe Paul und eine Frau, die Anne sehr ähnlich sah, im Schuppen erwischt«, erklärte sie ruhig. »Leider bin ich beim Anblick der beiden nackten Körper zurückgewichen. Die Schlampe hatte Zeit, sich zu verstecken!«

»Sie kannten demnach Paul sehr gut?«

»Ich habe nach dem Ereignis Schluss gemacht«, antwortete Recarda. »Wir waren ein Paar.«

8

Lotte fand Recarda immer noch unsympathisch. Obwohl sie jetzt schon gut eine Stunde ihr Haus passiert hatte, dachte Lotte immer noch über die kurze Begegnung nach.

»Anne hat recht, dieser Person kann man nicht trauen«, sagte sie schließlich und traf eine Entscheidung.

Sie wollte ihren Bruder Jens noch vor dem abendlichen Fest sprechen. Er sollte darüber Bescheid wissen, dass mit Paul etwas geschehen war. Noch wusste sie nichts Genaues, aber auf dem Weg zu Jens' Haus konnte sie einen Abstecher zu Pauls Haus machen. Wenn er nicht aufmachte, dann konnte man sich das Weitere denken.

Lotte überlegte, ob sie sich gleich für den Abend umziehen sollte.

Sie sah auf die Uhr. Es war jetzt nach 16 Uhr. Eine halbe Stunde brauchte sie, um die richtige Kleidung auszuwählen. Nochmals eine Viertelstunde ging sie zu Fuß zu Jens' Haus. Da sie vorher bei Paul reinschauen wollte, kamen nochmals zehn Minuten dazu. Also würde sie gegen 17 Uhr bei ihrem Bruder eintreffen. Anne würde sicherlich im Festzelt die Dekoration anbringen. Als Innenarchitektin hatte ihre Schwägerin darauf bestanden, das Zelt herzurichten. Das Festzelt stand oben auf der Skipiste beim Landhotel am Giller. Von Jens' Haus aus war sie nochmals zwanzig Minuten zum Festzelt unterwegs, und das Fernsehteam hatte sich für 18.30 Uhr angemeldet.

Sie stöhnte auf. Natürlich hätte sie auch das Auto nehmen können, doch dann würde der Abend für sie eine trockene Veranstaltung werden. Nach all der vielen Arbeit war ein Schlückchen in Ehren der geringste Lohn, den sie sich gönnen wollte.

Lotte eilte ins Schlafzimmer und begann verschiedene Kombinationen auf dem Bett zusammenzulegen. Es würde ein milder Abend werden, also entschied sie sich für ein modernes Sommerkleid und eine passende Strickjacke gegen die abendliche Kühle. Dann trug sie noch etwas Make-up auf und machte sich schließlich auf den Weg.

Ihr Haus stand im Stillen Weg. Zu Pauls Haus gelangte sie über den Ahornweg und dann den Hohlen Weg hinauf. Unterwegs begegneten ihr nur wenige Dorfbewohner. Sie grüßte freundlich, ließ sich aber nicht durch ein Schwätzchen aufhalten. Nach gut zehn Minuten stand sie vor Pauls Haus. Lotte ging geradewegs an die Haustür und klingelte. Wie sie erwartet hatte, machte ihr niemand auf. Vorsichtshalber drückte sie nochmals den Klingelknopf und hielt ihn länger gedrückt als es schicklich war.

Es machte ihr wieder niemand auf.

»Also hatte ich mit meiner Vermutung recht«, sagte sie sich.

Um keine weitere Zeit zu verlieren, folgte sie dem Hohlen Weg. Sie kreuzte die B 62 und gelangte schließlich auf den Höhenweg, an dessen Ende Jens sein Haus gebaut hatte.

Jens arbeitete als Architekt in Hilchenbach. Sein Haus hatte er selbst entworfen. Lotte kommentierte diesen Umstand immer gerne mit: Das sieht man! Sie spielte darauf an, dass Jens' Haus nicht in das Allerlei der Fachwerkhäuser passte, die der windgeplagten Gillerhöhe trotzten.

Lotte passierte die letzte Biegung und erkannte Jens' Auto vor seiner Garage.

»Zum Glück ist er da«, schnaufte Lotte, die nun einen Schritt langsamer ging.

Sie blickte auf ihre Uhr und stöhnte erleichtert auf, als sie sah, dass sie sich voll in ihrem Zeitplan bewegte.

Lotte missachtete grundsätzlich Türschellen, sobald sie wusste, dass das Haus eine ebenerdige Terrasse besaß. Das machte jeder im Dorf so, außer im Winter, wenn der Schnee kniehoch lag. Sie ging also am Haus vorbei zur Rückseite, wo sich eine breite Terrasse befand. Die Terrassentür stand offen.

»Jens!« rief Lotte. »Wo bist du?«

»Hier draußen bei den Bienen«, antwortete ihr Bruder.

Jens war Imker aus Leidenschaft. Er hatte sich nicht zuletzt für das Grundstück entschieden, weil es direkt am Rand des Dorfes lag. Hier konnte er vor seiner Haustür Bienenvölker züchten und Honig ernten. Lotte ging über eine sauber gemähte Wiese auf ein Gartenhäuschen zu. Direkt dahinter befanden sich mehrere Bienenstöcke. Vorsorglich blieb sie beim Gartenhaus stehen.

»Lotte, was machst du hier?« Ihr Bruder war hinter einem Bienenschleier verborgen. Er trug einen weißen Schutzanzug und hantierte gerade mit einer Wabe, auf der sich die Hälfte des Bienenvolkes tummelte. »Anne rechnet mit dir im Festzelt!«

»Ich weiß«, antwortete sie und rang nach Atem.

»Bist du gelaufen?« wunderte sich Jens und steckte die Wabe vorsichtig zurück in den Bienenstock.

»Ja«, nickte Lotte, »nach der ganzen Arbeit möchte ich heute Abend auch etwas trinken dürfen.«

»Ich hätte dich abholen können«, sagte Jens und schloss den Bienenstock mit einem Deckel.

»Dann hättest du nichts trinken können«, meinte Lotte.

»Das wäre nicht schlimm gewesen«, antwortete Jens und nahm den Schleier samt Hut ab. »Aber meine Schwester besucht mich doch nicht ohne einen Grund, oder?«

»Ja! Und es ist wichtig«, sagte sie.

»Kann ich mir vorher noch den Anzug ausziehen?«

»Sicher!« nickte Lotte.

Er führte sie zurück zur Terrasse, wo er sich den Schutzanzug auszog. Eine alte Jeans und ein T-Shirt, das schon bessere Tage gesehen hatte, kamen zum Vorschein.

»Also, Schwester, was hast du auf dem Herzen?« fragte er mit einem Lächeln im Gesicht.

»Hast du heute etwas von Paul gehört?«

Augenblicklich verwandelte sich der freundliche Blick ihres Bruders. Jens' Gesichtsausdruck hätte in diesem Augenblick einem Filmemacher als Todesmaske dienen können.

»Wieso erwähnst du diesen Namen?« presste er zwischen zusammengebissenen Zähnen heraus. »Du weißt doch ganz genau, dass ich diesen Namen in meinem Haus nicht hören will!«

»Ich frage nur deshalb«, erklärte Lotte ruhig, »weil es wahrscheinlich ist, dass du diesen Namen noch einmal auf seiner Beerdigung hören musst.«

Jens starrte seine Schwester überrascht an.

»Was ist passiert? Hat man ihn überfahren, diesen Scheißkerl?«

»Das weiß ich noch nicht«, antwortete Lotte und erzählte ihm dann, dass die Polizei und ein Leichenwagen in der Siedlung gesehen wurden.

»Das ist eine gute Nachricht«, flüsterte Jens, »eine wirklich gute Nachricht!«

»Das hatte ich mir gedacht«, lächelte Lotte zufrieden, »deshalb wollte ich es dir noch vor Festbeginn erzählen.«

»Anne muss es auch erfahren, unbedingt!« Jens blickte zu seinen Bienenstöcken. »Das ist jetzt das Wichtigste.«

»Deshalb mache ich mich wieder auf den Weg.« Sie drückte ihren Bruder. »Wir sehen uns dann gleich.«

»Warte«, rief Jens. »Ich fahre dich rauf, das geht schneller. Außerdem kann ich so dabei sein, wenn du Anne die Neuigkeit mitteilst!«

»Das würde mir eine Menge Zeit sparen«, lächelte Lotte und nahm das Angebot an.

Jens holte die Autoschlüssel, während Lotte zum Auto vor der Garage ging. Wenige Minuten später saßen die Geschwister nebeneinander und fuhren die Straße zum Giller hinauf. Keine fünf Minuten später stoppte Jens den Wagen vor dem Festzelt, das unweit des Landhotels am Giller aufgestellt war. Damit hatte Lottes Zeitplan ein mächtiges Plus erhalten.

Die beiden stiegen aus und wären fast über Leitungen gestolpert, die die Zelttheke mit dem Landhotel verbanden.

»Hier muss aber noch nachgearbeitet werden«, schimpfte Lotte. »Nicht, dass sich hier noch jemand etwas bricht!«

»Ich kümmere mich darum«, sagte Jens und rief einen der Helfer zu sich.

Das Festzelt fasste gut zweihundert Gäste, wenn man Bierzeltgarnituren aufstellte. Das kam aber für Annegrete Weisgerber nicht infrage. Sie hatte sich ordentliche Stühle und Tische besorgt und damit den Fassungsbereich um fünfzig Sitzplätze reduziert. Das reichte für die Dorfbewohner immer noch aus, um allen einen Sitzplatz zu garantieren.

Im Zelt herrschte Hochbetrieb. Die Leute vom Landhotel waren damit beschäftigt, die Tische einzudecken, während Anne den Blumenschmuck inspizierte. Mit einem öden Schützenfestzelt hatte dieses Zelt so gar nichts Gemeinsames. Anne hatte sich weiße Stoffbahnen besorgt und sie, wie in einem orientalischen Wüstenzelt, von der Spitze herab an die Wände drapiert. Zwischen den Stoffbahnen hingen blaue Lampions, die leicht hin und her schaukelten. Sie sorgte dafür, dass auch die Tische weiße Decken erhielten, auf denen blaue Teelichter standen. Das Zelt wirkte wie ein Festsaal, in dem die *Oscars* verteilt werden konnten.

»Anne, das sieht ja großartig aus!« rief Lotte, als sie das Zelt betrat.

Jens' Frau blickte auf und erkannte ihre Schwägerin. Sie ließ die Blumengestecke stehen und eilte Lotte entgegen.

»Gut, dass du schon da bist.« Anne blickte aufgeregt zu Lotte. »Du musst mir helfen! Ich weiß nicht, ob wir den Tischschmuck nicht besser halbieren sollten?«

In dem Moment betrat auch Jens das Zelt. Anne musterte ihren Mann und meinte: »Das ist jetzt nicht dein Ernst? So willst du doch nicht gehen?«

Jens sah an sich herab und grinste.

»Nein, er hat mich nur schnell hier hoch gefahren«, mischte sich Lotte ein. »Ich habe dir was Wichtiges zu sagen.«

Anne blickte skeptisch zu ihrem Mann, der nickte, was sie ein wenig beruhigte.

»Komm, lass uns kurz rausgehen«, flüsterte Lotte.

»Was ist los?« Anne wurde nervös. »Hat sich eine Änderung ergeben?«

»Mach dir keine Sorgen, Schatz«, sagte Jens, »es hat nichts mit dem Fest zu tun.«

Sie gingen ein paar Meter die Skipiste entlang.
Vor ihnen im Tal lag die Ginsberger Heide. Sie sahen auf Helgas Pension. Im Westen versank die
Sonne hinter den Ausläufern des Rothaargebirges.

»Also, was ist passiert?« Anne wippte unge-
duldig hin und her.

»So wie es aussieht«, sagte Jens kalt, »weilt
Paul Nöll nicht mehr unter den Lebenden.«

Sie blickte ihren Mann ruhig an, doch jeder, der
sie kannte, merkte, dass sie um Fassung rang.

»Was?« flüsterte sie.

»Ich weiß noch nichts Genaues«, erklärte Lotte, »aber heute Morgen wurden die Polizei und
ein Leichenwagen bei Pauls Bienenstöcken gesehen.« Dann erzählte sie Anne von Peters Anruf
und dass ihr niemand bei Pauls Haus die Haustür aufgemacht hatte.

»Aber das kann doch alles Mögliche bedeuten«, meinte Anne ungläubig.

»Recarda war auch dort!« sagte Lotte ver-
schwörerisch.

9

Tristan klopfte seine Pfeife aus. Er saß auf der
Terrasse und dachte nach. Auf dem Terrassen-
geländer hockte Marlowe und putzte sein Gefieder. Der Kakadu hatte sich den ganzen Nachmittag nicht blicken lassen. Wo sich der neugierige
Vogel aufgehalten hatte, wollte Tristan besser

nicht wissen. Der Detektiv kannte sein Haustier jedoch gut genug, um zu wissen, dass Marlowe nach dem Gefiederputz auf sein Futter bestehen würde. Solange der Vogel mit sich selbst beschäftigt war, blieb Tristan Zeit, den Tag Revue passieren zu lassen.

Was ein entspannter Ausflug aufs Land werden sollte, entwickelte sich zu einer Mörderjagd. Nicht gerade das, was sich der Detektiv für das Wochenende vorgenommen hatte.

Tristan kramte sein Notizbuch aus der Hosentasche. Nachdenklich schlug er es auf.

»Was haben wir bis jetzt?« murmelte er.

Nicht viel, wenn er die Seite betrachtete. Er ahnte, dass Paul an einem Gift gestorben war. Welches und wie dieses verabreicht wurde, war alles noch offen. Da Paul das Gift höchstwahrscheinlich nicht freiwillig eingenommen hatte, musste der Mörder oder die Mörderin ihm das Gift untergeschoben haben. Das setzte voraus, dass der Mörder oder die Mörderin Pauls Essgewohnheiten kannte.

Tristan notierte *Essen*.

Paul war leidenschaftlicher Imker. Es lag also nahe, dass Paul seinen eigenen Honig ganz sicher verzehren würde.

Der Detektiv notierte hinter *Essen* das Wort *Honig*.

Durch das Gespräch mit Recarda wusste er, dass Paul möglicherweise unter Jens Weisgerbers Beobachtung stand. Was dies im Einzelnen für

Paul bedeutet haben konnte, musste er noch herausfinden. Sofern Recarda mit ihrer Vermutung recht hatte, dass Jens von Anne mit Paul betrogen wurde.

Marlowe machte sich mit einem lauten Krächzen bemerkbar.

Tristan sah zu seinem Haustier.

»Fertig?«

Marlowe nickte mit dem Kopf und spreizte seinen Kamm: »Er dreht hinaus des Bartes Spitzen, / Seht zu, wie seine Ringe blitzen.«

Tristan schmunzelte und klappte das Notizbuch zu.

»Dann lass uns mal reingehen und nachschauen, was wir für dich zu essen finden.« Der Detektiv stand auf und reichte Marlowe den Arm.

Der Kakadu hüpfte darauf und kletterte sofort auf Tristans Schulter.

Im Restaurant bereiteten sich Helgas Kellnerinnen auf die nächsten Gäste vor. Sie grüßten den Detektiv freundlich, hielten sich aber von Marlowe fern.

»Helga ist oben«, sagte Ute, eine der Kellnerinnen.

»Sie werden heute nicht an dem Fest teilnehmen?« fragte Tristan.

»Wir kommen später noch zum Festzelt hoch«, antwortete Ute, die so etwas wie die Vorarbeiterin der Kellnerinnen war. »Jenny bleibt im Restaurant, falls die Gäste noch etwas benötigen.«

Jenny war die Jüngste des Teams.

»Geht das in Ordnung?« fragte Tristan Jenny.

»Kein Problem«, meinte Jenny, »mein Freund holt mich heute Nacht ab, wenn Sie dann wieder da sind.«

»Okay«, nickte Tristan und verließ das Restaurant.

Im Flur begegnete er Thilo.

»Alles fertig bekommen?« fragte der Detektiv freundlich.

»Ja, Tristan, so gerade auf den letzten Drücker.« Er grinste. »Mache mich jetzt auf zum Festzelt. Helga weiß Bescheid.«

»Bleibst du oben?«

»Nein«, schüttelte er den Kopf. »Wir haben hier ein volles Haus. Da kann ich Willi nicht allein in der Küche lassen.«

Willi Meier, Jungkoch, trat in diesem Moment wie aufs Stichwort in den Flur.

»Hallo, Leute«, sagte er.

»Hallo, Willi«, erwiderten Thilo und Tristan.

»Ich habe dir einen Zettel mit Aufgaben hingelegt«, erklärte Thilo, während er seine Schürze richtete. »Fang schon mal an. Ich bin gleich wieder da.«

Thilo überprüfte nochmals den Sitz der Schürze.

»Ist alles gerade?« fragte er Tristan. »Ich will ja nicht, dass die Leute denken, hier würde schlampig gearbeitet.«

»Siehst gut aus«, antwortete der Detektiv.

101

Thilo verschwand durch den Nebenein-
gang.

Tristan ging die Treppe zu Helgas Wohnung
hinauf. Ihre Wohnung lag in einem geschützten
Bereich der Pension. Die Gästezimmer waren
durch extra stark gedämmte Wände von der
Wohnung getrennt. Eine doppelte Verbindungs-
tür führte zwar von Helgas Wohnung in den
Gästeflur, für diese Tür besaß aber nur sie einen
Schlüssel.

Der Detektiv betrat das Wohnzimmer und gab
Marlowe einen Schubs. Der Kakadu flog auf eine Kletterstange, die ihm Helga in der Nähe eines großen Fensters aufgestellt hatte. Wie Tristan
feststellte, hatte seine Freundin auch schon den
Fressnapf gefüllt.

Mit einem Lächeln ging er ins Schlafzimmer,
um sich für das Fest umzuziehen.

Auf dem Weg dorthin kam er am Badezimmer
vorbei. Die Tür stand offen und er sah Helga, wie
sie sich fertigmachte.

»Bin gleich so weit«, sagte sie. »Ich habe dir ein
paar Sachen herausgelegt.«

Tristan betrat das Schlafzimmer und betrachtete die herausgelegten Sachen. Helga
hatte eine schwarze Hose, ein weißes Hemd
und eine anthrazitfarbene gestreifte Weste herausgelegt.

»Na, was meinst du?« Sie erschien hinter ihm.

»Wusste gar nicht, dass ich ein weißes Hemd
besitze«, staunte Tristan.

102

»Habe ich heute aus der Stadt mitgebracht«, grinste Helga. »Mit einer deiner neuen Strickjacken sieht das richtig gut aus.«

»Wenn du das sagst«, antwortete der Detektiv, der wusste, dass eine Diskussion überflüssig war. Er hätte sowieso den Kürzeren gezogen.

»Beeil dich«, mahnte Helga. »Ist Thilo mit dem Essen auf dem Weg?«

»Ja«, nickte Tristan und begann sich umzuziehen.

Helga steckte sich noch ein paar Ohrringe an und sah dann ihren Freund ernst an.

»Wie wird wohl die Nachricht von Pauls Tod aufgenommen?«

»Wer wird es der Gemeinde mitteilen, jetzt, wo der Ortsvorsteher nicht mehr da ist?« erwiderte Tristan.

»Ich denke, das wird der Landrat machen müssen«, meinte Helga. »Die beiden waren gute Bekannte.«

»Wenn der Landrat das richtig angeht – und er wird es richtig angehen, so wie ich ihn kenne –, dann dürfte es dem Fest nicht schaden.«

»Dann darf aber nichts von Mord die Runde machen«, sagte Helga nachdenklich.

»Noch steht ja nicht fest, dass Paul ermordet wurde«, antwortete Tristan.

»Du glaubst aber, dass es so war.« Helga half Tristan ins neue Hemd.

»Wenn es dich beruhigt, werde ich meine Vermutung nicht äußern.«

103

Sie gab ihm einen Kuss.

»Aber sollten wir von Pfeiffer etwas anderes hören«, warf Tristan ein, »dann werde ich den Mörder jagen.«

»Nichts anderes würde ich von dir erwarten«, lächelte Helga und trat einen Schritt zurück, um ihren Freund zu mustern. »Wie ich schon sagte, du siehst in den Sachen klasse aus.«

3. Die Abenddämmerung zog ...

Freitagabend

Die Abenddämmerung brach an, als Helga und Tristan in den Borgward stiegen.

»Und du bist dir sicher, dass Marlowe nichts anstellt?« fragte Helga besorgt, während sie die Beifahrertür schloss.

»Er hat zwei Kekse in seinem Fressnapf und war den ganzen Tag mit Marie unterwegs«, erklärte Tristan nochmals. »Der Vogel ist so k.o., dass er bestimmt jetzt schon schläft.«

Helga musterte ihn skeptisch. Schließlich meinte sie: »Du zahlst für jede Beschädigung!«

»Einverstanden!« nickte Tristan und startete den Oldtimer.

Der Detektiv lenkte den Borgward den Giller hinauf und parkte ihn vor dem Landhotel. Die Fahrt dauerte keine fünf Minuten, ersparte ihnen aber einen Spaziergang den steilen Berg hinauf. Sie stiegen gerade aus, als Thilo mit seinem Kastenwagen an ihnen vorbeirollte und stehenblieb. Er fuhr die Seitenscheibe hinunter und sagte: »Hallo, Helga, ich habe alles vorbereitet. Musst nur noch die Paste anzünden. Ach ja, Zusatzbestecke findest du unter dem Büfetttisch.«

»Danke, Thilo, bis später«, antwortete Helga und sah Thilos Auto nach, wie es hinter Büschen verschwand.

105

»Dann mal los!« stöhnte Helga. »Hoffentlich schmeckt ihnen das Essen?!«

Sie gingen auf das Zelt zu.

»Das hat Anne großartig gemacht«, murmelte Helga.

Die Innenarchitektin hatte vor dem Zelteingang einen breiten roten Teppich ausgelegt. Er führte vom befestigten Zufahrtsweg über die Wiese zum Zelt. In den Boden gerammte Fackeln säumten den Teppich, sodass man ihn auch in der Nacht sicher überschreiten konnte. Helga betrat den Teppich und sagte: »Fast so gut wie in Hollywood.«

»Ich weiß ja nicht«, meinte Tristan. »Ein Teppich in der Wiese? Das kann auch nur einer Frau einfallen!«

»Vorsicht!« warnte Helga freundlich.

Doch Tristan begutachtete den Teppich weiter. Er kam zu dem Schluss, dass der einzig vernünftige Grund für diesen Teppich darin bestand, dass er das Einsinken hoher Absätze in den Wiesenboden verhinderte. Damit diente er mehr zur Sicherheit der Gäste als zu deren Erbauung.

Der Detektiv schielte kurz auf Helgas Schuhe und stellte zufrieden fest, dass sie eine eher flache Absatzhöhe gewählt hatte. Schließlich würde sie ja auch noch arbeiten müssen. Ganz im Gegensatz zu Helga trug eine Frau vor ihnen Schuhe, für deren Absätze man einen Waffenschein beantragen konnte.

Die Frau drehte sich um und erkannte Helga.

»Hallo, Helga!« rief Annegrete Weisgerber und breitete die Arme zur Begrüßung aus.

»Anne, ich habe dich von hinten in diesem Kleid gar nicht erkannt«, staunte Helga und wurde gedrückt.

»Wann trägt man auch schon mal im Dorf so ein Kleid«, antwortete Anne und strich mit den Händen den feinen Stoff glatt. »Ist doch für heute Abend nicht zu übertrieben?«

»Keineswegs«, erwiderte Helga, die das Wort ein klein wenig zu lange betonte. »Wenn ich euch nicht ein Essen versprochen hätte, dann wäre ich sicherlich auch in *so etwas* erschienen.«

Tristan kräuselte die Stirn. Hatte seine Freundin diese Anne gerade geneckt?

»Wer ist denn der Mann an deiner Seite?« fragte Anne ungeniert.

»Das ist Tristan Irle«, stellte Helga vor. »Tristan, das ist Annegrete Weisgerber.«

»Hallo, Herr Irle, man hat ja schon viel von Ihnen gehört«, schmeichelte Anne.

»Ich hoffe nur Gutes«, antwortete Tristan.

»Natürlich«, erwiderte Anne mit einem zuckersüßen Lächeln.

»Wir müssen jetzt reingehen«, drängte Helga. »Ich habe noch etwas vorzubereiten.«

Sie griff Tristan unter den Arm und führte ihn ins Zelt.

»War das die Ehefrau von Jens Weisgerber?« fragte Tristan leise.

107

»Ja, und sie hat dieses Zelt ausgestattet«, erklärte Helga. »Sie ist Innenarchitektin.«

Der Detektiv sah sich um: »Okay, das sieht man nicht alle Tage!«

Jetzt im Abendlicht wirkten die beleuchteten Lampions unter dem Zeltdach wie kleine blaue Monde. Die weißen Stoffbahnen wehten leicht hin und her, fast im Takt mit den flackernden Teelichtern auf den Tischen.

»Das sieht großartig aus«, staunte der Detektiv. »Also, dieses Zelt sagt jedem, dass ihr diese Sache wirklich durchziehen wollt.«

»Ist das so?« rief eine Frauenstimme hinter ihnen.

Tristan und Helga drehten sich um.

»Hallo, Lotte«, grüßte Helga und stellte die beiden einander vor.

»Sie sind also der Detektiv?« Lotte musterte ihn ausgiebig. »Man hört ja einiges über Sie.«

Helga sah auf die Uhr und wurde unruhig, schließlich sagte sie: »Ich muss euch jetzt allein lassen, sonst wird das Büfett nicht rechtzeitig fertig sein.«

Sie gab Tristan einen Kuss und eilte in den hinteren Teil des Zeltes, wo das Büfett aufgestellt war.

Lotte sah Helga noch einen Moment nach, dann fragte sie: »Wie viel Morde haben Sie denn schon aufgeklärt?«

»Es waren schon einige, Frau Weisgerber«, antwortete Tristan.

Sie gab ihm einen Klaps auf den Oberarm. »Nennen Sie mich Lotte! Wir sind doch alle aus dem Dorf.«

»Lotte«, rief in diesem Moment Holger Niemayer, »komm mal her, der Landrat ist da.«

»Oh, da muss ich dich jetzt allein lassen«, zwinkerte sie und eilte zum Zelteingang.

Eine Männerstimme hinter Tristan sagte plötzlich: »Meine Schwester kann schon mal ganz schön aufdringlich werden, was?«

Tristan drehte sich um. Ein Mann Mitte dreißig, blonde, kurz geschnittene Haare und sonnengebräunt, stand ihm gegenüber. Er trug ein teures Jackett und edle Schnürschuhe.

»Jens Weisgerber«, stellte er sich vor.

»Tristan Irle«, erwiderte der Detektiv.

»Ich weiß«, lächelte Jens. »Man spricht im Dorf über Ihre gelösten Fälle.«

»Tut man das?« Tristan fühlte sich geschmeichelt.

»Ja, viele mögen Helga und freuen sich über ihr neues Glück.«

»Sie kannten ihren verstorbenen Mann?«

»Er stammte aus Lützel«, erwiderte Jens mit einem leichten Grinsen.

»Verstehe«, nickte Tristan. »Eine eingeschworene Gemeinschaft.«

»Nicht immer«, sagte Jens ernst. »Aber die meiste Zeit über schon.«

»Hallo, Tristan!« hallte plötzlich eine Kinderstimme quer durchs Zelt. Marie stand mit ihrer Mutter und Recarda am Eingang.

109

»Ha, Sie kennen Lützels Wildfang schon.« Jens' freundliche Haltung änderte sich, als er Recarda erblickte. »Und Lützels größte Petze ist auch da!«

Marie löste sich von ihrer Mutter und eilte auf Tristan zu.

»Sie bekommen Besuch«, sagte Jens. »Dann will ich Sie mal allein lassen.«

Marie flitzte zwischen den Tischen direkt auf den Detektiv zu.

»Wo ist Marlowe?« war das Erste, was sie fragte.

»Zu Hause«, antwortete Tristan. »Du hast ihn heute richtig müde gemacht.«

»Was?!« staunte Marie. »So viel haben wir doch gar nicht angestellt.«

Tristan staunte über das Kleid, das Marie trug.

»Du hast dich ja richtig in Schale geschmissen«, lobte Tristan sie.

»Ach, das olle Kleid«, maulte Marie. »Mama wollte, dass ich es anziehe. Dabei verträgt der Stoff überhaupt nichts.«

»In einem solchen Kleid klettert man auch nicht auf Bäume«, meinte Tristan.

»Das weiß ich auch«, konterte sie ernst, »da könnten die blöden Jungs ja mein Höschen sehen.«

Mittlerweile waren Lea und Recarda zu Tristan vorgedrungen.

»Marie, was redest du wieder?« tadelte Lea.

110

»Hast du doch selbst gesagt«, antwortete Marie beleidigt.

»Recht hat sie aber«, sagte Recarda.

»Könnt ihr nicht über was anderes reden?« maulte Marie. »Das ist ja peinlich.«

»Marie, vielleicht kannst du Helga helfen«, sagte Tristan, ohne an das Kleid zu denken.

»Oh, ich glaube, bei all dem Essen ist das keine so gute Idee«, warf Lea ein, doch Marie war schon davongehüpft.

»Helga passt schon auf«, meinte Recarda. »Du musst dich doch gleich um die Presse kümmern.«

»Ja, die müssten gleich eintreffen«, nickte Lea aufgeregt und sah sich im Zelt um. »Das hat Anne schön gemacht.«

Recarda ließ den Kommentar im Raum stehen. Tristan spürte, dass Recardas Stimmung sank und fragte: »Ihre Kamera hat heute frei?«

»Es werden wohl genügend Schnappschüsse von all den Handykameras gemacht werden, die die Leute mit sich tragen«, antwortete sie. »Da muss ich nicht auch noch meine Zeit opfern. Haben Sie schon was Neues gehört?«

»Nein«, schüttelte Tristan den Kopf und wandte sich zu Lea. »Hast du mit Marie gesprochen?«

»Ja, gleich als wir zu Hause ankamen«, antwortete Lea. »Sie hat es mit ihrer eigenen Logik gut aufgenommen.«

»So, was hat sie denn gesagt?« staunte Recarda und musterte Lea.

»Na, dass Paul alt war und alte Menschen eben sterben.« Leas Stimme klang traurig.

»Lea!« rief Holger. »Die Leute vom Fernsehen sind da.«

»Haltet mir einen Platz frei«, sagte Lea schnell, dann eilte sie zum Eingang.

2

Pfeiffer glotzte auf die Anzeigetafel der Tanksäule.

»Das ist ja der reinste Betrug«, knurrte er, während die Preisanzeige ständig in die Höhe schoss. »Wer soll das denn noch bezahlen!«

»Du nicht«, sagte Holzbaum, der neben dem Dienstfahrzeug stand und die warme Abendluft genoss.

Der Hauptkommissar betätigte unweit des Polizeigebäudes eine Zapfsäule und füllte den Tank seines Dienstfahrzeugs. Natürlich musste er den angezeigten Preis nicht selbst bezahlen. Die Behörde hatte Vertragstankstellen im Kreisgebiet, an denen die Beamten ihre Fahrzeuge auftankten. Eine Unterschrift genügte und der Tank war voll. Dennoch wurde es Pfeiffer ganz schlecht, als er ganz altmodisch den Literpreis in Deutsche Mark umrechnete.

»Holzbaum, erinnerst du dich noch an die Forderung der Grünen, den Benzinpreis auf 5 Mark zu erhöhen?«

»Das ist aber schon eine ganze Weile her«, brummte Holzbaum.

»Ja, ja, damals gab es einen Aufschrei«, erinnerte sich Pfeiffer. »Aber wenn du den Literpreis mal umrechnest, dann haben es die Christdemokraten fast geschafft, diese Forderung umzusetzen. In was für einer Welt leben wir eigentlich?«

Die Pumpe der Zapfsäule schaltete sich aus.

»Na endlich, ich dachte schon, der Tank hätte ein Loch«, maulte Pfeiffer und löste die Zapfpistole aus der Tankstutzenhalterung.

»Das liegt an deiner Fahrweise«, erwiderte Holzbaum, der sich langsam wieder in den Dienstwagen setzte.

»Was für eine Fahrweise?« Pfeiffer schraubte den Verschluss zu und verriegelte die Tankklappe. »Braucht jemand etwas aus dem Shop?«

Holzbaum schüttelte den Kopf. Arne saß im Fond und blickte gar nicht auf. Er las den Autopsiebericht, den man ihnen vor wenigen Minuten zugefaxt hatte.

Pfeiffer verschwand im Tankstellenshop. Holzbaum beobachtete seinen Chef, wie er heftig mit der Kassiererin zu diskutieren anfing. Die wilden Gesten, die die junge Frau hinter der Theke vollführte, beunruhigten Holzbaum.

Er fragte sich, was Pfeiffer wieder angestellt hatte. Doch als dieser sich verabschiedete, winkte ihm die junge Frau hinterher.

»Sehr verwirrend«, brummte Holzbaum und schnallte sich an.

113

»Alles bereit zum Take-off?« rief Pfeiffer und sprang auf den Fahrersitz.

»Klar!« nickte Holzbaum.

Arne blätterte ohne Kommentar im Bericht. Pfeiffer blickte in den Fond und meinte: »Herr Affolderbach, sind Sie startklar?«

Arne schaute auf und antwortete ernst: »Herr Pfeiffer, das ist ein Automobil mit einem 180 PS starken Selbstzünder. Im Volksmund auch Diesel genannt. Dieses Gefährt kann nicht fliegen – also kann ich auch nicht *startklar* sein. Sollten Sie jedoch *abfahrbereit* meinen, dann ja, fahren Sie los.«

Pfeiffer blickte den jungen Kommissar an, als hätte er gerade ET getroffen. Sprachlos drehte er sich um und starrte einen Augenblick auf die Armaturen.

Holzbaum grinste schelmisch.

»Was gibt es da zu grinsen?« fluchte Pfeiffer und startete den Motor.

»Der Junge hat recht«, sagte Holzbaum und sein Bulldoggengesicht strahlte wie der Weihnachtsmann. »Du hast keinen Flugschein, auch wenn ich manchmal das Gefühl habe, den Asphalt unter den Rädern zu verlieren. – Ach, was rede ich denn da, schließlich kann man den Asphalt ja nicht verlieren und du kannst nicht fliegen.«

»Ist ja gut«, knurrte der Hauptkommissar und fuhr auf die Hauptstraße. »Sehen wir zu, dass wir auf den Giller kommen.«

»Was hattest du eigentlich mit der Kassiererin zu besprechen?« fragte Holzbaum.

»Wir haben uns über das skrupellose Verhalten der Ölmultis ausgetauscht«, antwortete Pfeiffer.

»Das sah von draußen so aus, als wolltet ihr euch an die Kehle springen«, erklärte Holzbaum.

»Oh, sie hat nur mit ein paar Gesten ihre Missbilligung zum Ausdruck gebracht.« Pfeiffer stoppte den Wagen vor einer roten Ampel ab.

»Das sah aber böse aus«, meinte Holzbaum.

»Ja, ihr Freund wollte ich nicht sein«, antwortete Pfeiffer. »Wir sollten sie vielleicht im Auge behalten.«

3

Im Auge behielt auch Tristan die ins Festzelt einströmenden Menschen. Helga hatte das Büfett überprüft und so weit vorbereitet, dass sie nach den Reden nur noch die Deckel der Speisewärmer abzudecken brauchte. Der Detektiv saß an einem Tisch nahe des Büfetts. Die Sicht auf das Rednerpult war bescheiden, aber es ging ja mehr um das Gesagte als um das Gesehene. Recarda war in der Menschenmenge verschwunden. Marie zappelte neben Tristan auf einem Stuhl und nahm den liebevoll zusammengesteckten Blumenschmuck auseinander.

»Was ist das hier für eine Blume?« fragte sie Tristan und hielt ihm die Blüte unter die Nase.

115

Tristan sah die Blüte an und antwortete: »Das ist eine Wiesen-Platterbse.«

Marie zog den Stängel zurück und betrachtete die Blume genauer.

»Hier sind aber überhaupt keine Erbsen zu sehen«, sagte sie skeptisch.

Helga kontrollierte nochmals die Brennpaste unter den Speisewärmern und setzte sich dann an Tristans Tisch.

»Was machst du da?« Helga blickte ernst zu Marie, dann zu ihrem Freund. »Der schöne Blumenschmuck, den nimmt man nicht auseinander!«

»Mir ist langweilig«, maulte Marie und steckte die Blumen wieder zusammen. »Außerdem hab ich Hunger. Wann gibt es was zu essen?«

»Nach den Reden«, antwortete Helga und blickte Tristan nochmals streng an.

»Sie ist halt neugierig«, verteidigte sich Tristan.

»Habt ihr noch einen Platz frei?« fragte Holger, der plötzlich zwischen den vielen Menschen am Tisch auftauchte.

»Ja, sicher«, nickte Helga. »Wir halten nur für Lea einen Stuhl frei.«

»Dürfte gleich losgehen«, meinte Holger.

»Wird auch Zeit«, stöhnte Marie und ließ sich in die Lehne fallen. »Helga, was gibt es eigentlich zu essen?«

»Geschnetzeltes und Spätzle«, antwortete Helga.

In dem Moment drängte sich Holzbaum durch die wartende Menge und trat an Tristans Tisch.

Ihm folgte Arne, der den Autopsiebericht mit sich trug.

»Guten Abend, Frau Bottenberg«, grüßte er freundlich. »Herr Irle, wir haben da was für Sie.«

Holzbaum blickte zu Arne.

Der verstand nicht sofort, was Holzbaum von ihm erwartete und starrte zurück.

»Herr Affolderbach, bitte reichen Sie Herrn Irle die Mappe«, erklärte Holzbaum freundlich.

»Das sind polizeiliche Ermittlungsergebnisse«, erwiderte Arne, »für den öffentlichen Gebrauch benötigen wir eine Freigabe des Polizeidirektors.«

Tristan stand auf und griff sich die Mappe. »Diese Freigabe habe ich, Herr Affolderbach.«

»Sicher!« nickte Arne und sah sich verlegen um.

Der Detektiv setzte sich und schlug die Mappe auf.

»Wo ist Ihr Chef?« fragte Helga den Kommissar.

»Er spricht draußen mit dem Landrat«, antwortete Holzbaum.

»Gibt es Schwierigkeiten?« wollte Holger wissen.

»Keine, die das Fest betreffen.« Holzbaum lächelte und wandte sich an Marie. »Und wer bist du?«

»Marie Ruppert«, antwortete sie verunsichert. »Werde ich jetzt verhaftet?«

Helga und Holzbaum sahen Marie verblüfft an.

»Warum solltest du verhaftet werden?« fragte Helga besorgt.

»Na ja, wegen der Hühner«, nuschelte Marie und sah ängstlich zu Holzbaum.

»Wegen der Hühner?« wiederholte der Kommissar und schüttelte dann den Kopf. »Nein, deswegen sind wir nicht hier.«

»Was für Hühner?« Helga blickte Marie streng in die Augen.

»Die von Tante Hilde«, gestand Marie niedergeschlagen.

Helga wollte mehr wissen, doch Hauptkommissar Pfeiffer trat an den Tisch und lenkte damit alle Aufmerksamkeit auf sich. Marie atmete erleichtert auf.

»Guten Abend zusammen«, grüßte Pfeiffer und sah, dass Tristan den Autopsiebericht las. »Schon zu Ende gelesen?«

»Nein«, sagte Tristan und sah zu Pfeiffer. »Ich denke, wir sollten das nicht hier weiter besprechen.«

Er schlug den Bericht zu und stand auf.

»Lassen Sie uns rausgehen«, schlug Pfeiffer vor.

»Beeilt euch, es geht gleich los«, mahnte Helga und blieb mit Marie und Holger am Tisch sitzen.

Tristan und die Beamten wurden von mehreren Dorfbewohnern kritisch beobachtet, als sie sich hinter der Theke, die gleich neben dem Eingang aufgebaut war, aus dem Zelt stahlen.

»Soweit ich verstanden habe«, begann Tristan, »hat man in Pauls Leiche die Überreste von Digoxion gefunden.«

»Das ist korrekt«, nickte Arne. »Es handelt sich dabei um ein herzwirksames Steroid. Allgemein auch als Digitalisglykoside bezeichnet oder einfach Digitalis genannt.«

»Dieses Gift stammt aus der Pflanze *Digitalis purpurea*«, las Tristan vor und sah Pfeiffer fragend an. »Was ist das für eine Pflanze?«

»Der Rote Fingerhut«, antwortete der Hauptkommissar.

»Die Giftbezeichnung leitet sich von der Gattung *Digitalis* ab«, erklärte Arne, ohne gefragt worden zu sein. »Das Wort *Digitalis* leitet sich wiederum vom lateinischen Wort *digitus* ab, was so in etwa Finger bedeuten kann. Das Artepitheton ...«

»Das was?« knurrte Pfeiffer.

»Das Artepitheton bezeichnet in der biologischen Systematik ein weiteres artetypisches Merkmal. In unserem Fall *purpurea,* was auf die purpurroten Blüten hindeutet.«

»Okay«, nickte der Detektiv. »Hier steht, dass das Gift in den Blütenblättern zu finden ist und schon 2,5 g bis 5 g für den Menschen tödlich sein können.«

»Lesen Sie weiter«, forderte Pfeiffer. »Es wird noch besser!«

Tristan überflog den Bericht und schlug schließlich die Mappe zu. »Das ist ja teuflisch! Der Mörder hat die Blätter in Honig gemischt.«

119

»So wie es aussieht, hat sich Paul Nöll die tödliche Dosis selbst verabreicht.« Pfeiffer zündete sich eine Zigarette an. »Da Sie die Tabellen überflogen haben, kann ich Ihnen noch sagen, dass eine erhebliche Konzentration des Giftes in den Magenrückständen gefunden wurde.«

»Der Mörder hat keine genaue Dosierung vorgenommen«, sagte Tristan.

»Ja, er hat sozusagen mit der Kanone auf Spatzen geschossen«, zischte der Hauptkommissar.

»Dann wusste der Mörder nicht, wie er das Gift aus den Blüten extrahieren konnte«, meinte Tristan.

»Oder es war ihm schlicht zu viel Arbeit«, merkte Holzbaum an.

»Wenn Paul das Gift mit dem Honig eingenommen hat«, überlegte Tristan, »dann müsste der doch noch am Tatort zu finden sein.«

»Ja, das müsste er«, nickte Holzbaum.

»Es sei denn«, warf Arne ein, »dass jemand zwischenzeitlich das Beweisstück entfernt hat.«

»Scheiße!« Pfeiffer warf die Zigarette weg. »Sie haben recht! Kommen Sie, wir sollten sofort zum Tatort fahren.«

4

Lotte beobachtete den plötzlichen Aufbruch der Polizisten mit Sorge. Sie hatte mitbekommen, wie der Landrat den Hauptkommissar Pfeiffer nach dem Stand der Ermittlungen befragte. So wie der Landrat reagierte, schien die Nachricht nicht so gewesen zu sein, wie der Politiker sie sich gewünscht hätte.

Sie wollte gerade hinter den Polizisten herrufen, als der Fernsehredakteur zu ihr trat.

»Frau Weisgerber, wir sind jetzt so weit«, sagte er und deutete auf eine aufgebaute Kamera und einige Scheinwerfer, die den Zeltvorplatz ausleuchteten.

»Wir haben schon ein Statement vom Landrat«, erklärte der Redakteur. »Es war wie immer politisch und griffig. Wenn Sie also versuchen könnten, Ihren ganz persönlichen Beweggrund mitzuteilen, wäre das ausgezeichnet.«

»Kann ich das Gleiche sagen wie im lokalen Radio?« fragte Lotte und dachte: Wo ist Lea? Die sollte mir doch helfen.

Lea half ihr, nur konnte das Lotte nicht sehen, da sie von dem Kamerascheinwerfer geblendet wurde. Lea kümmerte sich nämlich nur wenige Meter von der Fernseh-Crew entfernt um die Zeitungsleute. Die lokalen Zeitungsvertreter kamen von Redaktionen aus Hilchenbach, Erndtebrück und Siegen. Es gab aber auch überregional arbeitende Journalisten, die aus Köln, Hamburg, München und Berlin angereist waren. Wie sie jetzt feststellte, fehlten ihr noch einige Pressemappen.

»Meine Damen und Herren«, sagte sie, »bitte gehen Sie doch schon mal ins Zelt. Es sind dort einige Plätze reserviert. Während der Reden kopiere ich Ihnen noch weiteres Pressematerial, das ich Ihnen nach der Veranstaltung geben werde. Wenn Sie mir folgen würden.«

Lea führte die Journalisten ins Zelt und hoffte, dass rund um das Stehpult noch irgendwo ein paar Plätze frei waren. Sie hatte Glück und konnte jedem einen mehr oder weniger guten Sitzplatz anbieten. Die letzten beiden Sitzplätze fand sie an Helgas Tisch, wo sie sich mit einem Redakteur aus Hamburg niederließ.

Draußen beendete Lotte derweil ihr Statement. Sie sah auf die Uhr und fragte: »Sind wir hier fertig?«

»Danke ja, den Rest nehmen wir drinnen im Zelt auf«, lächelte der Fernsehmann.

»Gut«, nickte Lotte und suchte den Landrat.

Otto Otterbach stand mit dem Hilchenbacher Bürgermeister zusammen. Lotte ging auf die beiden Herren zu und meinte:

»Meine Herren, wir sollten jetzt loslegen!«

»Wie Sie meinen, Frau Weisgerber«, antwortete der Landrat.

»Gibt es irgendwelche Probleme?« Lotte sah Otterbach prüfend an.

»Nein, Frau Weisgerber, wir verfahren wie besprochen«, erklärte Otterbach. »Ich werde den Gästen vom plötzlichen Tod ihres Ortsvorstehers berichten und wir bleiben bei der Herzinfarkt-Geschichte.«

»Aber Sie wissen schon mehr«, erwiderte Lotte. »Ich habe Sie mit dem Kommissar sprechen sehen.«

Otterbach sah Lotte eindringlich an und merkte, dass diese Frau erst Ruhe geben würde, wenn sie alles erfahren hatte.

»Also gut«, schnaufte der Landrat. »Behandeln Sie diese Information vertraulich. So wie es aussieht, hat man Paul vergiftet.«

»Was?« rief sie so laut, dass sich einige Dorfbewohner nach ihr umdrehten.

Lotte erkannte ihren Fehler und lächelte den Leuten zu, während sie sagte: »Der Landrat hat uns noch zwei Baumaschinen besorgt.«

Jetzt war es an Otto Otterbach, ein lautes „Was" von sich zu geben. Doch Lotte machte ihm auf dem Weg zum Mikrofon schnell klar, welchen politischen Schaden die Meldung eines Mordes haben würde.

Im Zelt fand man keinen freien Stuhl mehr, als der Landrat und der Hilchenbacher Bürgermeister durch die Menge schritten. Lotte begleitete die Herren bis kurz vor das Rednerpult. Anne hatte einen VIP-Tisch aufgestellt, an dem der Bürgermeister, der Landrat sowie Lotte, Jens und Anne Platz fanden. Während die Herren weiter zum Rednerpult gingen, setzte sich Lotte zu ihrer Verwandtschaft.

Das Dorf gehörte zur Stadt Hilchenbach, deshalb ergriff der Bürgermeister als Erster das Wort.

»Guten Abend, liebe Bürgerinnen und Bürger«, begann er in seiner jovialen Art. »Was wir heute hier erleben, ist der Beginn einer Zeitenwende.«

Die Gäste klatschten und Lea schlich sich aus dem Zelt, um weitere Kopien ihrer Pressemappe im Landhotel anzufertigen.

»Man könnte auch sagen«, motzte Holger an seinem Tisch, »die endgültige Kapitulation des Staates vor dem Bürger.«

»Sei ruhig, Holger«, mahnte Helga.

Der Bürgermeister genoss den Applaus, dann fuhr er fort. »Mit dem bürgerlichen Einsatz für das Gemeinwohl zeigen die Bewohner des Dorfes Lützel der ganzen Bundesrepublik, wie man Dinge selbst in die Hand nehmen kann. Ich, sowie die gesamte Stadtverwaltung, stehen hinter diesem Projekt und werden es mit Sachverstand unterstützen.«

Wieder ein kräftiger Applaus, dann trat der Landrat ans Pult.

»Liebe Lützeler«, begann er. »Bevor ich das ganze Projekt nochmals vorstelle, muss ich Ihnen mitteilen, dass mein guter Freund und langjähriger Parteigenosse Paul Nöll heute Morgen plötzlich verstorben ist.«

Ein Raunen ging durch das Zelt.

»Sie stimmen mir sicherlich zu, dass ohne die Initiative von Paul Nöll diese Aktion nicht die Dynamik erreicht hätte.«

Lottes Gesichtszüge entgleisten, als sie das hörte. Zum Glück saß sie in der ersten Reihe, dachte sie, so bekam nur ihr Bruder diese Reaktion mit. Jens griff Lottes Hand. Eine tröstende Geste, die von den meisten jedoch missverstanden wurde.

Holger und Helga wussten es jedoch besser.

»Das schmeckt Lotte sicherlich nicht«, brummte Holger.

»Sei still«, schimpfte Helga und lächelte den Journalist aus Hamburg freundlich an. Der notierte sich fleißig einige Fragen in sein Notizbuch.

»Es wäre wohl in Pauls Sinn«, sprach Otterbach weiter, »wenn dieser tragische Todesfall die Straßensanierung nicht gefährdet. Und so wie ich ihn kannte, würde er sicher keine trübseligen Gesichter auf der Geburtstagsfeier des ersten Bürgervereins sehen wollen, der eine Straße in der Bundesrepublik saniert.«

Wieder brandete lauter Applaus auf. Der Landrat nickte zustimmend ins Publikum und wartete mit seiner Rede, bis sich die Leute wieder beruhigt hatten.

Dann begann er die gesamte Aktion nochmals zusammenzufassen und nannte die ersten Bautermine.

5

Pfeiffers Dienstwagen parkte neben dem Landhotel. Die latente Gehfaulheit des Hauptkommissars sorgte dafür, dass sie nur wenige Schritte über die sommerliche Skipiste gehen mussten, um zum Auto zu gelangen. Tristan und Arne nahmen auf dem Rücksitz Platz. Pfeiffer startete den PS-starken Opel und gab Gas.

»Wissen Sie, wie teuer momentan der Sprit ist?« fragte Pfeiffer den Detektiv.

»Nein«, antwortete Tristan. »Mein Borgward frisst nicht so viel, dass ich ständig tanken müsste.«

»Das liegt wahrscheinlich an einer bedachten Fahrweise«, meinte Arne und schnallte sich an.

»Ich sage Ihnen, die Ölkonzerne sind die Raubritter des 21. Jahrhunderts.« Der Hauptkommissar jagte die Dorfumgehungsstraße hinunter. »Warum protestieren die Menschen nicht zu Tausenden gegen diese Konzerne?«

Er blickte kurz nach links, als er auf die B 62 bog, um gleich darauf wieder links zur Eisenstraße abzubiegen.

»Sie sollten sich anschnallen«, warnte Arne den Detektiv.

»Diese Straßensanierung«, plauderte Pfeiffer weiter, »wer hat sich das eigentlich ausgedacht?«

»Sie sollten vom Gas gehen«, mahnte Tristan.

Der Hauptkommissar grinste und dann erwischte das rechte Vorderrad des Opels das erste Schlagloch.

Ein mächtiger Knall ertönte im Innenraum. Pfeiffer riss es das Lenkrad aus der Hand, während er aus dem Sitz gehoben wurde.

Holzbaum wurde durch sein Gewicht im Sitz gehalten. Arne war angeschnallt und Tristan hatte sich rechtzeitig festgehalten.

»Wow, was war das denn?« rief Pfeiffer und griff hastig nach dem Lenkrad.

»Ein Schlagloch«, antwortete Tristan von hinten.

Knirschende Geräusche drangen vom rechten Vorderrad ins Innere.

»Das hört sich nicht gut an«, knurrte Pfeiffer und testete vorsichtig die Lenkung. »Bis zum Schuppen muss es halten.«

Mit moderatem Tempo rollte der Opel quietschend an der Siedlung vorbei.

»Jetzt verstehe ich die Aktion«, murmelte der Hauptkommissar, »die sollten rasch mit der Sanierung beginnen.«

Schließlich erreichten sie die Einfahrt zur Streuobstwiese und zu Pauls Schuppen.

Pauls Kombi stand immer noch in der Einfahrt. Pfeiffer stoppte den ramponierten Wagen hinter dem Kombi.

Sie stiegen erleichtert aus.

»Im Kofferraum sind Taschenlampen«, sagte Holzbaum.

Während Arne und Tristan dem Kommissar folgten, sah Pfeiffer nach dem rechten Vorderrad. Der Hauptkommissar tastete vorsichtig den Reifen ab. Von hinten schnitten plötzlich Lichtstrahlen durch die Dunkelheit.

»Und wie schlimm ist es?« fragte Tristan und leuchtete auf das Vorderrad.

»Die Achse scheint gebrochen«, seufzte Pfeiffer. »Damit kommen wir hier nicht mehr weg.«

»Lassen Sie uns den Schuppen ansehen«, sagte Tristan und reichte Pfeiffer eine weitere Taschenlampe.

»Das wird eine Menge Papierkram nach sich ziehen«, fluchte der Hauptkommissar. »Wieso passiert so was immer mir?«

Tristan sah Pfeiffer verdutzt an.

»Das ist Ihnen nicht klar?« fragte er sarkastisch.

Pfeiffer wollte gerade antworten, als ein Rascheln alle verstummen ließ.

»Das kam aus dem Busch dahinten«, flüsterte Arne.

»Verdammt, welcher Busch«, zischte Pfeiffer und zog seine Waffe. »Hier sind überall Büsche!«

»Neben dem Schuppen!« Holzbaum leuchtete in einen Brombeerbusch.

Das Rascheln wurde lauter.

Vorsichtig schlichen die Männer über den kleinen Pfad zum Schuppen.

»Sollten wir uns nicht zu erkennen geben?« fragte Arne leise.

»Damit der Kerl abhaut?!« schnaufte Pfeiffer und entsicherte seine Pistole.

»Die Vorschrift verlangt ...«, sprach Arne weiter.

»Ruhe jetzt!« befahl Pfeiffer etwas zu laut.

Vor ihnen bewegte sich bedrohlich das Gebüsch. Pfeiffer feuerte. Etwas Schwarzes sprang ihnen gackernd entgegen und Pfeiffer schoss ein zweites Mal. Daraufhin flogen Hühnerfedern durch die Luft.

»Ein Huhn?!« staunte Holzbaum. »Wo kommt das denn her?«

»Ein totes Huhn, um genau zu sein«, sagte Tristan und beugte sich zu dem armen Geschöpf. »Ich habe da so eine Ahnung. Es könnten noch mehr von denen hier rumlaufen, Herr Pfeiffer!«

»Okay«, nickte der Hauptkommissar und steckte die Pistole ins Halfter zurück. »Sehen wir uns jetzt den Schuppen an.«

Die Schuppentür lehnte nur an. Holzbaum öffnete die alte Holztür, deren Scharniere laut knarrten.

»Wonach suchen wir genau?« fragte Pfeiffer und leuchtete in das Innere.

»Nach Honiggläsern«, antwortete Tristan.

»Mann, ist das eine Unordnung«, schnaufte Pfeiffer, als er mit dem Knie gegen eine Holzbox stieß. »Wofür braucht er all die Kästen?«

»Damit zimmert er Holzrahmen, in denen die Bienen ihre Waben anbringen«, erklärte Holzbaum.

»Sollten wir nicht die Spurensicherung benachrichtigen?« merkte Arne an. »Wir verhalten uns nicht gerade professionell.«

»Quatschen Sie nicht«, maulte Pfeiffer, »suchen Sie nach diesen Honiggläsern!«

Sie leuchteten die Regale ab, aber nirgends waren Honiggläser zu finden.

»Das ist merkwürdig«, sagte Tristan und öffnete eine der Kisten, die unter der Werkbank standen. »Ein Imker ohne Honig?«

»Kommt mal her«, rief unterdessen Pfeiffer. »Hier steht ein Teller mit Brot.«

Tristan sah kurz in die Kiste und wollte sie gerade wieder schließen, als ihm ein Gegenstand auffiel, der ganz und gar nicht an diesen Ort passte. Er griff zu einem Holzspan, der am Boden lag, und fischte den Gegenstand heraus.

»Das hier ist genauso interessant«, sagte er und hielt ein schwarzes Seidenhöschen in die Höhe.

Die Polizisten starrten das feine Nichts verdutzt an.

»Dieser Mistkerl!« rief Pfeiffer. »Der hat hier nicht nur gezimmert!«

Arne zauberte eine Plastiktüte aus seiner Jacke und hielt sie Tristan hin.

»Sie haben das Beweisstück doch nicht berührt?« fragte der Jungkommissar besorgt.

Der Detektiv wedelte mit dem Holzspan und ließ das Höschen in die Tüte rutschen.

»Der Honig ist jedenfalls weg«, seufzte Holzbaum und leuchtete auf das liegen gebliebene Brot. »Und etwas zu essen könnte ich auch vertragen.«

»Schön, aber wie kommen wir hier jetzt weg?« fragte Pfeiffer. »Das Auto ist Schrott.«

»Wir können laufen«, schlug Tristan vor.

Pfeiffers Augen verengten sich bedrohlich.

»Sie wollen doch nicht Ihre Waffe ziehen«, mahnte der Detektiv.

»Eine Nachtwanderung unter dem Firmament«, frohlockte Arne. »Dem großen Wagen folgend in die Wildnis hinaus. Was für ein Abenteuer.«

Pfeiffer schüttelte den Kopf. »Wir können einen Abschleppwagen kommen lassen.«

»Bis der da ist«, Holzbaums Magen knurrte hörbar laut, »bin ich verhungert!«

6

Nur zwei Kilometer weiter eröffnete Helga in diesem Moment das Büfett. Die Reden waren gehalten. Wie immer etwas zu lang. Jetzt galt die Aufmerksamkeit dem Wohle des Magens. Viele Dorfbewohner hatten sich das heimische Abendessen gespart, um die kostenlosen Köstlichkeiten besser genießen zu können. Dementsprechend hungrig reihten sich die Gäste in die Schlange ein, die sich augenblicklich, nachdem Helga die Deckel der Speisewärmer abgenommen hatte, bildete.

Lea hatte ihre Pressemappen verteilt und war Helga hinter das Büfett gefolgt. Sie half, so gut es ging, die Töpfe nachzufüllen.

»Mann, die putzen aber was weg«, staunte die Übersetzerin.

»Das ist immer so, wenn es etwas umsonst zu essen gibt«, erklärte Helga, »deshalb hat Thilo auch so viel vorbereitet.«

»Das ist gut mitgedacht«, nickte Lea und nahm eine leere Wanne aus dem Speisewärmer. »Wohin damit?«

»Unter den Tisch«, sagte Helga.

»Ha, deshalb reichen die Tischdecken vorne bis auf den Boden«, grinste Lea und verstaute die leere Wanne unter dem Büfett-Tisch.

»Man muss improvisieren«, lächelte Helga und kontrollierte die fast leeren Speisewärmer. »Jetzt könnte Thilo mit dem Nachschub kommen.«

Lea sah sich im Zelt um und meinte: »Noch sind alle beim Essen. Selbst die Journalisten sind geblieben und genießen.«

»Das wird nicht mehr lange dauern, dann stehen die zum zweiten Mal an«, antwortete Helga besorgt.

Lea sah zu dem Journalisten, der zusammen mit Marie und Holger das Geschnetzelte vertilgte. »Was hat dich eigentlich eben der Journalist gefragt?«

Helga blickte kurz zu Lea und sah dann zu dem Journalisten.

»Er wollte etwas über Spannungen in der Dorfgemeinschaft wissen.«

»Was für Spannungen?!« wunderte sich Lea.

»Keine Ahnung, vielleicht hat er Holgers Zwischenrufe missverstanden«, meinte Helga und flüsterte dann: »Du solltest dich unbedingt mal mit Holger unterhalten!«

»Weshalb?« wunderte sich Lea, dann blickte sie zum Zelteingang und ihr Gesicht strahlte, während sie rief: »Schau, da kommt Thilo mit dem Nachschub!«

Helga schüttelte den Kopf und wandte sich dem Büfett zu. Sie dachte an den Kinofilm „Wenn

Liebe so einfach wäre ...". Für Lea war sie es definitiv nicht.

Holger hörte Lea den Namen seines Bruders rufen und das genügte, um ihm die gute Laune völlig zu verderben.

»Wissen Sie was?« fuhr er den Journalisten an. »Sie sollten mal darüber schreiben, dass die EU die deutschen Bauern für die Produktion von Benzin-Pflanzen allein in Deutschland mit 1,55 Milliarden Euro fördert.«

»Das dient ja dem Klimaschutz«, antwortete der Journalist und wischte sich das Kinn mit einer Serviette ab.

»Es dient ja wohl in erster Linie den Bauern«, maulte Holger. »Allein der Schwachsinn, den Anbau von Energiepflanzen mit bis zu 3000 Euro Prämie pro Hektar zu belohnen! Und wir sind so blöd und schneiden uns das Geld aus den Rippen, damit wir die Straße sanieren können.«

»Sie sind also nicht für diese Sanierung?« fragte der Journalist.

Marie, die das Gespräch mehr oder weniger gelangweilt verfolgt hatte, blickte Holger ebenfalls fragend an. Als Holger zögerte zu antworten, sagte sie: »Holger ist Künstler!«

Der Journalist lächelte. »Meinst du, dass man Künstler sei, genüge, um gegen etwas zu sein?«

»Nein«, antwortete Marie, »es zeigt nur, dass er sich Gedanken macht.«

»So?!« Der Journalist wusste mit der Antwort nichts anzufangen.

Marie sah das sofort an dem Blick, der auf ihr ruhte. Sie seufzte enttäuscht und fragte: »Was machen Sie aus einer Coladose, einer Eisenstange, einem alten Kinderwagenrad und einem Fahrraddynamo?«

»Ich gebe es dem Schrotthändler«, grinste der Journalist.

»Strom«, antwortete Marie trocken. »Können Sie sich bei uns im Garten ansehen.«

»Ich habe ein Windrad aus den Teilen angefertigt«, erklärte Holger.

»Sag ich ja«, nickte Marie. »Im Dorf ist keiner auf die Idee gekommen, aus einer Coladose ein Windrad zu bauen. Holger macht sich eben Gedanken.«

»Verstehe. Aber eine Straßensanierung mit den Agrar-Subventionen in Verbindung zu setzen, das ist doch etwas anderes«, antwortete der Journalist.

»Wieso? Das sind doch auch nur alte Teile, die man neu zusammensetzen kann, oder?« Marie grinste den Journalisten frech an.

»Nun, so einfach ist das nicht«, antwortete der Mann.

»War's auch nicht mit der Coladose«, erwiderte Marie selbstbewusst. »Man muss es nur machen. Und jetzt funktioniert es bei uns im Garten.«

134

Der Hilchenbacher Bürgermeister genoss das Essen. Lotte sorgte dafür, dass es dem Politiker an nichts fehlte. Schließlich war er auch Lottes Chef. Anne und Jens unterhielten sich mit dem Landrat über das neue Kreisgebäude. Es ging um Effizienzwerte und wie viel der Kreis dadurch an Unterhaltungskosten sparte. Die Gruppe vermied es, das Gespräch auf den verstorbenen Paul kommen zu lassen. Dies gelang ihr ausgezeichnet, bis einer der Journalisten an ihren Tisch trat.

»Herr Landrat, entschuldigen Sie die Störung«, sagte er freundlich.

Otto Otterbach sowie der Bürgermeister reagierten fast gleichzeitig und legten das Besteck aus den Händen. Wie ein guter Jagdhund bei der ersten Witterung alle seine Sinne schärft, so konzentrierten sich die Politiker sofort auf den Mann der Presse.

»Was können wir für Sie tun?« fragte Otterbach jovial.

»Nun, ich hätte da noch eine Frage«, antwortete der Journalist. »Der plötzliche Tod des Ortsvorstehers, gefährdet er das Unternehmen wirklich nicht?«

»Natürlich nicht«, erwiderte Otterbach wie aus der Pistole geschossen.

»Ein tragisches Unglück«, ergänzte der Hilchenbacher Bürgermeister. »Der Verlust trifft uns alle.«

»Sie sprechen von einem Unglück«, lächelte der Journalist, »und bitte verstehen Sie mich jetzt nicht falsch, aber es irritiert mich doch etwas, dass die Polizei und der Privatdetektiv Irle sehr eilig das Fest verlassen haben. Hat das etwas mit dem Unglück zu tun?«

»Hören Sie mal«, antwortete Otterbach barsch, »es ist jetzt nicht der richtige Zeitpunkt, diese Dinge zu besprechen.«

»Wann wäre denn der richtige Zeitpunkt?« konterte der Mann. »Wenn die Sanierung abgeschlossen ist? Oder verheimlichen Sie etwas?«

»Hier verheimlicht niemand etwas«, sagte der Bürgermeister.

»Da wäre ich mir nicht so sicher!« Recarda stand plötzlich hinter dem Journalisten. »Herr Irle hat mir gesagt, dass bei dem *Unglück* etwas nicht ganz zusammenpasst.«

»Wie meinen Sie das?« hakte der Journalist nach.

»Es gibt Vermutungen, dass es sich um Mord handeln könnte«, antwortete die Fotografin.

»Jetzt übertreib nicht«, fauchte Anne. »Paul hatte es am Herzen.«

»Ja!« nickte Lotte. »Jeder im Dorf kannte Pauls Herzprobleme.«

»Anne muss es ja wissen«, erwiderte Recarda gelassen.

»Was soll das denn heißen?« rief Anne.

Einige Gäste sahen sich nach der Innenarchitektin um.

»Schatz«, mahnte Jens und sah dann Recarda zornig an, »du gehst jetzt besser.«

136

»Das lässt jedoch immer noch die Frage offen, ob der Ortsvorsteher umgebracht wurde«, stellte der Journalist nüchtern fest.

»Was wollen Sie eigentlich?« explodierte Jens plötzlich und stand auf. »Wir haben diesen Mann geliebt, nicht wahr, Anne!? Also, weshalb sollten wir dem Ortsvorsteher etwas antun?«

»Jetzt regen Sie sich mal nicht so auf«, empörte sich der Journalist. »Fragen darf man wohl noch stellen.«

7

Helga beobachtete vom Büfett aus, was am VIP-Tisch geschah. Thilo füllte die Speisewärmer auf und fragte: »Was haben die denn?«

»Keine Ahnung«, antwortete Helga. »Aber wenn Recarda dabei ist, dann geht es wahrscheinlich um einen Mann.«

Thilo schielte sie an und grinste. »Müsste ich etwas aus deiner Vergangenheit wissen?«

»Du bist jetzt schon der zweite Mann, der mich das fragt.« Helga wischte die Speisewärmer mit einem Tuch sauber. »Das dürfte wohl reichen.«

»Muss, Chefin, mehr gibt's nicht mehr«, stöhnte Thilo und zog einige der leeren Speisewannen unter dem Büfett-Tisch hervor. »Die bringe ich schon mal ins Auto.«

Thilo beachtete seinen Bruder mit keinem Blick. Er schleppte die schmutzigen Wannen nach draußen. Dort wäre er fast mit Holzbaum zusammengestoßen, der mit seinen Kollegen und Tristan aus der Dunkelheit hinter dem kleinen Kastenwagen auftauchte.

»Was, alles schon aufgegessen?« rief Holzbaum, an der Grenze zur Panik.

»Nein, nein« antwortete Thilo. »Ich habe gerade frischen Nachschub gebracht.«

»Gott sei es gedankt!« stieß Holzbaum mit einem Blick gen Himmel aus. »Ich bin am verhungern.«

»Na, so schnell wird es bei dir wohl nicht gehen, Holzbaum«, frotzelte Pfeiffer. »Ein paar Kilo weniger würden dir nicht schaden.«

Holzbaum hörte nicht auf seinen Partner, sondern stürmte geradewegs auf das Büfett zu.

Arne folgte dem gewichtigen Kollegen wie ein angeleintes Rettungsboot im Kielwasser eines Raddampfers.

Thilo grinste und schloss den Kastenwagen.

»Na, wo kommen Sie denn jetzt her?« fragte der Koch. »Haben Sie einen Spaziergang gemacht?«

»War wohl mehr eine Wanderung«, schnaufte Pfeiffer.

»Kommen Sie noch zum Essen?« fragte Thilo.

»Gleich«, nickte der Hauptkommissar und wühlte eine Zigarettenschachtel aus der Hosentasche. Als Thilo wieder im Zelt verschwunden war, fragte Pfeiffer: »Was machen wir jetzt mit dem Höschen? Glauben Sie, eine der hier anwesenden Damen könnte es identifizieren?«

»Die Frage ist nicht, ob die Damen es *könnten*, sondern ob sie es auch machen würden!« Tristan rückte seine Halbbrille zurecht.

Der kleine Spaziergang hatte seine Sinne geschärft. »Ich schlage vor, wir behalten dieses Beweisstück erst einmal unter Verschluss.«

»Was meinen Sie, sind alle Dorfbewohner anwesend?« Pfeiffer sah sich im Zelt um.

»Die meisten sind da«, nickte Tristan und blickte dann Pfeiffer nachdenklich an. »Sie wollen doch jetzt nicht anfangen jeden hier zu befragen!?«

»Doch, daran hatte ich gerade gedacht«, nickte der Hauptkommissar.

»Damit zerstören Sie die Stimmung, lassen Sie das!« warnte Tristan. »Ich schlage vor, dass Sie stattdessen der Presse die neuesten Informationen geben.«

Pfeiffer glotzte Tristan an und meinte: »Das Höschen?!«

»Nein, Mann«, schnaufte der Detektiv. »Sie geben bekannt, dass Paul vergiftet wurde.«

»Kann ich nicht«, stöhnte der Hauptkommissar und deutete auf den Landrat, »er hat darum gebeten, bis nach der Veranstaltung zu warten.«

»Und wenn ich mit der Presse spreche?« fragte er Pfeiffer.

»Das kann ich natürlich nicht verhindern«, brummte der Hauptkommissar und zuckte mit den Schultern. »Allerdings werden die Journalisten ihren Mund nicht halten«, warnte er Tristan.

»Die Presseleute werden sofort die Gäste nach ihren Meinungen fragen, und dann sind wir genau da, wovor Sie mich eben gewarnt haben – die Stimmung wäre hin.«

Der Detektiv sah sich im Zelt um. Es herrschte eine ausgelassene Atmosphäre. Eine Nachricht wie die von der Ermordung des Ortsvorstehers würde das Zelt im Nu leer fegen. Da war es doch besser, Nachforschungen bei gut gelaunten Gästen zu betreiben.

»Wir sollten überhaupt nichts von Mord erwähnen«, sagte Tristan nachdenklich. »So bekommen wir vielleicht noch etwas heraus.«

Pfeiffer zerdrückte den Rest seiner Zigarette auf dem Wiesenboden.

»Lassen Sie uns noch etwas essen«, sagte er und betrat das Zelt.

8

Helga freute sich, dass Tristan noch rechtzeitig zurückgekommen war. Die Leute aßen, als würde es morgen nichts mehr geben. Der Detektiv setzte sich zu Marie, die neben Holger in ihrem Essen rumstocherte.

»Hallo, Marie, keinen Hunger?« fragte Tristan.

»Nee, hab schon einen Teller leer gegessen«, stöhnte sie. »Das bring ich nicht mehr runter.«

Der Journalist aus Hamburg stellte einen vollen Teller ab und nahm wieder Platz. Tristan stellte sich kurz vor.

»Hab von Ihnen gehört«, sagte der Mann. »Sie scheinen eine lokale Berühmtheit zu sein.«

»Was nennen die Leute nicht alles berühmt?« antwortete Tristan und musterte sein Gegenüber.

»Sie haben die Ansprachen verpasst«, sagte der Journalist und begann zu essen.

»Hast nichts Wichtiges versäumt«, meinte Holger. »Hat sich denn der Ausflug gelohnt?«

»Mal abwarten«, antwortete Tristan vielsagend.

Helga brachte ihm einen gefüllten Teller und Besteck.

»Lass es dir schmecken«, wünschte sie und eilte wieder zum Büfett.

»Das nenne ich Service«, lächelte der Journalist.

»Helga ist Tristans Freundin«, sagte Marie grinsend.

»Ja, sie kümmert sich um mich«, nickte Tristan und begann zu essen.

»Die Herren, mit denen Sie gekommen sind«, der Journalist sah zu Pfeiffer und Holzbaum, »wirken sehr offiziell.«

»Es sind Polizisten«, plapperte Marie. »Zum Glück verhaften sie keine Kinder.«

Holger und Tristan nickten.

»Polizei?!« wunderte sich der Journalist.

»Wir sind auf alles vorbereitet«, meinte der Detektiv.

»Erwarten Sie Protest?«

»Nein«, antwortete Tristan, während er aß.

Damit ließ der Mann aus Hamburg das Thema ruhen und fragte stattdessen: »Was halten Sie persönlich von der Sanierung? Ihr Nachbar ist ja nicht so begeistert.«

Holger erklärte Tristan kurz, dass er eine differenzierte Meinung zur Sanierung vertrat. Der Detektiv hörte sich Holgers Argumente an und meinte dann: »Es bringt die Menschen im Dorf zusammen. Dass dabei noch ein ordentlicher Straßenbelag herauskommt, ist zu begrüßen.«

»Darf ich das zitieren?«

Tristan nickte.

Am VIP-Tisch hatte sich die Stimmung wieder beruhigt. Recarda war mit dem Journalisten nach draußen gegangen und kam nun allein zurück. Sie sah, dass Lea und Thilo zusammenstanden und steuerte auf sie zu. Helga hatte sich mittlerweile auf Holgers Platz neben Tristan gesetzt. Marie war mit Holger im Zelt unterwegs und der Journalist aus Hamburg hatte sich verabschiedet.

»Alles gut gelaufen?« fragte der Detektiv.

»Bestens«, nickte Helga und blickte zu Recarda. »Ich sollte die alten Geschichten ruhen lassen.«

»Habt ihr euch nie darüber ausgetauscht?« wunderte sich Tristan.

»All die Jahre sind wir uns nur flüchtig begegnet«, antwortete Helga. »Sie ist ja viel unterwegs.«

»Na, dann wäre es wohl mal an der Zeit, die Dinge zu klären«, meinte Tristan und winkte Recarda zu sich.

4. Über den Wiesen ...

Samstagmorgen

Über den Wiesen glitzerte der Tau im Morgenlicht, als Lotte müde aus dem Fenster schaute. Ihr Bruder hatte sie geweckt.

»Ich muss unbedingt die Wasserleitungen überprüfen lassen«, gähnte sie, als ein dumpfes Rattern aus den Wänden drang.

Jens duschte ein Stockwerk tiefer. Jedes Mal, wenn er den Wasserhahn betätigte, klapperten irgendwo im Haus zwei Rohrleitungen gegeneinander. Und ihr Bruder schien ein Konzert geben zu wollen, so oft drehte er an den Hähnen.

Lotte stöhnte laut auf, dann quälte sie sich aus dem Bett. Neben ihrem Schlafzimmer befand sich ein zweites Bad. In das verschwand sie, um sich für den anstehenden Tag fertig zu machen.

»Oh Gott!« brummte sie vor dem Spiegel. Ein paar dunkle Augenhöhlen, in denen zwei winzige, grün-weiße Augäpfel hin und her huschten, starrten sie an. Die fahle Gesichtsfarbe wirkte durch verschmierte Make-up-Streifen noch gruseliger. Augenblicklich schaltete ihr Gehirn die Wahrnehmung des Spiegelbildes so weit herunter, dass sie den Anblick ertragen konnte.

Lotte überlegte, was sie alles getrunken hatte.

»So viel war es doch gar nicht«, seufzte sie, während ein Wattebausch die Überreste der Schönheitsindustrie aus ihrem Gesicht entfernte.

Jens hatte sie begleitet. Oder hatte sie ihn begleitet? Jedenfalls, so erinnerte sich Lotte, hatten sie zu Hause weitergetrunken.

Lottes Gehirn setzte noch nicht alle Erinnerungsbruchstücke richtig zusammen. Erst als sie unter dem kalten Wasserstrahl der Duschbrause stand – Jens hatte das ganze warme Wasser aufgebraucht – erinnerte sie sich, was am gestrigen Abend passiert war.

Nachdem die Politiker sich verabschiedet hatten, war Recarda nochmals an ihren Tisch gekommen. Leicht angetrunken, beschuldigte sie Anne, mit Paul geschlafen zu haben. Daraufhin waren Anne und Recarda aufeinander losgegangen.

»Wer hat die beiden getrennt?« überlegte sie und trat aus der Dusche. »Ja, Thilo hat eingegriffen.«

Helgas Koch hatte Recarda nach draußen verfrachtet und sie kam nicht mehr zurück. Anne versuchte im Zelt, Jens die Sache zu erklären. Als ob es da noch etwas zu erklären gab!

»Ja, und dann hat das Saufen angefangen«, stöhnte Lotte, als sie sich die Haare machte.

Nur gut, dass die Politiker und Journalisten das nicht mitbekommen hatten, dachte sie.

Nach einer halben Stunde trat sie halbwegs hergerichtet aus dem Bad. Sie ging eine kleine Treppe hinunter und roch frischen Kaffee im Flur.

»Morgen, Schwester«, grüßte Jens. »Hab uns Frühstück gemacht.«

Jens sah gar nicht so verkatert aus! Er schien das nächtliche Saufgelage besser überstanden zu haben.

»Danke«, sagte Lotte und setzte sich. »Einen starken Kaffee, den kann ich jetzt gebrauchen.«

»Kommt sofort«, lächelte ihr Bruder.

Lotte fand es merkwürdig, dass Jens einen auf heile Welt machte.

»Bist du nicht sauer?« fragte sie schließlich, als er ihr die Tasse füllte.

»Nein«, antwortete Jens. »Worauf?«

»Nein?« wiederholte Lotte. »Sag mal, spinnst du? Deine Frau wird beschuldigt, mit einem anderen Mann rumzumachen und du denkst, alles sei in Ordnung?!«

»Lotte, wir haben gestern Abend getrunken«, antwortete Jens und setzte sich zu seiner Schwester. »Ich habe eben lange mit Anne gesprochen«, erklärte er weiter. »Sie versichert, dass sie nicht mit Paul geschlafen hat.«

Lotte riss die Augen auf und meinte: »Ich mag ja diese Recarda nicht, aber sie ist keine Lügnerin.«

»Recarda hatte was mit Paul«, antwortete Jens. »Paul hat Schluss gemacht, das meint jedenfalls Anne, na ja, das hat Recarda nicht verkraftet. Sie ist ja impulsiv und temperamentvoll. Und was Anne angeht, sie ist Innenarchitektin. Sie ist ständig bei den Leuten zu Hause. Dass da geklatscht wird, ist doch klar.«

»Jens, du bist ein Idiot«, schnaufte Lotte und nahm einen kräftigen Schluck Kaffee. »Aber es ist deine Ehe.«

»Ist schon gut«, lächelte Jens. »Wenn der Alkohol gestern nicht im Spiel gewesen wäre, dann hätte ich das viel früher erkannt.«

»Was erkannt?« hakte Lotte nach.

»Dass Recarda nur eifersüchtig auf Anne ist«, antwortete Jens.

»Eifersüchtig?« Lotte verstand Jens' Argumentation nicht.

»Sieh mal, Anne hat mich erst darauf gebracht«, lächelte Jens. »Aber eigentlich ist es ganz logisch.«

»Bitte, erklär mir mal, was du genau meinst?«

»Na ja, Lotte, sei mir jetzt nicht böse, aber hättest du nicht auch gerne einen Mann?«

»Sicher, wenn er nicht so ein Trottel wäre wie du«, fauchte Lotte.

»Ich bin dein kleiner Bruder, da ist man wohl immer der Trottel«, grinste Jens und wurde wieder ernst. »Wie du sagtest, auch du hättest gerne einen Mann. Wie mir Anne versicherte, wünscht sich doch jede Frau einen Prinzen. Anne hat mich! Und wie es scheint, gönnt Recarda das Anne ganz und gar nicht.«

Für Lotte wäre das zum Lachen gewesen, hätte ihr Bruder es nicht ernst gemeint. Sie kam ganz gut ohne Mann aus und das taten mittlerweile Millionen von Frauen. Lotte kam zu dem Schluss, dass Anne ihren Bruder fest im Griff hatte. Als

Schwester hätte sie jetzt sagen können, was sie wollte, ihr Bruder hörte nicht auf sie. Aber Lotte kannte ihren Bruder schon ein ganzes Leben lang. Und eines wusste sie: Ihr Bruder war integer. Wenn er einen solchen moralischen Vorwurf gegen seine Frau einfach abtat, dann verfolgte er ein anderes Ziel.

Welches? fragte sich Lotte.

2

Die Pensionsgäste schulterten ihre Rucksäcke und gingen. Tristan stand auf der Terrasse und beobachtete das Geschehen. Es war fast immer der gleiche Ablauf, obwohl die Menschen aus unterschiedlichen Gegenden stammten. Zuerst sammelte sich die Gruppe auf der Straße. Die Gruppenmitglieder trugen ihre Rucksäcke dorthin, als seien sie Einkaufstaschen. Dann gab jemand ein Zeichen und die Prozedur begann. Rucksäcke flogen durch die Luft und knallten auf schmerzhafte Rücken. Keiner kam ohne Hilfe des anderen aus. Die modernen Rucksäcke besaßen so viele Schnüre und Gurte, die auf individuelle Weise eingestellt werden konnten, dass man alleine gar nicht mehr zurechtkam.

Tristan genoss das Schauspiel, während er blaue Kringel in die frische Morgenluft blies. Marlowe saß auf dem Terrassengeländer und putzte sein Gefieder. Eine Tätigkeit, die der Kakadu seit ihrem Ankommen in der Pension schon des Öfteren vorgenommen hatte. Tristan fragte sich, ob Pollen Marlowes Gefieder verschmutzten oder ob sich Marlowe in der Natur eher schmutzig fühlte. Der Detektiv traute dem Kakadu eine kleine Neurose durchaus zu.

»Hier steckst du!« Helga trat mit einer Tasse Kaffee neben ihn.

»Es ist so herrlich ruhig hier«, lächelte Tristan und gab ihr einen Kuss.

Marlowe kommentierte das mit einem dumpfen Krächzen, ließ sich aber von seiner Morgenwäsche nicht abhalten.

»War ein aufregender Abend«, meinte Helga und nippte an der Tasse.

»Kann man wohl sagen«, lächelte Tristan. »Besonders gegen Ende.«

»Ich hatte keine Ahnung, dass Anne so aggressiv werden kann.«

»Recarda war aber auch nicht schlecht«, schmunzelte der Detektiv.

»Manche Leute sollten keinen Alkohol trinken«, sagte Helga entschlossen.

»Oder wenigstens nicht zu viel davon«, nickte Tristan.

»Dass Jens so ruhig geblieben ist«, Helga sah über die Heide, »das wundert mich. Er glaubt Anne wohl.«

»Hm«, brummte Tristan.

Helga musterte ihren Freund und erkannte sein feines Stirnrunzeln.

»Du glaubst Anne nicht?« fragte sie.

»Wir waren gestern Abend noch mal beim Schuppen«, erklärte Tristan. »Da habe ich etwas gefunden, das einen Ehemann wütend werden lassen könnte.«

»So!?« Helgas Aufmerksamkeit galt ganz ihrem Freund.

»Du erinnerst dich an mein letztes Weihnachtsgeschenk?« fragte Tristan.

»Oh ja«, nickte Helga und wurde ein wenig rot im Gesicht.

»Nun, so etwas Ähnliches, bloß mit noch weniger Stoff, lag in einer Kiste unter Pauls Werkbank.«

»Wow!« Helga musste schlucken. »Dann hat Recarda doch recht?«

»Faktisch kann das Höschen auch einer anderen Frau gehören«, antwortete Tristan.

»Was für eine Größe hatte es denn?« fragte Helga.

»Größe?!« Tristan schlug sich gegen die Stirn. »Danach haben wir gar nicht geschaut.«

»Wir?« Helga schmunzelte.

»Die Beamten waren dabei«, antwortete Tristan.

»Männer«, seufzte sie. »Da ist wohl die Fantasie mit euch durchgegangen.«

»Nicht nur die Fantasie«, erklärte Tristan. »Pfeiffer hat auch noch ein Huhn erschossen.«

»Er hat was?«

»Ein Huhn. Einfach abgeknallt.« Tristans rechte Hand formte die internationale Geste für eine

Pistole. »Ich vermute mal, dass es sich dabei um ein Huhn von Tante Hilde handelt.«

»Marie hat sie laufen lassen«, nickte Helga. »Das wird Tante Hilde nicht gefallen.«

»Und Marie auch nicht«, nickte Tristan.

»Ein wirklich ereignisreicher Abend«, stöhnte Helga. »Was wirst du jetzt unternehmen?«

»Wegen des Höschens?« grinste Tristan.

Helga stupste ihn an. »Das überlass besser der Polizei.«

»Ja, da hast du recht«, grinste Tristan und überlegte laut. »Wer im Dorf kann mir etwas über Honiggewinnung erzählen?«

»Jens ist auch Imker«, antwortete Helga und schmunzelte.

»Was denkst du?« fragte Tristan.

»Ist doch optimal, dann kannst du ihm gleich mal auf den Zahn fühlen wegen seiner Frau.« Helga zwinkerte ihm zu. »Da kommt Marie, die kann dir den Weg zeigen.«

3

Pfeiffers Telefon klingelte, wobei diese Formulierung falsche Assoziationen auslöst.

Zur Erklärung: Seit Neuestem besaß der Hauptkommissar eines dieser modernen Smartphones. Diese Smartphones klingeln eigentlich nicht. Sie dröhnen den akustischen Reiz in Stereo unter das Volk. Oder sollte man sagen: über das Volk? Pfeiffer wäre nicht Pfeiffer gewesen, wenn er sich nicht selbst für dieses teure Gerät einen Klingelton zusammengeschnitten hätte, und der klang wie ein Schuss.

In dem Moment, in dem das Funksignal des Anrufers mit Pfeiffers Handy Kontakt aufnahm, knallten Schüsse durch das Büro. Arne zuckte augenblicklich zusammen. Holzbaum reagierte etwas gelassener. Er blickte seinen Chef nur sichtlich genervt an.

»Was?!« rief Pfeiffer Holzbaum entgegen, wobei seine Stimme gegen den Lärm des Smartphones ankämpfte. »Ist doch gelungen!«

Holzbaum schüttelte den Kopf und befahl Arne, die Bürotür zu schließen. Der Kommissar wusste nur zu gut, dass man Pfeiffer in der Behörde alles zutraute. Zumal es vor einigen Monaten einen Zwischenfall mit einem Schuss in der oberen Etage gegeben hatte, an dem der Hauptkommissar maßgeblich beteiligt war.

Pfeiffer nahm das Handy auf und entriegelte es: »Ja!«

Die einkehrende Ruhe wurde durch Pfeiffers Stimme getrübt.

»Irle, was kann ich für Sie tun?« brüllte er ins Mikrofon, als arbeitete ein Presslufthammer neben ihm. »Was, ich soll nicht so schreien!?«

Holzbaum grinste.

»So besser?« fragte der Hauptkommissar.

Holzbaum nickte.

»Wiederholen Sie das nochmals!« Pfeiffer verdrehte die Augen. »Habe ich Sie richtig verstan-

151

den, Sie fragen nach der Größe des Höschens?!«

Jetzt sah auch Arne den Hauptkommissar an, der sich bis dato in eine Akte vertieft hatte.

»Wollen Sie Ihrer Freundin eines kaufen?« fragte Pfeiffer schmierig. »Nein, wollen Sie nicht?! … Ja, ich sehe mal nach!«

Pfeiffer nahm das Handy vom Ohr und sah seine Kollegen fragend an. »Na, wo ist der Beweisgegenstand?«

»Im Labor«, antwortete Arne. »Wegen der DNA-Spuren.«

»Scheiße!« fluchte Pfeiffer und nahm das Handy wieder ans Ohr. »Irle, ich rufe Sie zurück … Ja, Ihre Nummer wird angezeigt … Bis später.«

Pfeiffer beendete das Gespräch und schaltete das Handy auf Vibrationsalarm um.

»Wofür braucht Irle die Höschengröße?« fragte sich Pfeiffer. Dann traf einer dieser seltenen Momente zu, in denen sein Verstand eine verborgene Brillanz erkennen ließ. »Wie lange dauert so eine DNA-Untersuchung?«

»Zwei bis drei Werktage«, antwortete Arne. »Da wir uns kalendarisch am Ende der ersten Woche nach Trinitatis befinden, dürften wir ein Ergebnis nicht vor Dienstag nächster Woche erwarten.«

Pfeiffer schüttelte den Kopf. »Also nächste Woche!«

»Ja!«

»Machen wir das hier im Haus oder schicken wir das weg?«

»Das macht ein Labor«, antwortete Holzbaum.

Der Hauptkommissar nickte und verließ das Büro.

»Wo willst du hin?« rief ihm Holzbaum nach.

»Das verdammte Höschen aus der Post holen«, antwortete Pfeiffer und eilte den Flur zum Aufzug hinunter.

Dort lief er Staatsanwalt Büdenbender in die Arme.

»Ha, Pfeiffer, gut, dass ich Sie treffe«, bellte Büdenbender. »Schon die Zeitung gelesen?«

Der Hauptkommissar schüttelte den Kopf und verfluchte den langsamen Aufzug.

»Hätten Sie aber besser«, schnaufte der Staatsanwalt. »Hatte der Landrat nicht gewünscht, den Mord geheim zu halten?«

Pfeiffer sah Büdenbender irritiert an und wiederholte: »Geheim halten? Sind wir jetzt bei der Stasi?«

Büdenbender starrte ihn erschreckt an und meinte: »Sie wissen ganz genau, was ich meine!«

»Ich habe mich an die Anordnung gehalten«, erwiderte der Hauptkommissar und drückte erneut den Fahrstuhlknopf.

»Und wie kommt dann diese Meldung in die Zeitung?« bellte Büdenbender laut.

»Freie Presse!« zischte Pfeiffer, dem das Gespräch langsam zu viel wurde, und dann explodierte er. »Was stört Sie eigentlich an dieser Meldung?«

153

Büdenbender zuckte bei der unerwarteten Lautstärke zusammen. Als Staatsanwalt war er jedoch allerlei Psychospiele gewöhnt. Er hatte sich schnell wieder unter Kontrolle und antwortete: »Haben Sie schon mal was von dem Begriff „Wutbürger" gehört?«

Pfeiffer nickte. »Die Stuttgart-21-Gegner.«

»Ja, und die Kernkraftgegner, die Stromleitungsgegner, die Windkraftgegner, die Sommerzeitgegner und so weiter«, stöhnte der Staatsanwalt. »Was glauben Sie, gibt es bald auch noch die Politikgegner? Und hat sich vielleicht einer dieser Wutbürger an dem Ortsvorsteher vergangen?

Erkennen Sie den Konfliktstoff, den die Meldung „Politiker auf dem Land umgebracht" beinhalten könnte?«

»Momentan sieht es danach aus, dass Ihr *lieber* Politiker in seinem Schuppen eine Bumsorgie feierte«, erwiderte Pfeiffer aufgebracht. »Wo bleibt denn dieser Fahrstuhl! Wir haben Beweise. Wahrscheinlich trieb er es mit verheirateten Frauen. Irle hat einen Verdächtigen!«

Mist, das Letzte hatte er dem Staatsanwalt gar nicht sagen wollen.

»Irle ist an dem Fall beteiligt? Ich dachte, ich hätte klargemacht, dass der Privatdetektiv außen vor bleiben sollte!«

In dem Moment öffnete sich endlich die Aufzugstür. Der Hauptkommissar sprang in den Fahrstuhl.

»Na, das sagen Sie ihm mal selbst!« Und bevor die Türen sich schlossen, fügte er noch hinzu: »Wird interessant sein zu lesen, was die Wutbürger davon halten!«

4

Tristan genoss die Sonne. Er hatte das Verdeck seines Borgward-Cabriolets geöffnet und fuhr den Gillerberg hinauf. Marlowe hockte auf einer Stange, die zwischen den Vordersitzen angebracht war. So klein, wie sich der Kakadu machte, schien ihm der Windzug gar nicht zu gefallen. Die kurze Fahrstrecke von Helgas Pension zu Jens' Haus musste der Vogel aushalten. Marie saß neben Tristan auf dem Beifahrersitz und hielt den Kopf in den Fahrtwind.

»Das ist toll!« lachte sie. »Fahr schneller!«

»Das alte Schätzchen fährt nicht mehr so schnell den Berg hoch«, antwortete Tristan.

Maries Haare wirbelten um ihren Kopf.

»Du holst dir noch eine Ohrenentzündung«, warnte Tristan.

»Egal!« grinste Marie und reckte ihren Kopf noch ein Stück weiter über die Beifahrertür.

Sie erreichten die Berghöhe. Tristan schaltete einen Gang rauf und ließ den Wagen dann rollen. Kurz vor der B 62 bremste er ab und setzte den Blinker. Dann bog er auf die B 62 und folgte ihr in Richtung Erndtebrück. Nach einigen Hundert

Metern verließ er die Bundesstraße und fuhr in den Höhenweg.

»Hast du schon mal gesehen, wie Honig gemacht wird?« fragte Tristan.

»Schon mehrmals«, nickte Marie und setzte sich ordentlich in den Sitz. »Aber das ist langweilig. Da dreht ja nur eine Metalltonne. Richtig spannend ist es, wenn Thilo Marmelade macht.«

Tristan sah nach Jens' Hausnummer, doch Marie zeigte schon mit dem Finger, wohin es gehen sollte.

»Das Haus da vorne«, sagte sie.

Tristan lenkte den Oldtimer an den Wegrand und stoppte. Langsam öffnete er die Fahrertür und stieg aus. Marie tat es ihm gleich und drehte sich schließlich zu ihm um.

»Muss ich mit zu Jens?« fragte sie und beobachtete ein paar Kühe, die nicht weit von ihnen grasten.

»Du wolltest doch auf Marlowe aufpassen?« antwortete Tristan enttäuscht. »Wir haben ihn ja mitgenommen, damit er Helga nicht stört. Du weißt doch, wegen der Hygiene.«

»Ich nehme ihn mit zu den Kühen. Er hat doch bestimmt noch keine Kühe kennengelernt«. Marie sah ihn mit ihrem freundlichsten Mädchengesicht an. »Biittee!!«

Marlowe kletterte derweil den Fahrersitz hoch und sah sich um.

»Mach aber keinen Unsinn, klar!« mahnte der Detektiv.

»Sicher!« schoss es aus ihr heraus.

Tristan hielt Marlowe den Arm hin, doch Marie pfiff und Marlowe flog zu ihr. Gekonnt landete der Kakadu auf ihrer Schulter.

Verblüfft starrte Tristan die beiden an.

»Wie hast du denn das Marlowe beigebracht?«

Marie trug wieder ihre Latzhose und kramte einen Keks aus der Brusttasche. Sie reichte ihn Marlowe, der ihn sofort zerkleinerte.

»Funktioniert aber nur mit Schokoladenkeksen«, antwortete sie stolz. »Hab nur noch nicht rausgekriegt, wie Marlowe die Kekse erkennt. Sie sind ja schließlich in der Tasche.«

Tristan schüttelte den Kopf und meinte: »Wir treffen uns hier wieder.«

»Hm«, nickte Marie und stampfte über die Wiese in Richtung Kühe.

Vor Jens' Haus standen ein Sportwagen und ein Kastenwagen, der dem von Thilo ähnelte. Der Detektiv ging zur Haustür und klingelte.

»Wir sind im Garten!« hörte er Anne rufen.

Der Detektiv folgte einem Kiesweg ums Haus herum und stand schließlich auf einer großen Terrasse.

»Tristan Irle!« wunderte sich Anne. »Was führt Sie denn zu uns?«

Anne lag in einer Liege und sonnte sich. Sie trug eng anliegende Shorts und ein dünnes Top.

»Kommen Sie, setzen Sie sich«, sagte sie. »Ist das nicht herrlich heute?«

157

Eine dunkle Sonnenbrille verdeckte ihre Augen.

»Ich wollte zu Ihrem Mann.« Tristan setzte sich neben Anne.

»So?« stöhnte sie.

In den Sonnenbrillengläsern spiegelte sich sein Gesicht.

»Geht es um Pauls Tod?« fragte sie gelangweilt.

»Eigentlich interessiere ich mich dafür, wie Honig gemacht wird«, antwortete der Detektiv.

»Wollen Sie Imker werden?« grinste sie.

»In der Stadt wohl nicht das richtige Hobby«, lächelte er.

»Na ja, und dann stechen die Biester auch noch«, ergänzte Anne und lehnte sich zurück auf der Liege. »Jens ist da unten im Gartenhaus.«

Tristan stand auf und ging ein paar Schritte in Richtung Gartenhaus. Dann blieb er stehen und wandte sich nochmals an Anne.

»Das sieht gut aus, was Sie da tragen«, schmeichelte er. »Meinen Sie, die Shorts gibt es auch in Helgas Größe?«

»Sie trägt 38, denke ich«, antwortete Anne. »Die hier sind in 36. Weiß nicht, ob die dann noch so gut aussehen.« Ein süffisantes Grinsen bildete sich unter der schwarzen Brille.

»Danke, das müssen wir dann mal ausprobieren.«

Der Detektiv ging über einen sauber gemähten Rasen auf das Gartenhaus zu. Die Tür des fast 25 m² großen Gartenhauses stand offen.

Tristan klopfte gegen den Türrahmen und trat ein. Der Architekt hatte den Innenraum ganz den Bedürfnissen der Imkerei angepasst. Während in Pauls Schuppen am Holz und an den Gerätschaften das letzte Jahrhundert abzulesen war, glänzten und strahlten das Holz und die Gerätschaften in Jens' Gartenhaus.

Der Imker stand vor einer Honigschleuder. Wie Marie beschrieben hatte, bestand die Schleuder aus einer Blechtonne von einem halben Meter Durchmesser. Jens hantierte an einem Gitterkasten, den er vorsichtig aus der Schleuder hob.

»Herr Irle, was für eine Überraschung«, sagte Jens und stellte den Gitterkasten ab. »Was führt Sie zu mir?«

Tristan trat an die Honigschleuder heran und sah sich das Gerät genauer an.

»Um ehrlich zu sein«, antwortete der Detektiv, »ich würde mich gerne mal schlau machen und Ihnen einige Fragen zur Bienenzucht und zur Honiggewinnung stellen.«

Jens grinste und meinte: »Da reicht *ein* Besuch nicht aus!«

»Nun, anfangen können wir doch mit diesem Gerät hier. Wofür ist das?« Tristan klopfte auf die Honigschleuder.

»Damit schleudern wir den Honig aus den Honigwaben«, erklärte Jens. Er nahm den zuvor herausgenommenen Gitterkorb und stellte ihn in die Tonne zurück. Dann trat er an seine Werkbank und nahm einen Holzrahmen. »Hier drin bauen die Bienen ihre Waben.«

Tristan hatte diese Rahmen bereits bei Pauls Bienenstock gesehen. Jens' Rahmen bestand allerdings nur aus vier Holzleisten ohne Waben. Der Architekt steckte den Rahmen in den Gitterkorb.

»Wenn die Rahmen mit Waben ausgebaut sind, dann werden die Waben mit einer Entdecklungsgabel geöffnet.« Er griff nach einem Teil, das wie ein metallener Kamm aussah. »Man streicht auf einer Seite der vollen Wabe mit der Gabel drüber und öffnet damit die Honigwaben. Dann steckt man den Wabenkasten so herein, wie ich es gerade gemacht habe – mit der geöffneten Seite nach außen. Dann braucht man nur noch die Schleuder zu betätigen und der Honig fließt heraus und läuft an der Tonne hinunter.«

Er deutete in das Innere der Schleuder.

»Hier unten sammelt sich der Honig und durch den Quetschhahn kann man dann den Honig abfüllen.«

»Das ist alles?« wunderte sich Tristan.

»Na ja«, grinste Jens und nahm den Rahmen und dann den Gitterkorb wieder heraus. »Wenn der Honig aus der Schleuder fließt, dann ist er noch mit Wachsteilchen verunreinigt. Man muss also noch ein Sieb dazwischen legen.«

Er deutete auf ein Regal, in dem mehrere Abfüllkübel standen.

»In so einem Kübel bewahrt man dann den Honig auf, bis die Kandierung einsetzt.«

»Kandierung?« fragte Tristan.

»Wenn der Honig sich etwas eintrübt, weil die ersten Kristalle gebildet werden. Das kommt vom Fruchtzucker, der im Honig enthalten ist.«

»Verstehe«, nickte Tristan.

»Danach kann man ihn in diese vom Deutschen Imkerbund zertifizierten Gläser abfüllen.« Er deutete auf ein Regal voller Schraubgläser. Jens ging zu einem kleinen Schreibtisch.

Tristan erkannte einen Safe unter dem Schreibtisch. Jens öffnete den Safe und achtete darauf, dass Tristan die Kombination nicht ablesen konnte. Schließlich nahm er ein Etikett aus dem Safe heraus.

»Und zum Schluss klebt man diese vom Imkerbund herausgegebenen Etiketten auf das Glas. Dann kann der Honig in den Handel gehen.« Er reichte Tristan das Etikett.

»Sie sehen, dass auf diesen Etiketten der Erzeuger genannt wird. Es gibt eine Überwachungsnummer, das ist diese sechsstellige Zahl. Zudem kann der Imker die Honigsorte, also Blütenhonig oder Waldhonig, aufdrucken. Alles ordentlich und nach dem Lebensmittelgesetz gekennzeichnet.«

»So leicht, wie der Honig sich aufs Brötchen schmieren lässt, ist er also doch nicht herzustellen«, meinte Tristan und gab Jens das Etikett zurück.

»Ja, sicher«, nickte Jens und sah Tristan ernst an. »Also, weshalb sind Sie wirklich hier?«

5

Pfeiffer erreichte die Poststation noch rechtzeitig. Die Kollegen waren gerade damit beschäftigt, die Postkörbchen zu entleeren. In Siegens Polizeistation benötigte man nicht jeden Tag Laboruntersuchungen. Die Polizisten warfen deshalb alle Post in ein Postkörbchen. Es wurde nicht zwischen einem Mahnbescheid und einer DNA-Probe unterschieden. Erst in der Poststation sortierte man die Päckchen, Tüten und Umschläge aus, die für die unterschiedlichen Labors bestimmt waren. Ein spezieller Kurierservice fuhr sie dann in die entsprechenden Labors.

»Morgen, Jungs«, grüßte der Hauptkommissar, »wo finde ich denn die Sachen fürs DNA-Labor?«

Ein übergewichtiger Beamter schnaufte auf ihn zu. Er machte so laute Atemgeräusche, dass man jeden Moment damit rechnete, dass seine Lungen explodierten.

»Die sind hier hinten«, zischte es zwischen zwei Atemzügen.

Pfeiffer folgte der lebenden Dampflok in eine Ecke.

»Was suchen Sie denn genau?«

162

Pfeiffer konnte förmlich zusehen, wie sich jedes einzelne Wort der Frage im Mund des Kollegen bildete.

»Eine Tüte mit einem Höschen«, antwortete der Hauptkommissar und beugte sich schnell zu der Kiste hinunter. Er wollte sich nicht vorstellen, was alles geschehen könnte, wenn der Kollege versuchen sollte, sich zu bücken.

»Hier habe ich es schon«, rief Pfeiffer und wendete die durchsichtige Tüte, bis er die Konfektionsgröße ablesen konnte. Dann warf er das Beweismaterial wieder in die Kiste. »Danke, das war's schon.«

Der Hauptkommissar verließ die Poststation und ging nach draußen, um eine zu rauchen. Dort traf er auf zwei Kollegen, die ebenfalls einen Glimmstängel zwischen den Lippen hielten.

»Hallo, Pfeiffer«, grüßte einer der Beamten. »Hab gehört, dass wieder ein Dienstwagen geschrottet wurde.«

»Wer erzählt denn so was?« entrüstete sich der Beamte. »Ein blödes Schlagloch hat die Achse brechen lassen.«

»Ein Achsenbruch!« wiederholte der Kollege.

»Ja«, stöhnte Pfeiffer und erklärte: »Hätte schlimmer kommen können. Das Loch war fast einen halben Meter tief. Nur gut, dass die Lützeler endlich was unternehmen.«

Der andere Polizist drehte sich zu Pfeiffer um und fragte: »Sie arbeiten an dem Nöll-Fall?«

»Nöll-Fall?« wunderte sich der Hauptkommissar. »Wer kommt denn auf solche Namen?«

»Der Polizeidirektor«, antwortete der Kollege. »Flender hat eine Rundmail versandt.«

»Wann?« staunte Pfeiffer.

»Heute Morgen«, erklärte der Polizist. »Er bittet darin alle Kollegen, sachdienliche Hinweise an Sie weiterzuleiten.«

»Ach nee!« Pfeiffer blies einen dicken Rauchschwall über den Bürgersteig.

»Ich habe da eine Anfrage vom Kreis«, sprach der Kollege weiter. »Hat was mit einem Imker aus Lützel zu tun. Das sollten Sie sich vielleicht mal anschauen!«

»Haben Sie den Namen des Imkers im Kopf?« fragte Pfeiffer.

»Dieser Nöll und ein Weisgerber werden genannt«.

Pfeiffer drückte den Rest seiner Zigarette aus. »Wo haben Sie die Unterlagen?«

»In meinem Büro«, antwortete der Kollege.

»Na, worauf warten Sie noch?« Pfeiffer hielt die Eingangstür auf.

Das Büro des Kollegen befand sich eine Etage tiefer als das des Hauptkommissars. Statt des Aufzugs benutzten die Männer die Treppe, das ging im wahrsten Sinne des Wortes schneller.

Im Büro angekommen, wühlte der Kollege einige Papierstapel zur Seite, bis er schließlich die Mitteilung des Gesundheitsamtes fand. Pfeiffer nahm das Schriftstück entgegen und überflog es kurz.

»Wow«, pfiff er, »das bringt ja Bewegung in die Sache.«

»Dachte ich mir«, sagte der Kollege.

Pfeiffer bedankte sich und eilte zurück in sein Büro.

»Wo warst du so lange?« fragte Holzbaum. »Flender war hier. Er ist sauer wegen des Wagens.«

»Dafür haben wir jetzt keine Zeit«, schnaufte Pfeiffer, dessen Kondition durch das Treppensteigen herausgefordert worden war. »Seht euch das hier mal an!«

Pfeiffer legte das Schriftstück auf den Schreibtisch.

Holzbaum las es als Erster, dann gab er es an Arne weiter.

»Sie folgern aus dieser Aussage ein Motiv?« fragte der Jungkommissar, nachdem er das Papier studiert hatte.

»Was würden Sie denn folgern?« fragte Pfeiffer sarkastisch.

»Zuerst müsste der Sachverhalt eindeutig geklärt werden«, antwortete Arne unbeeindruckt. »Momentan stellen sich die Fakten noch reichlich diffus dar.«

»Mensch, was verstehen Sie denn da nicht?« zischte Pfeiffer und sah dann Arne an. »Nöll hat diesen Jens Weisgerber beim Veterinär- und Lebensmittelüberwachungsamt des Kreises Siegen-

Wittgenstein angezeigt. Wenn das mal kein Motiv ist! Wir müssen nach Lützel.«

»Chef, wir haben kein Auto«, erinnerte Holzbaum.

»Verflucht!« Pfeiffer schlug mit der Hand auf den Schreibtisch.

»Das bringt uns auch kein neues Auto«, meinte Holzbaum.

»Die Fahrbereitschaft«, sagte Arne.

»Was?!« bellte Pfeiffer. Ein Teil seines Verstandes trieb ihn an zu handeln, während der andere Teil ihm gleichzeitig mitteilte, dass dies ohne Auto schwierig werden würde. Er fühlte sich wie in einem Rennwagen, der gerade den Bodenkontakt verloren hatte und geradewegs auf eine Betonwand zuflog, während er hektisch am Lenkrad drehte. Das machte ihn wahnsinnig.

»Nach der Dienstvorschrift des Landes Nordrhein-Westfalen müssen für unvorhersehbare Ereignisse, insbesondere an den Wochenenden, ausreichend einsetzbare Dienstfahrzeuge bereit stehen«, erklärte Arne.

Pfeiffer glotzte ihn an, dann verwandelte sich sein Gesichtsausdruck in eine grinsende Maske, die zwei leicht gelbliche Zahnreihen freigab.

»Worauf warten wir dann noch?« rief er und eilte aus dem Büro.

»Wo bekommen wir die Schlüssel her?« fragte der praktisch veranlagte Holzbaum.

»Oh, das weiß ich nicht«, antwortete Arne. »Meine Dienstzeit hat erst vor einem Tag, fünf Stunden und 35 Minuten begonnen.«

»Hm, das wird Pfeiffer nicht gefallen«, seufzte Holzbaum und eilte dem Hauptkommissar hinterher.

6

»Also, weshalb sind Sie hier?« wiederholte Jens und betrachtete den Detektiv mit einer Gelassenheit, die vorgetäuscht war. »Geht es um die kleine Szene von gestern Abend?«

»Nein«, schüttelte Tristan den Kopf. »Mir geht es um die Honiggewinnung.«

»Verarschen kann ich mich selbst.« Jens zeigte seinen Unmut und knallte die Tür des Safes zu. »Die Leute im Dorf glauben, dass meine Frau eine Affäre mit Paul hatte. Ist doch so!? Oder?«

»Man spricht darüber«, nickte Tristan.

»Das reicht ja wohl offensichtlich, um meiner Frau eine Affäre anzudichten«, zischte Jens. »So ein Gerücht kann eine Ehe zerstören, Herr Irle. Wissen Sie, dass ich gestern Nacht bei Lotte geschlafen habe?«

»Nun, so wie Sie getrunken hatten«, erklärte Tristan und lächelte verständnisvoll. »Wenn ich so betrunken gewesen wäre, hätte mich Helga auch nicht mehr ins Haus gelassen.«

»Es geht Ihnen also wirklich nur um den Honig?« Noch war Jens skeptisch.

»Hier und jetzt, ja«, bestätigte der Detektiv.

»Okay«, nickte Jens. »Was wollen Sie noch wissen?«

»Wenn man etwas unter den Honig mischen würde, schmeckte man das dann heraus?« fragte Tristan.

Augenblicklich war Jens wieder wütend.

»Was soll die Frage?« schrie er Tristan an. »Haben Sie mit Paul vor seinem Tod geredet?«

»Nein«, antwortete Tristan und konterte ebenso laut: »Mensch, Herr Weisgerber, was ist eigentlich mit Ihnen los?«

»Dieser Mistkerl hat mich beim Gesundheitsamt angezeigt«, schnaufte Jens. »Er hat Proben meines Honigs zum Lebensmittelüberwachungsamt des Kreises geschickt. Die drohen damit, meine gesamte Honigernte zu vernichten.«

»Warum?« Tristan verstand nicht, was Jens so aufregte. Oder spielte er nur den Wütenden?

»Ich hatte einen Ausbruch der Faulbrut«, gestand Jens und schien sich dafür zu schämen.

»Faulbrut?« Tristan fragte nach.

»Bei der Faulbrut handelt es sich um eine durch Bakterien ausgelöste Brutkrankheit der Bienen. Entsprechend ihres Erregers unterscheidet man die bösartige oder Amerikanische Faulbrut und die gutartige oder Europäische Faulbrut«, erklärte Jens. »Da ich nicht wusste, welche Art der Faulbrut meine Bienen befallen hatte, kaufte ich das Tierarzneimittel Sulfathiazol. Das ist ein sulfonamid-haltiges Antibiotikum.«

»Weiter nichts?« wunderte sich Tristan.

»Das Mittel ist verboten«, stöhnte Jens. »Es enthält Stoffe, die einen anaphylaktischen Schock bei Allergikern auslösen können. Paul hat das Mittel zufällig hier im Gartenhaus gesehen und wurde wütend.«

»Sie haben gegen ein Gesetz verstoßen und Menschen in Gefahr gebracht.« Tristan war empört.

»Das habe ich ja gerade nicht«, jammerte Jens. »Es stellte sich gestern heraus, dass es sich bei meiner Faulbrut um die gutartige handelt. Zum Glück habe ich das Zeug gar nicht benutzt.«

Vor dem Haus bremste ein Auto ab. Es wurden Türen zugeschlagen und kurze Zeit später standen Pfeiffer, Holzbaum und Arne im Garten.

»Was suchen Sie hier?« fauchte Anne die Männer an.

»Polizei«, antwortete Pfeiffer und hielt ihr seinen Dienstausweis hin.

Anne biss die Zähne zusammen und starrte den Hauptkommissar wütend an.

Im Gartenhaus verfolgten Tristan und Jens, wie die Beamten über die Wiese auf sie zu traten.

»Irle, hab ich mir doch gedacht, Sie hier anzutreffen«, rief der Hauptkommissar durch den Garten.

»Pfeiffer, was suchen Sie hier?« Tristan trat aus dem Gartenhaus. »Wollen Sie mir die Konfektionsgröße mitteilen?«

»Das ist nicht mehr wichtig«, grinste der Hauptkommissar und ging zu Jens.

»Herr Weisgerber?«

Jens nickte.

»Ich verhafte Sie wegen des dringenden Tatverdachtes, Paul Nöll umgebracht zu haben.« Pfeiffer gab Holzbaum ein Zeichen und der legte Jens Handschellen an.

»Was soll das, Pfeiffer?« knurrte der Detektiv. »Was haben Sie gegen ihn in der Hand?«

»Oh, Herr Privatdetektiv, einiges!« Pfeiffer strahlte, als hätte er gerade seine Unschuld verloren.

»Ihre Verhaftung basiert doch nicht etwa auf Pauls Anzeige?« fragte Tristan und sah Pfeiffer direkt in die Augen.

»Woher wissen Sie das denn schon wieder!« schnaufte der Hauptkommissar.

Mittlerweile war Anne zu ihnen gelaufen und starrte verwirrt auf Jens' Handschellen.

»Was machen Sie mit meinem Mann?« rief sie schrill.

»Wir nehmen ihn mit«, antwortete Pfeiffer, dankbar, sich von Tristan abwenden zu können.

»So einfach ist das aber nicht, Herr Hauptkommissar!« erklärte Tristan. »Herr Weisgerber hat mir bereits alles über die Faulbrut erklärt.«

»So, hat er das?« grinste Pfeiffer. »Affolderbach!«

»Ja, Chef!« Arne verfolgte mit höchster Aufmerksamkeit das Geschehen. Es war seine erste

170

Verhaftung, und die wollte er in bester Erinnerung behalten.

»Klären Sie den Privatdetektiv mal auf!«

»Gerne«, nickte Arne. »Wir verhaften Jens Weisgerber wegen des Verdachtes, aus niedrigen Beweggründen den Mord an Paul Nöll geplant und durchgeführt zu haben. Jens Weisgerber wird beschuldigt, das verbotene Tierarzneimittel Sulfathiazol benutzt zu haben. Eine Verwendung dieses Mittels bedeutet für den betreffenden Verwender ein Strafverfahren. Der Beschuldigte gilt nach einer rechtswirksamen Verurteilung als vorbestraft. Zur Erklärung: Jens Weisgerber arbeitet als Architekt hauptsächlich mit öffentlichen Institutionen zusammen. Diese agieren jedoch nur mit unbescholtenen Vertragspartnern. Als vorbestrafter Architekt wäre seine wirtschaftliche Existenz somit gefährdet. Deshalb lautet das Mordmotiv: Vertuschung und Beseitigung aller nötigen Hinweise, um einem Strafverfahren zu entgehen.

Der Verdächtige verfügt über ein ausreichendes Vermögen, deshalb hat Staatsanwalt Büdenbender die sofortige Verhaftung verfügt. Außerdem könnte der Verdächtige wichtige Beweise vernichten.«

»Okay! Jetzt reicht's!« Tristan war nahe dran, dem jungen Arne die Leviten zu lesen. »Wo liegt das Motiv, das er haben sollte?«

»Herr Irle«, sagte Pfeiffer ruhig, »Ihr Bekannter hat Lebensmittel vergiftet.«

»Das hat er nicht!« wetterte Tristan.

»Ich habe keine Antibiotika verwendet!« jammerte Jens.

Pfeiffer hielt inne, sah Jens an und meinte dann: »Wir haben Proben Ihres Honigs, in denen die Substanzen nachgewiesen wurden.«

»Was?!« brüllte Jens. »Das kann nicht sein!«

»Sehen Sie, Irle, wir haben Beweise.« Pfeiffer wandte sich ab, um zurück zum Auto zu gehen.

»Und weshalb sollte er einen Menschen töten?« fragte Tristan aufgebracht.

»Ja, weshalb sollte ich Paul töten?« Der Architekt wehrte sich gegen die Handschellen. »Wegen eines Antibiotikums, so doof bin ich nicht! Außerdem ist Paul an einem Herzinfarkt gestorben.«

»Wohl kaum«, zischte der Hauptkommissar.

Jens starrte Pfeiffer, dann Tristan ungläubig an. »Was soll das?!« schrie Jens.

»Jeden Moment kommt ein Spurensicherungsteam«, erklärte Pfeiffer im Feldwebelton. »Die werden hier einiges an Beweisen sichern. Irle, lassen Sie also alles so liegen!«

»Sie haben die falschen Schlussfolgerungen gezogen!« warnte Tristan.

Pfeiffer ging weiter bis zur Terrasse, da blieb er stehen, drehte sich zu Anne und Tristan um und rief: »Ach, übrigens, eine 38!«

Tristan stöhnte auf.

»Was soll das?« schluchzte Anne und sah Tristan mit tränennassen Augen an. »Müssen wir einen Anwalt einschalten?«

172

7

Thilo kämpfte einige Kilometer entfernt mit dem Gasherd.

»Mensch, Helga«, brüllte er, »wann schaffst du endlich einen neuen Herd an?«

Helga kam aus dem Restaurant und sah Thilo am Herd hantieren. Mehrere Körbe voller Äpfel standen in der Küche.

»Was sollen denn die Äpfel?« fragte Helga ein wenig verärgert.

»Ich will sie einkochen«, sagte Thilo und klopfte an einer Gasdüse herum. »Wir hatten doch darüber gesprochen!«

Helga erinnerte sich an das Gespräch. Ihr war allerdings nicht in den Sinn gekommen, dass es sich bei dieser Aktion um Tonnen von Äpfeln handeln sollte. Deshalb fragte sie: »Hattest du in dem Gespräch auch die Mengen genannt?«

Thilo grinste verwegen und schüttelte den Kopf.

»Woher stammen die ganzen Äpfel überhaupt?« Helga zählte fünf gefüllte Wäschekörbe.

»Aus meinem verdammten Obstgarten«, antwortete Thilo. »Im Wagen sind noch mal vier Körbe.«

»Und wann gedenkst du heute für mich zu arbeiten?« Helga sah ihren Koch kritisch an.

»Ich dachte mir, dass Willi einen Teil der Arbeit übernehmen kann«, brummte Thilo und überprüfte den Gasfluss.

»Gut! Wir hatten gestern einen erfolgreichen Abend.« Helga lächelte Thilo zu. »Aber heute Mittag ist hier alles wieder für den Restaurantbetrieb klar!«

»Okay, Chefin«, nickte Thilo und hob einen großen Bottich auf den Herd. »Wenn ich fertig bin, kriegst du ein Glas Marmelade.«

»Du willst daraus Marmelade machen?« Helga wirkte überrascht. »Seit wann beschäftigst du dich denn mit den alten Hausmannskochtraditionen?«

»Seit ich diese riesige Obstwiese geerbt habe und sie nicht loswerde«, antwortete Thilo und kippte den ersten Wäschekorb mit Äpfeln in den Bottich.

»Na, dann lasse ich dich mal arbeiten.« Sie wandte sich der Tür zu.

»Würdest du Willi anrufen?« fragte er verschmitzt.

»Was?!«

»Na ja, ich habe gestern keine Zeit gefunden, mit ihm zu sprechen«, lächelte Thilo und stellte das Gas an.

»Mache ich!« zischte Helga und ging.

Sie nahm sich das Telefon, das auf der Theke des Restaurants lag, und ging hinaus auf die Terrasse. Zum Glück hatte sie alle ihre Mitarbeiter unter Kurzwahltasten abgespeichert. Sie drückte die entsprechende Nummer und sah über die Heide. Am Ende der Heide erkannte sie Tristans Borgward, der langsam über die Bodenwellen fuhr.

174

Helga lächelte und hatte schließlich Willi, den Jungkoch, am Telefon. Willi war nicht begeistert, früher anfangen zu müssen. Helga überzeugte ihn schließlich und legte auf.

Der Oldtimer hielt derweil vor der Pension. Marie mit Marlowe auf der Schulter kam als Erste auf die Terrasse.

»Wie siehst du denn aus!« rief Helga entsetzt, als sie Maries verschmierte Latzhose sah. Und was noch schlimmer war, Marie roch nach Klärgrube.

»Bin ausgerutscht!« murmelte Marie verlegen.

Helga schüttelte den Kopf. »Wo hast du dich wieder rumgetrieben?«

Marlowe sträubte seinen Kamm und krächzte: »Vergebens ring ich meine Hände, / Die Flucherei nimmt doch kein Ende.«

»Hab einen Kuhfladen übersehen«, gab Marie kleinlaut zu.

»Na, komm her, wir müssen die Hose waschen!« Helgas Stimme klang versöhnlich.

Marie nickte und gab Marlowe einen Schubs. Der flog davon.

In dem Moment betrat Tristan ebenfalls die Terrasse. Helgas strafender Blick traf ihn, und bevor er sich erklären konnte, führte Helga Marie ins Haus.

Tristan folgte ihnen. Im Restaurant traf er auf Thilo, der einen Karton mit Schraubgläsern schleppte.

»Wofür sind die denn?« fragte Tristan und folgte Thilo in die Küche.

»Mache Marmelade«, stöhnte Thilo und stellte den Karton ab.

Tristan betrachtete die Körbe voller Äpfel und meinte: »Das wird aber eine Menge Marmelade werden.«

»Deshalb die vielen Gläser«, schnaufte Thilo. »Ich sollte mehr Sport machen, das Hin- und Herlaufen bringt einen ja um.«

Tristan nickte dem Koch zu. Der Detektiv hätte ihm gerne geraten, mal mit Aikido zu beginnen, aber dazu hätte Thilo jedes Mal nach Siegen fahren müssen. Tristan ging zweimal die Woche zum Training, allerdings trafen sich dort nur die Fortgeschrittenen.

»Was war mit Marie?« fragte Thilo, nachdem er einigermaßen ruhig atmen konnte.

»Sie ist in einen Kuhfladen gefallen«, erklärte Tristan mit einem schlechten Gewissen.

»Wie kommt sie denn dazu?« Thilo schüttelte den Kopf.

»Ich habe sie allein gelassen, als ich mich mit Jens Weisgerber unterhalten wollte.«

»Du warst bei Jens?« staunte Thilo und fragte leicht spöttisch: »Und hat Anne nun ein Verhältnis mit Paul gehabt?«

»Thilo, das ist Tratsch«, stöhnte der Detektiv. »Jedenfalls ist Marie auf die Wiese hinter Jens' Haus zu den Kühen gegangen.«

»Na ja, es wäre nicht Marie, wenn sie nicht irgendetwas anstellen würde«, grinste Thilo. »Und, geht es Jens nach dem gestrigen Abend gut?«

»Nein, er wurde verhaftet«, seufzte Tristan.

Helga kam auf dem Weg zur Waschmaschine mit der stinkenden Latzhose an der Küche vorbei und hörte, dass Jens verhaftet worden war. Sie hielt inne und rief aus dem Flur: »Tristan, weshalb hat man Jens verhaftet?«

»Wegen Mordverdacht«, antwortete Tristan laut.

8

In Holgers Scheunen-Atelier summten die Hochleistungstrafos einer Blitzlichtanlage. Recarda stellte Lichtreflektoren auf, während Holger zum letzten Mal eine seiner Installationen überprüfte.

»Bist du so weit?« fragte Recarda und trat einen Schritt weg von der Installation, die sie für Holger fotografieren wollte.

»Nochmals herzlichen Dank, Recarda. Das bedeutet mir viel, und ich kann endlich einige Arbeiten in einem Katalog präsentieren«, sagte Holger ganz aufgeregt.

»Warte mit dem Dankeschön bis nach der Arbeit«, brummte Recarda. Ein feines Stirnrunzeln verriet, dass sie mit der Vorbereitung noch nicht zufrieden war. »Diese Metallstrahlen da aus der Mitte der alten Raviolidose, die könnten einen bösen Schatten werfen.«

Holger trat neben Recarda und sah auf die Mitte der Installation, aus der mehrere blank-

177

polierte Rundstäbe wie in einem Strahlenkranz aus der ehemaligen Raviolidose ragten.

»Das ist das Herzstück der Installation, die ich „Kernschmelze" nenne«, erklärte Holger. »Diese Stäbe sollen die austretende Radioaktivität darstellen.«

»Verstehe«, nickte die Fotografin und fluchte: »Ich weiß jetzt wieder, weshalb ich Fotojournalistin geworden bin.«

Recarda stellte zwei der fünf aufgestellten Lichtblenden von der Größe eines Sonnenschirms um.

»So, jetzt müssten die Dinger ...«

»... Strahlen«, grinste Holger.

»... Strahlen auf dem Foto gut erkennbar werden.« Sie ging zu einem Tisch, auf dem ihre Kamera lag. »Tritt zurück!« befal sie Holger und stellte sich in Position.

Die Hochleistungstrafos gaben ihre Energie ab, und die Scheune wirkte einen Moment, als sei es darin zu einer Kernschmelze gekommen.

Holger schrie auf.

»Mensch, was ist das denn?« Er sah kleine schwarze Punkte durch sein Gesichtsfeld hüpfen.

»Schau nicht direkt in die Blitzlampen«, empfahl Recarda mit einem Grinsen und drückte erneut auf den Auslöser der Kamera. Die starken Blitzgeräte feuerten millisekundengenau ihre Lichtstrahlen durch die Scheune.

»Oh, Speicherkarte voll«, murmelte Recarda und nahm die Kamera herunter.

»Gibt es ein Problem?« fragte Holger erschreckt.

»Nein, ich muss nur die Speicherkarte wechseln«, erklärte Recarda und ging zu ihrer Kameratasche, die auf der Werkbank lag.

Das alte Scheunentor öffnete sich quietschend und Lea trat herein.

»Kommt ihr voran?« Die Übersetzerin betrachtete die Lichtblenden.

»Ja«, rief Holger aufgekratzt.

Lea ging näher heran. »Das sind aber riesige Dinger.«

»Eigentlich nimmt man die für Außenaufnahmen, wenn das Tageslicht nicht mehr so gut ist«, erklärte Recarda. »Hier tun sie aber auch ihre Dienste.«

Die Fotografin wechselte die Speicherkarte ihrer Kamera. Die volle Karte steckte sie in ein Notebook, das leise surrend neben der Kameratasche stand. Sofort begann ein Programm auf dem Computer die Bilder der Speicherkarte herunterzuladen.

Recarda ließ das Notebook arbeiten und ging zurück zu der Installation. Als sie erneut den Auslöser drückte, war es Lea, die von den Blitzlichtern überrascht wurde.

»Wow!« stöhnte sie und rieb sich die Augen. »Davon kann man ja blind werden.«

Holger grinste und sah zu Recarda, die sich jedoch ganz auf ihre Aufnahmen konzentrierte. Nach einer Viertelstunde sagte sie: »So, das müsste es gewesen sein.«

»Kann ich mir die Aufnahmen ansehen?« Holger wirkte wie ein Junge am Heiligen Abend, der einen Haufen Geschenke vor sich hatte, die er schnellstens vom Geschenkpapier befreien wollte.

»Sicher«, nickte Recarda und nahm die Kamera ab.

Durch die Blitzanlage hatte sich die Scheune aufgeheizt. Die Fotografin legte die Kamera neben das Notebook und fragte: »Gibt es hier auch etwas zu trinken?«

»Alkohol oder Saft?« Holger ging zu einem Kühlschrank, der neben einer Werkbank stand.

»Keinen Alkohol«, stöhnte Recarda, »davon hatte ich gestern Abend genug.«

»Das kann man wohl sagen«, meinte Lea.

Recarda warf ihr einen missbilligenden Blick zu.

Holger kam mit einer Flasche Wasser und drei Gläsern zurück. »Mensch, war das eine Szene gestern.« Er füllte jedes Glas bis zur Hälfte und fragte dann beiläufig. »Warum macht dich Anne eigentlich so wütend?«

»Das geht nur sie und mich etwas an«, antwortete Recarda knapp.

»Nach gestern Abend fragt sich das ganz Lützel«, sagte Lea, während sie die Fotografin musterte. »Irgendwann wirst du eine Erklärung abgeben müssen.«

»Irgendwann«, wiederholte Recarda.

Das Notebook piepte und auf dem Bildschirm erschienen Bilder. Recarda zog die Speicherkarte heraus und legte sie neben das Notebook. Die drei sahen auf den Bildschirm, als quietschend das Scheunentor geöffnet wurde.

»Was will der denn hier?« fauchte Holger, als er seinen Bruder erkannte.

»Hallo, Leute«, grüßte Thilo.

»Hi, Thilo, was für eine Überraschung«, strahlte Lea und ging auf ihn zu.

»Na, was treibt ihr denn hier?« Der Koch betrachtete die Blitzlichtanlage. »Ist das eine deiner neuen Installationen?« Der sarkastische Unterton blieb niemandem verborgen.

»Recarda hat ein paar Aufnahmen gemacht«, antwortete Holger kalt. »Was willst du?«

»Marie hatte einen Unfall«, antwortete er, worauf Lea einen kurzen Schrei ausstieß.

»Nichts Schlimmes«, beeilte sich Thilo zu sagen. »Sie ist in einen Kuhfladen gefallen und braucht etwas Sauberes zum Anziehen.«

Lea atmete auf und schimpfte: »Das Kind treibt mich noch in den Wahnsinn.«

Die anderen schmunzelten.

»Und, sind die Aufnahmen was geworden?« fragte Thilo, um Lea abzulenken.

»Sicher«, antwortete Holger und drehte das Notebook zu Thilo. Die Speicherkarte fiel auf den Boden.

»Das ist aber nicht dein Kunstwerk«, grinste Thilo und deutete auf die Aufnahmen, die Recarda am Tag von Pauls Tod geschossen hatte.

»Die kommen noch«, erklärte Recarda und beendete die automatisch gestartete Diaschau, um Thilo die ersten Aufnahmen der Installation zu zeigen.

»Mensch, Recarda, das sieht klasse aus!« freute sich Holger und warf Thilo einen triumphierenden Blick zu.

»Ich hole schnell ein paar Sachen für Marie«, sagte unterdessen Lea. »Thilo, du kannst mich begleiten.«

Der Koch nickte und meinte dann: »Habt ihr schon gehört, die Polizei hat Jens verhaftet. Sie glauben, dass er Paul mit Honig vergiftet hat.«

9

Marie saß in einen viel zu großen Bademantel gehüllt auf der Terrasse. Ihre kleinen Füße in regenbogenfarbenen Ringelsöckchen lugten aus dem weißen Bademantel heraus und wippten leicht hin und her. Sie war frisch geduscht und ließ ihre nassen Haare von der heißen Mittagssonne trocknen. Sie roch jetzt nach Flieder, was Marlowe anscheinend besonders anziehend fand. Er hockte wie immer auf ihrer Schulter und spielte mit ihren offenen Haaren. Marie gefiel diese Liebkosung und hielt entspannt ein Glas Fanta in der Hand. Helga und Tristan saßen neben ihr. Helga hatte Thilo losgeschickt, ein paar saubere Sachen für Marie zu holen, während

Jungkoch Willi auf die Bottiche in der Küche achtgab.

Der Geruch von Äpfeln lag in der Luft.

»Was will Thilo eigentlich mit der ganzen Marmelade anstellen?« fragte Tristan.

»Er wird sie später einkochen«, erklärte Helga.

»Also, zuerst kocht er die Äpfel in einem Bottich, um sie dann später nochmals zu kochen?« Tristan schüttelte den Kopf. Ihm war das Verfahren des Einmachens bekannt. Er erinnerte sich noch daran, wie seine Mutter, umgeben von zahlreichen Einmachgläsern, in der Küche einen großen Bottich heiß machte. Dann kontrollierte sie haargenau die Temperatur des Wassers, um schließlich die gefüllten Gläser darin *zu kochen*.

»Bei der Menge geht das nicht anders«, erklärte Helga. »Zuerst macht er aus den gekochten Äpfeln die Marmelade. Die füllt er dann in Einmachgläser und erhitzt sie aufs Neue.«

»Woher stammen die vielen Äpfel?« Tristan steckte sich eine Pfeife an und achtete darauf, dass der Rauch nicht in Richtung Marie zog.

»Er hat doch die Streuobstwiese geerbt«, antwortete Helga in einem Tonfall, der Tristan daran erinnerte, dass ihm das bereits gesagt wurde.

»Die bei Pauls Bienenstöcken?« fragte Tristan und Helga nickte. »Dann dürften die Äpfel in der Küche nur ein kleiner Teil sein.«

»Oh ja, da draußen hängen noch mehrere Tonnen an den Ästen«, grinste Helga. »Ich hoffe nur, dass er den größten Teil dieser Ernte zu Saft verarbeiten lässt.«

»Damit hat er einen schönen Nebenverdienst«, meinte Tristan. »Verständlich, dass Holger sauer auf seinen Bruder ist.«

»Thilo würde die Wiese lieber heute als morgen verkaufen, aber er macht es nicht«, sagte Helga.

»Hat Thilo dir das gesagt?« fragte Tristan.

»Nein, nicht direkt, ich habe es mal bei einem Gespräch mit Paul aufgeschnappt«, antwortete Helga. »Muss an dem Testament des Vaters liegen, denn Holger erinnert seinen Bruder des Öfteren daran.«

»Was wird jetzt eigentlich aus den Bienen?« fragte Tristan.

»Ich hatte gehofft, dass Jens sich darum kümmert.« Helga wirkte traurig. »Wie konnte Pfeiffer nur so handeln?«

»Hat Jens Paul getötet?« fragte plötzlich Marie besorgt.

»Die Polizei denkt das«, antwortete Tristan. »Ich bin mir da jedoch nicht sicher.«

»Warum?« hakte sie nach.

»Jens macht nicht den Eindruck eines bösen Menschen, oder?«

Marie schüttelte den Kopf. »Er lässt mich immer naschen. Ich glaube, er liebt seine Bienen.«

»Ja, das denke ich auch«, nickte Tristan.

»Wirst du Jens helfen?« Marie sah den Detektiv mit ihren großen Augen an.

»Natürlich«, lächelte der Detektiv, »wir wollen doch, dass der richtige Täter gefasst wird.«

Sie nickte, was Marlowe etwas aus dem Gleichgewicht brachte. Sie lachte und meinte: »Wenn du Hilfe brauchst, ich kenne mich hier gut aus.«

Vor dem Haus hielt Thilo mit dem Kastenwagen. Als Marie sah, dass auch ihre Mutter aus dem Wagen ausstieg, flüsterte sie: »Oh, Mist, jetzt gibt's Ärger.«

5. Recarda packte ...

Samstagmittag

Recarda packte ihre Sachen hastig zusammen. Die Nachricht von Jens' Verhaftung gefiel ihr überhaupt nicht. Sie hatte mit dem Aufräumen gewartet, bis Lea und Thilo sich auf den Weg zur Pension machten.

»Musst du wirklich schon fahren?« fragte Holger enttäuscht und klappte einen der riesigen Beleuchtungsschirme zusammen.

»Die Fotos sind im Kasten«, antwortete Recarda, die dabei war, die Stative der Blitzanlage in Tragetaschen zu verstauen. »Ich brenne dir eine CD, dann kannst du die Bilder für deinen Katalog benutzen.«

»Ich dachte, du hättest noch Lust«, Holger wirkte verlegen.

»Lust?!« staunte Recarda und sah den Künstler an.

»Lust, etwas zusammen zu essen«, erklärte Holger.

»Das ist nett von dir, aber ich muss wirklich los«, wehrte Recarda die Einladung ab. »Es wird noch Zeit brauchen, das alles hier abzubauen und einzupacken. Vielleicht ein anderes Mal.«

»Okay!« Holger gab sich geschlagen. »Ich wollte dir nur etwas Gutes tun.«

»Habe ich verstanden«, nickte Recarda, »aber ich habe wirklich etwas Wichtiges zu erledigen.«

Sie beeilten sich, die ganzen Gerätschaften abzubauen und in den passenden Tragetaschen zu verstauen. Nach knapp einer Stunde schleppten sie die Sachen in Recardas Kombi.

»Du fährst immer noch dieses alte Schätzchen?« staunte Holger und warf die letzte Tasche in den Kofferraum. »Hat der nicht mal Paul gehört?«

»Ja, hat er«, antwortete Recarda kühl. »Also dann!« Die Fotografin öffnete die Fahrertür und stieg ein.

Holger nickte und sah ihr nach, wie sie den Hof verließ.

»Die Bilder sind der Hammer!« freute er sich und winkte.

»So eine Scheiße!« fluchte unterdessen Recarda, die gar nicht mehr mitbekam, dass Holger noch vor der Scheune stand.

Zum Glück war das Motorengeräusch so laut, dass Holger draußen gar nichts von ihrem Ausbruch hörte.

Als Erstes musste sie ihre Fotosachen nach Hause fahren. Die Gerätschaften waren ein Vermögen wert und sollten dementsprechend behandelt werden. Zum Glück hatte sie von ihren Eltern ein Haus mit einer großen Garage geerbt. Sie würde den Kombi nur abstellen und später ausräumen.

Ihr Haus lag an der B 62, und bis zu Anne waren es nur einige Minuten Fußmarsch. Die Sonne brannte mittlerweile sommerlich heiß auf die Erde.

Selbst in 650 Metern über Null wurde es im Schatten langsam über 20 Grad warm. Recarda begann im Kombi zu schwitzen, als sie in die Garage fuhr. Sie schloss den Wagen und verriegelte das alte Garagentor. Ohne nochmals ins Haus zu gehen, machte sie sich direkt auf den Weg zu Anne. Der Höhenweg war schnell erreicht, und als Recarda sich dem Haus näherte, überfielen sie Zweifel.

»Was mache ich hier eigentlich?« fragte Recarda sich selbst. Doch da trat Anne vor die Tür und erkannte Recarda.

»Mist!« fluchte Recarda, aber damit war die Entscheidung gefallen. »Anne, ich muss mit dir reden!«

»Was willst du hier, du Lügnerin!« schrie Anne über die Straße.

Na toll, dachte Recarda, das hat man noch in Hilchenbach gehört.

»Ich will etwas erklären«, erwiderte die Fotografin und ging langsam auf Anne zu. »Es hat mit Jens' Verhaftung zu tun!«

»Was?!« Anne wurde neugierig, trotz der Wut, die sie gegen Recarda empfand.

»Können wir reden?« fragte Recarda ruhig, als sie vor Anne stand. »Es ist wichtig, sehr wichtig!«

Anne sah der Fotografin direkt in die Augen, schließlich nickte sie und beide gingen hinter das Haus auf die Terrasse.

»Du wirst verstehen, dass ich nichts im Haus habe, das ich dir anbieten könnte«, presste Anne zwischen ihren Zähnen hervor.

»Kein Problem«, antwortete Recarda, während Anne sie anstarrte. »Also, ich glaube, ich habe da einen Fehler gemacht.« Die Fotografin begann mit den Händen hin- und herzuwedeln. »Wie soll ich anfangen?«

»Am besten von vorne«, zischte Anne. »Also, komm endlich zur Sache!«

»Okay!« Recarda holte tief Luft, dann sagte sie: »Anne, ich bin wütend auf dich, weil ich glaube, dass du mit Paul ein Verhältnis hattest.«

Anne sah sie verdutzt an und explodierte dann: »Wie oft soll ich dir noch sagen, dass das nicht stimmt!«

»Ich habe dich gesehen!« flüsterte Recarda.

»Was?!« Anne riss die Augen auf und fixierte die Fotografin. »Du spinnst doch, das kann gar nicht sein!?«

Recarda begann an ihrer Sicht zu zweifeln. »Als ich Paul erwischte, hast du dich versteckt!«

»Ich war das nicht«, wiederholte Anne genervt.

»Die Frau hatte den gleichen Haarschnitt, die gleiche Haarfarbe«, antwortete Recarda langsam.

»Wann soll das gewesen sein?« Anne musste dieses Missverständnis jetzt endlich klären.

Recarda nannte Tag und Uhrzeit.

»Warte hier!« befahl Anne und verschwand im Haus.

Recarda sah sich um und erschrak über die gründliche Arbeit der Spurensicherung. Sie hatten fast das ganze Gartenhaus geräumt. Nur der schwere Safe stand noch unter einem leeren Schreibtisch.

Anne kam mit einem Kalender zurück. Sie schaute nach und sagte dann: »Da war ich in Köln auf einer Messe.«

»Was?!« Recarda fühlte sich schrecklich. »Kannst du das beweisen?!«

Anne nickte und meinte: »Todsicher!«

»Ich habe Mist gebaut«, seufzte Recarda und fühlte sich wie eine Denunziantin. »Tut mir leid, sehr leid!«

»Was soll mir das bei Jens' Verhaftung helfen?« fauchte Anne.

»Ich habe auch Tristan gesagt, du hättest eine Affäre mit Paul. Dann gestern Abend, da kann man doch denken, dass Jens einen Rachefeldzug gegen Paul gestartet hat.«

»Dafür hätte er aber glauben müssen, dass ich ihn betrüge«, meinte Anne. »Außerdem haben sie Jens wegen der Faulbrut verhaftet.«

»Oh!« staunte nun Recarda. »Dann wäre das hier gar nicht nötig gewesen.«

»Und ob das nötig war«, fauchte Anne. »Jetzt weißt du endlich, dass da eine andere deinen Paul gebumst hat!«

»Aber wer?« fragte Recarda.

2

Marie war mit einer Verwarnung davongekommen. Die Latzhose war durch eine kurze

190

Jeans ersetzt worden, über der sie ein T-Shirt trug. Die Ringelsocken steckten wieder in ihren Lederschuhen und auf dem Kopf trug sie jetzt eine Baseball-Kappe. Alles in allem stand sie einsatzbereit auf der Terrasse und wartete darauf, dass die Erwachsenen, Helga, Tristan und ihre Mama, endlich in die Gänge kamen.

»Wollt ihr da noch ewig sitzen?« nörgelte sie.

»Wenn du nicht warten willst«, sagte Lea hart, »dann kannst du auch zu Fuß nach Hause gehen.«

»Okay«, nickte Marie und lief los.

Lea verdrehte ihre Augen und wollte ihre Tochter stoppen, als Helga ihr an den Ellbogen fasste und rief: »Marie! Was ist mit Marlowe?«

»Äh, den nehme ich mit?« Sie schaffte es, die Antwort für den Zuhörer als Frage und als Aussage zu artikulieren.

»Hast du das mit Tristan geklärt?« hakte Helga scharf nach.

Marie zuckte mit den Schultern und stöhnte.

»Tristan, darf ich bitte Marlowe mitnehmen?« Jetzt klang Marie flehentlich, aber nicht zu sehr, um nicht weinerlich herüberzukommen.

»Wenn er dir folgt«, nickte Tristan, »ist das okay!«

»Super!« Sie hüpfte die Treppenstufen der Terrasse hinunter.

Lea schüttelte den Kopf. »Wie macht sie das, dass Marlowe ihr folgt?«

»Kekse«, antwortete Tristan und grinste anerkennend. »Sie versteckt sie in der Brusttasche der

Latzhose. Die hat sie jetzt aber nicht an. Mal sehen, ob Marlowe ihr dennoch folgt.«

Der Kakadu saß auf dem Terrassen-Geländer und putzte sich wieder mal das Gefieder.

Marie kletterte unterdessen über den Zaun, der die Heide von Helgas Rasen trennte, und rief den Vogel.

Marlowe hörte Maries helle Kinderstimme und sah sich um. Sie winkte ihm und betrat dann die Heide.

»Heute Abend muss ich sie nach Zecken absuchen«, seufzte Lea.

Marlowe sah zu Tristan, als ob er seine Erlaubnis einholen wollte, ihr folgen zu dürfen. Tristan nickte und der Vogel flatterte davon.

Tristan verfolgte, wie sein Haustier schnurstracks auf Marie zuflog. Das Mädchen war mittlerweile so geschickt darin, den Kakadu aufzunehmen, dass er fast übersehen hätte, wie Marie die Kappe abnahm und einen Keks hervorholte.

»Lea, mit der wirst du noch viel Spaß haben«, lächelte Tristan verschmitzt.

Die Mutter nickte und meinte: »Jedenfalls hockt sie nicht wie die anderen Kinder nur vor dem Fernseher oder dem Computer.«

Aus der Küche kam Thilo mit einem Glas frisch gemachter Marmelade. Er trug Weißbrot unterm Arm und ein Messer steckte bedrohlich zwischen seiner Schürze und dem Hosenbund.

»Möchte jemand die frisch gemachte Marmelade probieren?«

Er stellte das Glas ab und schnitt gekonnt Scheiben vom Brot.

»Ja, gerne!« Lea nahm ein Stück Weißbrot und tunkte es in die Marmelade. »Oh, die ist ja noch warm.«

»Genau richtig, um die Aromen würdigen zu können«, schwärmte der Koch.

Er reichte Helga und Tristan ebenfalls Brot und die bestätigten den guten Geschmack.

»Ich muss wieder in die Küche«, sagte Thilo. »Das Glas lasse ich euch hier.«

»Schmeckt wirklich ganz anders als die gekaufte Marmelade«, schwärmte Lea. »Da werde ich mir ein paar Gläser sichern.«

»Ja, mach das«, nickte Helga. »Die Pension ist für das nächste Jahr mit Apfelmarmelade versorgt.«

»Das könntest du doch als Delikatesse anbieten«, sagte Tristan. »Mit entsprechender Preiserhöhung natürlich.«

»Träum weiter.« Sie gab ihm einen flüchtigen Kuss und stand auf. »Bei mir werden die Leute nicht übers Ohr gehauen.«

»Wer will denn hier die Leute übers Ohr hauen?« antwortete Tristan. »Das besondere Angebot bestimmt doch den Preis.«

»Danach müsste Helga die Marmelade verschenken«, grinste Lea, »bei der Masse, die von Thilo noch zu erwarten ist.«

»Wolltest du Lea nicht nach Hause fahren, Tristan?« mahnte Helga. »Wenn ihr hier noch länger faul rumsitzt, dann ist Marie noch vor euch zu Hause.«

Lea sah über die Heide, doch Marie war nicht mehr zu sehen.

»Helga hat recht!« Lea stand auf. »Ich wäre so weit.«

»Warum müsst ihr Frauen immer so hetzen«, stöhnte der Detektiv und stand ebenfalls auf.

Helga nahm das Glas in die Hand und schraubte es zu.

»Möchtest du das schon mitnehmen?« fragte sie Lea.

»Gerne«, Lea nahm es entgegen.

Tristan klopfte seine Hosentaschen nach dem Autoschlüssel ab, fand ihn aber in der Strickjacke und meinte: »Ich bin so weit!«

»Tristan, hast du dein Handy dabei?« fragte Helga besorgt.

»Ja!« antwortete der Detektiv.

»Ist es auch eingeschaltet?« hakte Helga nach.

Tristan klaubte es aus der Hosentasche und nickte.

»Dann mal los«, freute sich Lea. »Das ist das erste Mal, dass ich in einem Oldtimer fahre.«

»Dann will ich mal hoffen, dass er auch anspringt«, scherzte Tristan.

Ganz galant öffnete er Lea die Beifahrertür und ließ sie einsteigen. Als er die Tür schloss, fiel sein Blick auf das Marmeladenglas. Er hatte es die ganze Zeit vor Augen, aber erst jetzt erkannte er, dass er diese Art von Glas schon mal gesehen hatte.

»Geht euch Marie auch wirklich nicht auf die Nerven?« fragte Lea besorgt den Detektiv, als der sich hinter das Lenkrad setzte.

Tristan wurde aus seinen Gedanken gerissen. Er blickte Lea an und meinte: »Die Kleine ist keine Belastung, eher eine Bereicherung.«

»Ehrlich?! Das sagst du nicht nur so?« mahnte Lea.

Tristan startete den Motor.

»Ja, das meine ich ehrlich!« stöhnte Tristan. »Du bist wie Helga, die will auch immer alles zweimal bejaht haben.«

Lea genoss die kurze Fahrt zu ihrem Haus. Das Cabriolet hatte bei warmen Temperaturen und herrlichem Sonnenschein eindeutig seine Vorteile.

Die beiden überholten Marie auf der Bergkuppe nahe dem Skilift. Sie konnten dort kurz von der Straße auf das Landhotel schauen. Marlowe kreiste über dem Mädchen, das irgendetwas in die Luft warf, was Marlowe aufzufangen versuchte.

Tristan lenkte den Wagen über die Umgehungsstraße. Ihm ging ein Gedanke nicht mehr aus dem Kopf.

»Lea«, fragte er schließlich, »meinst du, Holger würde mir etwas über das Testament seines Vaters sagen?«

»Da gibt es kein Geheimnis«, antwortete Lea unbekümmert. »Ich denke, heute ist sogar ein guter Tag dafür.«

»So?!«

»Ja, Recarda hat ihm heute Morgen einige seiner Arbeiten fotografiert. Holger will einen Katalog herausgeben. Er schwebt momentan auf Wolke sieben.«

Sie erreichten Leas Haus. Tristan parkte den Oldtimer vor der Scheune.

»An so ein Auto könnte ich mich gewöhnen«, scherzte Lea und stieg aus.

»Der Borgward will gepflegt werden«, antwortete Tristan und folgte Lea. »Und im Winter ist er nicht gerade das passende Auto.«

»Du fährst den auch im Winter?« wunderte sich Lea. »Ist er dafür nicht zu schade?«

»Ich habe leider keinen anderen Wagen. Aber ich benutze ihn im Winter nur, wenn es nicht anders geht.« Tristan deutete auf die Scheune. »Die ist aber groß!«

»Muss sie auch«, antwortete Lea. »Du wirst gleich sehen, warum.«

Das Scheunentor wurde geöffnet und Holger trat ihnen entgegen.

»Was für eine Überraschung«, grüßte der Künstler.

»Tristan möchte deine Installationen sehen, Holger.« Lea ging zum Haus. »Ich rufe dich, wenn Marie eingetroffen ist.«

»Na, dann komm rein!« Holger ging vor.

In der Scheune war es angenehm kühl. Sonnenstrahlen fielen durch zwei große, nachträglich eingebaute Fenster herein. Überall standen

196

Skulpturen aus Stahl und Plastik. Tristan konnte nicht entscheiden, ob die Arbeiten bereits fertiggestellt waren oder sich noch in der Entstehungsphase befanden. Eine mächtige Installation stand in der Mitte der Scheune und reichte bis zu den riesigen Industrieleuchten hinauf, die an den alten Giebelbalken hingen.

»Lea hat mir gesagt, dass Recarda heute hier fotografiert hat«, sagte Tristan und ging näher an die Installation heran.

»Ja, bin froh, dass das noch geklappt hat«, freute sich Holger. »Sie fährt ja bald wieder und hat die letzten Tage hier in der Gegend fotografiert. Äh, möchtest du etwas trinken?«

Tristan sah die Wasserflasche auf der Werkbank stehen und meinte: »Davon könnte ich einen Schluck vertragen.«

»Ich habe auch etwas Stärkeres da«, grinste Holger.

»Nein, danke, ich muss noch fahren«, wehrte Tristan ab.

»Okay, dann Wasser«, nickte Holger. Er ging zur Werkbank, griff sich die Wasserflasche und schlenderte dann zu einem Regal, auf dem mehrere saubere Gläser standen.

»Außergewöhnliche Arbeit«, lobte Tristan. »Die Strahlen sehen aus, als ob sie jemanden versengen könnten.«

»Du bist der Erste, der das direkt erkannt hat«, rief Holger aufgeregt und kam mit der Wasserflasche und dem Glas zurück. »Der

Reaktorunfall in Japan hat mich inspiriert. Diese Strahlen sollen die Radioaktivität symbolisieren.«

Tristan nickte und betrachtete die Installation eine Weile.

»Holger, kann ich dich etwas fragen?«

»Ja, sicher!«

»Es geht um das Testament deines Vaters.«

»So?!« Holger sah den Detektiv verwirrt an. »Den Inhalt kennt doch das ganze Dorf. Thilo hat die Obstwiese bekommen, Paul das lebenslange Recht, dort seine Bienen zu halten, und ich habe eine Abfindung erhalten, mit der ich diese Scheune umbauen konnte, die mir Lea für einen fairen Preis vermietet hat.«

Tristan trank einen Schluck Wasser.

»Warum fragst du?« wunderte sich Holger. »Geht es um den Mord an Paul?«

»Ja, ich suche nach einer Verbindung, nach einem Motiv«, erklärte Tristan.

»Jens soll Paul doch vergiftet haben«, sprach Holger weiter.

Tristan sah ihn überrascht an.

»Mein Bruder war hier, wegen der Sachen«, erklärte Holger. »Er hat uns berichtet, was heute Morgen vorgefallen ist.«

»Ich glaube nicht, dass Jens der Mörder ist«, sagte Tristan.

»Bei all den Liebschaften könnte ich mir gut vorstellen, dass ihn eine seiner Verflossenen ins Jenseits geschickt hat. Gift passt ja gut zu Frauen.« Holger grinste sarkastisch. »Schon mal darüber nachgedacht?«

Nein, darüber hatte Tristan noch nicht nachgedacht.

3

Pfeiffer hasste es, an einem Samstagmittag in einem Büro zu sitzen. Die Anwesenheit von Staatsanwalt Büdenbender sorgte ebenfalls nicht für eine bessere Laune. Ganz im Gegenteil, der Hauptkommissar dachte an Frühpension, während Büdenbender die neuen Beweise ansprach.

»Das Labor ist sich ganz sicher?« Der Staatsanwalt sah den Jungkommissar Arne mit seinem Killerblick an.

»Ja, Herr Büdenbender«, nickte Arne zackig.

Pfeiffer dachte, der Junge müsse unbedingt lockerer werden.

»Wenn ich das hier richtig verstehe«, Büdenbender knallte den Bericht auf Pfeiffers Schreibtisch, »dann können wir nachweisen, dass Paul Nöll denselben Honig verzehrt hat, den auch Jens Weisgerber in seinem Gartenhaus aufbewahrt hat!«

»Äh«, quälte sich Arne.

»Was?« bellte Büdenbender.

»Den gleichen Honig«, korrigierte Arne. »Derselbe Honig hätte Paul Nöll nicht getötet.«

Pfeiffer grinste. Na, das war doch schon vielversprechend.

»Wollen Sie mich verarschen?«

»Nein, Herr Staatsanwalt«, flüsterte Arne, fand aber noch den Mut anzufügen: »Zwei Polizisten können die gleiche Uniform tragen, aber nicht dieselbe Uniform.«

Er macht sich, dachte Pfeiffer.

»Ah, verstehe«, knurrte Büdenbender. »Also, was ich sagen wollte, wir haben den Beweis, dass Jens Weisgerbers Honig im Magen des Opfers gefunden wurde.«

»Ja«, nickte Arne.

»Was außergewöhnlich ist, da Paul Nöll seinen eigenen Honig produziert und dieser sich von Jens Weisgerbers Honig unterscheidet.«

»Korrekt, Herr Staatsanwalt«, lächelte Arne.

Vorsicht, Junge, dachte Pfeiffer.

»Vergeben Sie hier Noten?« fauchte Büdenbender den jungen Mann an. »Oder warum grinsen Sie so?«

»Entschuldigen Sie«, stöhnte Arne.

»Können wir eindeutig beweisen, dass es verschiedene Honige sind?«

»Ja, das können wir«, beeilte sich Arne zu erklären. »Wir haben Proben von Paul Nölls Honig bei einem Händler aufgetrieben. Proben aus diesem Jahr. Der Enzymgehalt sowie die Zusammensetzung der Inhibine weichen bei den Vergleichsproben vonaneinander ab.«

»Dann haben wir den Mörder!« strahlte der Staatsanwalt. »Und dieses Mal ohne die Mithilfe eines Detektivs. Pfeiffer, wollen Sie dem besagten Detektiv die Neuigkeiten unterbreiten?«

»Liebend gern«, antwortete Pfeiffer. »Das Beste wäre, das so schnell als möglich zu erledigen. Finden Sie das nicht auch?«

»Ganz Ihrer Meinung!« nickte Büdenbender. »Gute Arbeit, Männer.«

Keine fünf Minuten später lenkte Pfeiffer einen Streifenwagen auf die Hauptstraße. Arne saß im Fond, während Holzbaum vorne das Funkgerät testete.

»Mir ist nicht wohl bei der Sache«, murmelte der Hauptkommissar.

Holzbaum klemmte das Sprechmikrofon in seine Halterung und sah seinen Chef verdutzt an.

»Wir hätten zuerst mit Irle darüber reden sollen«, sprach Pfeiffer weiter. »Ich habe das dumme Gefühl, dass wir was übersehen haben.«

Tristan ging es ähnlich wie Pfeiffer, als er Holgers Atelier verließ. Er fragte sich, ob er nicht etwas Wichtiges außer Acht gelassen hatte. Für einen Moment wollte er allein sein und nachdenken. Zwischen der Scheune und dem Haus lag ein großer Hof. Er war mit Naturpflastersteinen ausgelegt, durch die das Wasser ins Erdreich absickern konnte. Leas Auto war am Haus geparkt, neben einer Bank, die im Schatten lag.

Der Detektiv schlenderte zu der Bank hinüber. Unterwegs nahm er Pfeife und Tabak heraus und begann langsam die Pfeife zu stopfen.

»Was habe ich übersehen?« murmelte er.

Tristan ging die Einzelheiten durch, die ihm vertraut waren. Er wusste, dass man Paul mit den Blütenblättern des Roten Fingerhutes vergiftet hatte. Was er sich aber nicht gefragt hatte: Wer von den Dorfbewohnern wusste, dass der Fingerhut giftig ist?

Tristan schmunzelte. Natürlich wussten alle, dass der Rote Fingerhut giftig ist. Das lernte man in der Schule. Schon als Kind hatte seine Mutter Tristan darauf hingewiesen. Hier oben in Lützel, darauf hätte man wetten können, war jeder Mensch mit dem Wissen erzogen worden, die Finger vom Fingerhut zu lassen. Deshalb hatten seine grauen Zellen auch keinen Alarm geschlagen. Er hätte sich eher fragen sollen: Wer von den Dorfbewohnern wusste, wo in der Gegend der Rote Fingerhut wuchs?

Ein Schatten überflog ihn. Er sah nach oben und erkannte Marlowe, wie er vor dem blauen Himmel seine Kreise zog.

»Hallo, Tristan!« rief Marie und winkte, während ihre Lederschuhe auf das Pflaster knallten.

»Hallo, Marie«, antwortete der Detektiv und steckte sich die Pfeife in den Mund.

Marie setzte sich stöhnend neben ihn.

»Seid ihr gerannt?«

»Nö, normal gegangen, aber ich werde echt zu alt für den Berg«, antwortete sie ernsthaft.

»Was?!« Tristan schüttelte heftig seinen Kopf, wobei etwas Tabak aus dem Pfeifenkopf fiel.

Marie nahm die Tabakstücke auf und sagte: »Du weißt, dass das ungesund ist!«

»Ja«, nickte der Detektiv. »Aber nur, wenn man den Tabak auch anzündet.«

Marie lachte und nickte.

Ihr helles Mädchenlachen musste Lea im Haus gehört haben. Leas Kopf erschien in einem Fenster zum Hof.

»Marie?!«

»Ja, Mama!« antwortete sie und verdrehte ihren Kopf so, dass sie zum Fenster schauen konnte.

»Komm rein!« befahl Lea.

»Tristan, du musst Max kennenlernen«, entschied Marie und pfiff Marlowe.

Der Kakadu stürzte einen Augenblick später auf sie zu. Wieder fing sie den Vogel problemlos auf, lüftete ihre Baseball-Kappe und zauberte einen verschmierten Schokokeks hervor.

»Da wird wohl eine Haarwäsche fällig«, schmunzelte Tristan.

»Muss mich eh gleich waschen«, grinste Marie und blinzelte zu Marlowe. »Komm, ich stell euch Max vor.«

Sie führte ihn in die Waschküche, wo ein großer Karton stand. In dem Karton befand sich eine Schüssel mit Wasser. Mitten in der Schüssel lag Max, der Molch.

Marie griff in die Schüssel und holte Max heraus.

»Max, sag hallo!« scherzte sie, »willst du ihn auch mal halten?«

203

Der Molch saß auf Maries ausgestreckter Hand und starrte Tristan an.

»Nein, danke«, antwortete Tristan und warnte: »Du solltest auf Marlowe achten!«

Max bewegte sich, was Marlowe sofort neugierig machte.

Marie schielte zu Marlowe.

»Das ist kein Futter!« sagte sie streng und entschied sich, Max wieder in die Schüssel zu legen.

»Seid ihr im Keller?« rief Lea.

»Ja, Mama, wir kommen«, antwortete Marie und führte Tristan in die Wohnung.

Lea hatte sich das Haus gemütlich eingerichtet. Helle Farben bestimmten die Räume und überall standen Blumentöpfe herum.

»Du magst es grün«, stellte der Detektiv fest.

»Ja, das verleiht den Räumen Atmosphäre«, antwortete Lea. »Allerdings machen die vielen Pflanzen eine Menge Arbeit.«

Marie schlenderte in die Küche. Die Erwachsenen folgten ihr.

»Konnte dir Holger weiterhelfen?« fragte Lea.

»Ein wenig«, nickte Tristan und sah Marie zu, wie sie Marlowe eine Schüssel Wasser hinstellte. Sie setzte den Kakadu auf einer Stuhllehne ab und rückte dann den Stuhl an den Tisch. An Hose und T-Shirt waren deutliche Spuren ihres Streifzuges zu erkennen. Das machte Tristan neugierig, seine grauen Zellen begannen zu arbeiten und schließlich fragte er: »Marie, kennst du den Roten Fingerhut?«

Marie sah auf und nickte. »Mama sagt, der ist giftig!«

»Das ist wahr«, lächelte der Detektiv. »Kennst du auch eine Stelle, wo diese Pflanze wächst?«

Marie sah zu ihrer Mutter und wirkte unsicher. Sie stöhnte laut und antwortete: »Ja, aber da darf ich nicht hingehen.«

Pfeiffer setzte den Blinker und bog von der B 62 ab. Er fuhr die Gillerbergstraße hinauf und wäre fast in Tristans Borgward gerast, der plötzlich aus dem Pfaffenhain auf die Gillerbergstraße rollte. Pfeiffer hupte und Tristan hob grüßend die linke Hand in die Luft.

»Hat der gepennt!« schimpfte Pfeiffer und folgte dem Oldtimer zu Helgas Pension.

Als die Männer aus den Autos stiegen, fuhr der Hauptkommissar Tristan scharf an.

»Haben Sie geschlafen, Irle? Das hätte mächtig rumsen können!« Zwei Dienstfahrzeuge in drei Tagen, das hätte auch für Pfeiffer spürbare Konsequenzen nach sich gezogen.

»Tut mir leid, Pfeiffer«, entschuldigte sich Tristan und hob Marlowe aus dem Wagen. »Aber ich war in Gedanken.«

»So gedankenverloren sollten Sie kein Auto fahren« schimpfte der Hauptkommissar.

Marlowe, der Pfeiffers Temperament noch nie leiden konnte, spreizte seinen Kamm und krächzte: »Es hat noch selten der gesprochen, / Der sich den Kiefer grad gebrochen.«

»Was?!« Der Hauptkommissar glotzte erst Marlowe, dann Tristan an. »Was hat der Vogel nur gegen mich?«

»Keine Ahnung!« antwortete Tristan und ging auf die Terrassentreppe zu. Marlowe saß auf seiner Schulter und beäugte die Polizisten, die ihnen folgten.

»Irle, wir müssen mit Ihnen reden«, schnaufte der Hauptkommissar. »Es ist wichtig!«

Tristan blieb stehen.

»Wissen Sie, ich habe Durst«, sagte Tristan, »und solange ich diesen Durst verspüre, bin ich nicht aufnahmebereit. Möchten Sie auch etwas trinken?«

Die Beamten schüttelten den Kopf.

»Na gut«, seufzte der Detektiv und gab Marlowe einen Schubs, sodass der Vogel davonflog.

Tristan sah nach Helga, fand sie nicht im Restaurant und ging in Richtung Küche. Thilo war gerade damit beschäftigt, Zutaten für einen Bienenstich herauszulegen.

»Hallo, Thilo? Hast du Helga gesehen?« fragte der Detektiv.

»Nein«, antwortete der Koch.

Tristan eilte zurück ins Restaurant, nahm sich eine Flasche Wasser aus dem Kühlschrank und ging auf die Terrasse.

»Sie sind sicher, dass Sie nichts trinken möchten?« fragte Tristan nochmals und füllte sich ein Glas mit Wasser.

»Danke, nein!« betonte Pfeiffer und zündete sich eine Zigarette an. »Wir haben neue Laborerkenntnisse.«

»Was haben Sie herausgefunden?« fragte Tristan und ahnte nichts Gutes.

Pfeiffer teilte ihm das Laborergebnis mit.

»Es besteht kein Zweifel?« Tristan sah die Beamten an.

»Nein!« antwortete Holzbaum. »Die Honigreste, die man in Paul Nölls Magen fand, sind von der Zusammensetzung her eindeutig dem Honig von Jens Weisgerber zuzuordnen.«

»Und Sie können beweisen, dass in diesen Honigresten auch das tödliche Digoxin vorhanden ist?«

»Ja, das können wir«, nickte wieder Holzbaum.

»So wie es aussieht, haben wir den Mörder«, stöhnte Pfeiffer. »Allerdings ist bei der Sache was komisch.«

»Ich kann nicht lachen«, schnaufte Tristan.

Er sah Pfeiffer an und merkte, dass der Hauptkommissar gar nicht jubelte oder ihn wie gewöhnlich verhöhnte. Durch die neuen Ergebnisse sichtlich aus der inneren Ruhe geworfen, sammelte sich Tristan wieder. Sein siebter Sinn sagte ihm plötzlich, dass Pfeiffer an seinen Erfolg gar nicht glaubte.

»Ist irgendwie wirklich komisch!« Tristan sah die Polizisten an. »Wie Sie ja schon anmerkten, Herr Pfeiffer, der Mörder muss Sinn für Humor haben.«

»Was meinen Sie damit, Irle?« Pfeiffer nahm einen kräftigen Zug.

»Na, überlegen Sie mal! Der Mörder benutzt eine Mordwaffe, in unserem Fall ist das Honig und Gift, die man ihm genau zuschreiben kann. Er hätte ja auch gleich ein paar Fotos von sich neben der Leiche platzieren können. Glauben Sie wirklich, Jens Weisgerber wäre so doof?!«

»Wir müssen nichts glauben, Herr Irle«, konterte Pfeiffer. »Wir brauchen Beweise! Und im Moment haben wir einen Imker, der ein gutes Motiv hatte, den Ortsvorsteher umzubringen. Wir haben im Magen des Opfers Gift und Honigreste sichergestellt und können dank Labortechnik diese Honigreste dem Imker Weisgerber zuordnen.«

»Herr Pfeiffer, das sind eine Menge Indizien, aber noch kein Beweis dafür, dass Jens Weisgerber auch der Mörder ist.« Tristan trank das Glas Wasser in einem Zug leer.

»Das wissen wir auch«, bemerkte Holzbaum, »deshalb sind wir ja hier. Vielleicht haben Sie eine Idee?«

»Ich dachte«, mischte sich Arne plötzlich ein, »die Dienstfahrt diene der Exekutive, um nochmals auf die Grenze zur Civitas hinzuweisen. Wobei ich in diesem Fall „Civitas" mit Bürgerschaft übersetzt betrachte.«

»Was soll das?!« knurrte Pfeiffer.

»Schon John Locke schlug im 17. Jahrhundert die Trennung von Exekutive und Legislative vor.

Was man gemeinhin als Gewaltenteilung bezeichnet.« Arne lächelte. »Was ich sagen möchte, diese Gewaltenteilung dient dem Schutz der Bürgerschaft. Wir Polizisten sind ausschließlich dazu verpflichtet, die Gesetzgebung durchzusetzen.

Herr Irle hat aber recht, wenn er sagt, dass wir momentan nur Indizien zusammengetragen haben. Und Indizien sind im Allgemeinen nur etwas mehr als eine Behauptung und erheblich weniger als ein Beweis.

Sollte es nicht im Sinne der Gewaltenteilung darauf ankommen, dass wir der Judikative und damit auch der Bürgerschaft Beweise vorlegen?«

»Wow, ein Idealist!« stöhnte Pfeiffer.

»Affolderbach hat recht!« Tristan musterte Pfeiffer. »Sie fühlen doch auch, dass Jens Weisgerber nicht so blöde wäre, einen Mord mit seinem eigenen Honig durchzuführen.«

»Es hat schon blödere Täter gegeben!« antwortete Pfeiffer.

4

Die Beamten waren wieder nach Siegen gefahren. Tristan saß allein auf der Terrasse und dachte nach. Auf dem Schoß lag sein Notizbuch, aber das half ihm im Moment nicht weiter. Er musste Pfeiffer und seinen Kollegen recht geben, mit den neuen Ergebnissen sprach einiges dafür, dass Jens mit dem Mord in Verbindung zu bringen war. Andererseits, Jens verkaufte seinen Honig an die Lützeler Bürger. Da die Beamten davon ausgingen, dass Paul seinen eigenen Honig verzehren würde, musste jemand Jens' Honig mit bösen Absichten dem Ortsvorsteher untergeschoben haben. Da kam in Lützel jeder in Verdacht. Was Jens weiter belastete, war die Angelegenheit mit der Faulbrut. Die Tatsache, dass der Architekt und Imker über genügend Wissen verfügte, die giftigen Blüten des Roten Fingerhuts mit dem Honig zu verarbeiten, sprach ebenfalls gegen ihn.

Was Tristan jetzt klären musste: Kannte Jens die Stelle, an der der Rote Fingerhut wuchs? Wie Marie ihm berichtete, war die Stelle nicht leicht zu finden. Ortskenntnisse sowie die Bereitschaft, abseits der Wanderwege durch das Unterholz zu streifen, waren die Voraussetzungen, um die Pflanze zu finden. Tristan glaubte nicht daran, dass Jens zu der Sorte von Menschen gehörte, die aus Spaß durch Wälder streifte.

Doch Glauben half nicht weiter. Es lag an ihm, die nötigen Beweise zu finden.

Der Koch hatte sich bei Tristan abgemeldet, da er Helga nirgends finden konnte. Der Detektiv schlug das Notizbuch zu.

»Wo sind denn alle hin?« fragte Helga plötzlich hinter ihm.

»Hallo, Schatz«, lächelte Tristan, »Thilo ist kurz nach Hause gefahren, um die Marmelade zu deponieren. Wir haben dich gesucht. Wo hast du gesteckt?«

»Ich hatte mich kurz hingelegt«, sagte sie und setzte sich zu Tristan. »Ich meinte, durch das offene Fenster Pfeiffer sprechen gehört zu haben?«

»Ja«, nickte der Detektiv und berichtete von den neuen Ergebnissen.

»Das ist nicht gut«, stöhnte Helga. Sie blickte auf das geschlossene Notizbuch und fragte: »Was hast du vor?«

»Als Erstes will ich herausbekommen, ob Jens weiß, wo der Fingerhut wächst.«

»Anne oder Lotte können dir da sicher weiterhelfen«, meinte Helga. »Du solltest zu ihnen fahren.«

»Daran hatte ich gedacht. Passt du auf Marlowe auf?«,

Helga nickte und Tristan gab ihr einen Kuss. »Danke, was für ein Wochenende!«

Tristan besuchte erneut die Innenarchitektin. Als er seinen Oldtimer neben Annes Kastenwagen parkte, bemerkte er einen VW Golf am Straßenrand, den er noch nicht gesehen hatte. Wie bei seinem Besuch am Vormittag klingelte er und bekam kurz darauf die Aufforderung zugerufen, in den Garten zu treten.

Anne hatte sich umgezogen. Statt der knappen Shorts und des Tops trug sie jetzt ein Chanel-Kostüm. Neben Anne saß Lotte, ebenfalls herausgeputzt, als wären sie auf einen Empfang eingeladen.

211

»Tristan!?« wunderte sich Lotte.

»Herr Irle?« Anne stürmte auf ihn zu. »Haben Sie was Neues von meinem Mann gehört? Wir wollen jetzt nach Siegen ins Untersuchungsgefängnis fahren.«

»Es gibt leider keine guten Neuigkeiten«, antwortete Tristan behutsam.

»Das ist doch alles ein Justizirrtum!« schimpfte Lotte. »Jens würde nie jemandem etwas zuleide tun.«

»Haben Sie gewusst, dass Ihr Mann die Bienen mit Antibiotika behandeln wollte?«

»Er war sich nicht sicher«, antwortete Anne. »Zum Schluss hat er sich dagegen entschieden, das kann ich bezeugen.«

»Die Untersuchungen haben ergeben, dass das Mittel eingesetzt wurde«, antwortete Tristan.

»Das ist unmöglich!« erwiderte Anne verzweifelt.

»Es kommt aber noch schlimmer«, sagte Tristan ruhig. »Hat man euch eigentlich mitgeteilt, wie Paul gestorben ist?«

»Bis jetzt noch nicht«, antwortete Anne.

»Eine Untersuchung hat ergeben, dass Paul eindeutig mit Honig aus der Produktion Ihres Mannes vergiftet wurde.«

»Das wird ja immer doller«, schnaufte Lotte aufgeregt. »Jens würde seinen Honig doch nicht vergiften!«

»Leider sprechen die Indizien gegen ihn.« Tristan blickte zum Gartenhaus. »Was mich hierher führt: Ich suche nach Beweisen, die Ihren Mann entlasten.«

»Das ist gut«, seufzte sie. »Wie kann ich helfen?«

»Gibt es eine Auflistung von Kunden, denen Jens Honig verkauft hat?«

»Ja, wir müssen die Einnahmen versteuern«, nickte Anne. »Es gibt ein Buchhaltungsprogramm, in dem alle Lieferungen und die Kunden aufgelistet sind.«

»Würde es Ihnen was ausmachen, mir eine Liste auszudrucken?« fragte Tristan.

Anne sah Lotte an.

»Mach schon!« nickte Lotte. »Die paar Minuten kann Jens auf uns warten.«

»Kommen Sie rein«, bat Anne. »Der Computer steht in Jens' Arbeitszimmer.«

Anne führte Tristan in Jens' Arbeitszimmer. Lotte folgte ihnen schweigend.

»Was willst du mit den Daten anfangen?« fragte sie leise, während Anne den Computer hochfuhr und den Drucker kontrollierte.

»Irgendjemand hat Paul den Honig untergeschoben«, erklärte Tristan.

Lotte nickte.

»Zudem muss der Mörder oder die Mörderin den Honig vorher behandelt haben«, erklärte Tristan weiter. »Dazu benötigt man Wissen. Jens hat mir das heute Morgen noch erklärt. Würde man den Honig zum Beispiel erwärmen, dann würde der Fruchtzucker im Honig kandieren.

Ihm einfach so ein paar Blüten unterzumischen ist schwer.«

»Blüten?!« Lotte sah Tristan fragend an.

Tristan erklärte den Frauen, welches Gift dem Ortsvorsteher das Leben genommen hatte.

»Und das führt mich zu meiner zweiten Frage«, endete Tristan. »Der Fingerhut wächst nicht am Straßenrand. Es gibt jedoch eine Stelle im Wald, an der eine Pflanzenkolonie zu finden ist. Könnte Jens diese Stelle kennen?«

»Im Wald?!« staunte Anne. »Jens hasst den Wald, er geht ja nicht mal spazieren.«

Lotte nickte und bestätigte Jens' Abneigung gegen den Wald.

»Du suchst also jemanden, der sich dort draußen auskennt«, sagte Lotte nachdenklich.

»Ja«, nickte Tristan.

»Jemanden, der zudem etwas gegen Paul hätte haben können«, murmelte Lotte weiter. »Ich glaube, da kenne ich jemanden.«

Anne sah ihre Schwägerin erschrocken an.

»Nun sag schon!« drängte sie, »wen meinst du?«

»Recarda, die ist ständig da draußen unterwegs«, antwortete Lotte. »Und am Mordtag war sie beim Schuppen, das hat sie mir selbst gesagt.«

5

An diesem Spätnachmittag streifte Recarda allerdings nicht durch die Wälder und über die

Wiesen rund um Lützel. In wenigen Tagen würde sie wieder weit weg von diesem beengten Dorf sein. Es tat ihr gut, einige Tage in der Heimat zu verbringen, aber das reichte jetzt auch. Es wurde wieder Zeit, die Flügel auszubreiten und sich vom Zeitenwind zu neuen Ereignissen treiben zu lassen. Auf der Welt gab es so viele Veränderungen, die wollte sie mit ihrer Kamera festhalten. Außerdem gab es in Lützel eigentlich nichts mehr, das sie noch hielt. Jetzt, da Paul tot im Leichenschauhaus lag, spürte sie, wie ihr Heimatort stark an Attraktivität verlor.

Sie saß an einem Leuchttisch in ihrem Fotostudio und kontrollierte die Ausrüstung. Die Fototasche lag vor ihr auf dem Boden.

»Was soll's«, seufzte sie, »in wenigen Tagen sitze ich unter der Tropensonne, dann können die mich mal!«

Die Fotografin nahm zwei Kameragehäuse aus der Tasche und legte sie auf den Leuchttisch. In einem Regal hinter dem Leuchttisch stand eine Reihe von Objektiven, die auf die Kameragehäuse passten. Die Fotografin musste sich jedes Mal gut überlegen, welche Objektive sie auf die Reise mitmitnehmen wollte. Das war stets eine Qual. Denn auf ihrer Reise würde irgendwann der Punkt kommen, an dem sie genau das Objektiv gebrauchen könnte, das sie nicht eingepackt hatte.

Sie räumte ihre Fototasche aus, in der noch die Objektive des morgendlichen Shootings steckten, als es an der Haustür klingelte.

215

Ihr Haus lag im Stillen Winkel. Das Studio befand sich im alten Heuschober, den sie vor Jahren hatte umbauen lassen. Da in 650 Metern über dem Meeresspiegel der Wind kalt pfeifen kann, sorgte eine verglaste Verbindungstreppe zum Haupthaus für einen angenehmen Arbeitsweg. Recarda eilte zur Haustür.

»Herr Irle?!« staunte Recarda, als sie die Türe aufmachte. »Was führt Sie zu mir?«

»Hallo, Frau Bolz«, grüßte der Detektiv, »ich hätte da ein paar Fragen.«

»Kommen Sie rein!« bat Recarda und führte Tristan in ihr Wohnzimmer. Überall standen zahlreiche Fotos, die von ihren Reisen erzählten. Eingerahmt hingen Foto-Reportagen aus GEO, dem STERN und dem National Geographic an den Wänden.

»Sie sind wirklich weit herumgekommen«, staunte Tristan, als er das Wohnzimmer betrat.

»Hier habe ich nur die besten und meine liebsten Fotos ausgestellt«, antwortete Recarda stolz. »Drüben im Studio finden Sie noch jede Menge anderer.«

Tristan sah sich einige der Bilder genauer an. Auf einem Foto schoss ein Krokodil mit aufgerissenem Maul direkt auf den Betrachter zu. Die Aufnahme war so gelungen, dass man feinste Strukturen auf den Zähnen des Krokodils erkennen konnte. Recarda musste sehr nah dran gewesen sein. Auf einem anderen Foto tummelten sich Hunderte von Vogelspinnen auf einem

Felsen. Es war wieder so eine Aufnahme, die den Betrachter mitnahm, hinein in die Vogelspinnen-kolonie.

»Angst vor Tieren und Insekten scheinen Sie nicht zu haben«, sagte Tristan. »Tolle Aufnahmen.«

»Danke, nett von Ihnen, aber deswegen sind Sie doch nicht hier«, antwortete Recarda. »Also, was kann ich für Sie tun?«

»Wir haben neue Ergebnisse, was Pauls Tod angeht.« Tristan musterte die Fotografin genau.

»Es heißt, dass Paul mit seinem eigenen Honig vergiftet wurde«, sagte Recarda traurig.

»Ja, so sieht es aus«, nickte Tristan und eine seiner grauen Zellen wachte auf. »Sie haben heute Morgen ein paar Aufnahmen gemacht?«

»Ich schuldete Holger noch einen Gefallen«, lächelte Recarda. »Wollen Sie die Aufnahmen sehen?«

»Wenn es keine Umstände macht«, nickte Tristan.

»Ach was«, Recarda wedelte mit den Händen und führte ihn in das Studio.

Wieder staunte der Detektiv darüber, was man aus alten Gebäuden machen konnte.

»Das ist ja ein idealer Arbeitsplatz«, lobte er.

»Nicht schlecht für ein Provinzdorf«, scherzte Recarda. »Kommen Sie hierüber, ich zeige Ihnen die Aufnahmen.«

Sie startete einen Computer mit einem riesigen Bildschirm. Das bereits bestaunte Kunstwerk von

Holger erschien auf dem Bildschirm. Es folgten einige andere Werke, die Tristan bereits vergessen hatte.

»Ich hätte Ihnen gerne noch ein paar Landschaftsfotos gezeigt«, sagte Recarda verärgert, »aber die habe ich noch nicht auf diesen Computer geladen.«

»Sie wandern sehr oft hier oben durch die Wälder?« sagte Tristan und sah sich im Studio um.

»Ja, ich kenne jeden Baum und Strauch«, nickte sie.

»Wissen Sie«, der Detektiv wandte sich ihr zu, »dass Paul mit einer heimischen Pflanze vergiftet wurde, dem Roten Fingerhut?«

Recarda hob die Augenbrauen und fixierte Tristan, als hätte sie eine Kamera vor den Augen.

»Ich habe plötzlich den Eindruck, dass Sie mir auf die Zähne fühlen«, sagte sie ruhig, und doch klang in ihrer Stimme eine Bedrohung mit. »Verdächtigen Sie mich etwa?!«

»Manche im Dorf tun das«, nickte Tristan und sein Blick verhärtete sich. »Sie meinen auch, dass Sie sich in den Wäldern so gut auskennen, um zu wissen, wo der Fingerhut wächst.«

»Herr Irle, ich denke, Sie sollten jetzt gehen!« Recarda deutete auf eine zweite Tür, die nach draußen in den Hof führte.

Die Fotografin wirkte gereizt, kontrollierte aber dennoch ihre Gefühle, was sie für Tristan zu einer eiskalten Kämpferin werden ließ. Die Aufnahmen im Wohnzimmer ließen sich nur mit einem Kämpferherz bewerkstelligen. Der Detektiv spürte, dass er hier nicht weiterkam.

»Okay«, sagte er und ging auf die Tür zu. »Ich musste diese Fragen stellen.«

»Verstehe ich«, antwortete Recarda.

Tristan wollte die Türklinke drücken, erkannte jedoch, dass die Tür bereits geöffnet war. Er drehte sich nochmals zu Recarda um, doch die sagte kalt: »Ich weiß, dass Sie Ihre Arbeit machen. Aber ich habe Paul geliebt.«

Tristan nickte und ging.

Recarda ballte die Fäuste.

»Was denkt der sich!« schrie sie und schlug mit der flachen Hand auf den Leuchttisch. Die Kameragehäuse bewegten sich.

Weiter unten auf dem Boden der Fototasche summte es bedrohlich.

Sie war wütend, tierisch wütend. Hatte sie Tristan nicht von einer Liebhaberin berichtet? Und jetzt verdächtigte er sie! Dahinter stand eindeutig diese Lotte!

»Wie blöd können denn Männer sein!?« brüllte sie vor Wut und trat gegen ihre Fototasche.

Die rutschte über den Boden und klappte auf.

Augenblicklich schwärmten Bienen aus. Recarda erschrak und wich zurück. Ein ganzes Bienenvolk eroberte im Nu das Studio. Der Rahmen einer Bienenwabe ragte aus der Tasche. Die Fotografin erkannte, dass sie die rettende Tür nicht unversehrt erreichen würde.

Die gereizten Bienen griffen sie an. Die Spritze mit dem Antihistaminikum befand sich in der Fototasche. Sie trat erneut gegen die Tasche, um die Wabe zu entfernen. Recarda hatte Glück und die Wabe rutschte heraus. Hastig griff sie in die Tasche.

Die ersten Bienen konnte sie noch abwehren, aber es waren zu viele. Schließlich stachen mehrere Bienen sie in die Hände und den Hals. Der anaphylaktische Schock setzte Sekunden später ein.

»Scheiße«, stöhnte sie und wurde ohnmächtig.

Draußen auf dem Hof zündete sich Tristan eine Pfeife an. Er hörte, wie Recarda ihrer Wut freien Lauf ließ und bekam ein schlechtes Gewissen. Sein siebter Sinn sagte ihm, unabhängig von dem, was die Leute auch redeten, dass Recarda wegen einer Liebesgeschichte keinen Mann umbringen würde. Er entschied sich zurückzugehen. Der Detektiv eilte zum Studio und öffnete die Tür.

Sofort wurde er von den Bienen attackiert. Tristan blies Rauch aus und die Bienen zogen sich zurück. Recarda lag auf dem Boden und hatte die Hand nach ihrer Fototasche ausgestreckt. Tristan erkannte, dass die Fotografin an einem allergischen Schock litt und hastete zu ihr. Seine Aufregung ging mit schnellem Ein- und Ausatmen einher. Seine Pfeife begann zu qualmen und der Rauch vertrieb die Bienen.

Tristan sah Recardas ausgestreckte Hand und vermutete, dass sie in der Fototasche ein Gegenmittel aufbewahrte. Er griff in die Fototasche und fand das rettende Gegenmittel. Hastig entfernte er die Verpackung und setzte die Spritze an. Dann hob er Recarda auf und trug sie nach draußen.

6

Thilo stöhnte in der Küche. Vor ihm lag ein waschbeckengroßer Hefeteig, den er durchknetete. Zum Nachmittags-Kaffee wollte er den Gästen einen frisch gebackenen Bienenstich anbieten. Nebenan auf dem Herd kochte bereits der Vanillepudding.

»So, das muss genügen«, sagte er zu Helga, die neben ihm in der Küche stand.

»Wir erwarten zirka 10 Wanderer zum Kaffee«, erklärte die Pensionsbesitzerin.

»Die Menge ist ausreichend, das passt schon«, antwortete Thilo.

Helga nickte und ging.

Der Koch begann den Teig auf einem Blech auszurollen. Den notwendigen Mandelbelag hatte er bereits vorbereitet. Die Zutaten wie Zucker, Butter und Honig standen noch auf der Arbeitsplatte, als Holger in der Küche erschien.

»Was willst du denn hier?« knurrte Thilo. »Verschwinde!«

»Kann ich nicht«, antwortete Holger und schob das Honigglas beiseite. »Ich muss etwas mit dir klären!«

Thilo begann, den Mandelbelag auf den Teig zu streichen.

Holger zappelte um den Tisch, als hätte er Bienen in der Hose. »Jetzt hör doch mal zu!« drängelte er.

»Ich bin nicht taub, Bruder«, antwortete Thilo, ohne Holger anzusehen.

»Na schön!« stöhnte der und hatte endlich den Mut zu fragen: »Hast du was mit Lea?«

Die Frage überraschte Thilo. Er sah zu seinem Bruder und ätzte: »Sind dir die Schweißdämpfe ins Gehirn gekrochen?«

»Jetzt tu doch nicht so scheinheilig«, schimpfte Holger. »Ich habe doch gesehen, wie du Lea gestern angemacht hast! Und dann der Besuch heute Morgen, das war doch auch kein Zufall!«

»Du solltest jetzt meine Küche verlassen«, warnte Thilo und strich etwas zu viel des Belages auf eine Stelle. »Scheiße!«

»Deine Küche! Ha, das hättest du wohl gerne«, erwiderte Holger laut.

»Was ist denn hier los?« Helga stand in der Küchentür und musterte die beiden Brüder.

»Holger ist eifersüchtig auf nichts«, antwortete Thilo und strich den Mandelbelag weiter auseinander.

»Er denkt, das hier wäre seine Küche«, höhnte Holger. »Als ob du je ein eigenes Restaurant haben würdest.«

»Jetzt reicht es!« ging Helga dazwischen. »Benehmt euch wie Erwachsene, klar! Holger, dir rate ich, sprich endlich mit Lea. Wenn du sie magst, dann sag es ihr auch. Thilo, das ist meine Küche, klar!«

»Ja, Chefin«, nickte der Koch.

»Holger, du kommst mit mir!« Helga führte den Künstler nach draußen. »Sag mal, könnt ihr eure Differenzen nicht friedlich beilegen?«

»Es ist schwierig«, stöhnte Holger und sah dabei jämmerlich aus.

Helga nahm ihn in den Arm und drückte ihn. Dann sagte sie ruhig. »Lea ist eine tolle Frau, aber wenn du dich nicht endlich auf sie zu bewegst, dann nimmt sie sich einen anderen.«

»Ich habe Angst, unsere Freundschaft zu gefährden«, schluchzte er. »Was ist, wenn sie mich nur als guten Freund haben will?«

»Das kann durchaus sein, aber wenn du der Sache nicht auf den Grund gehst«, mahnte Helga, »dann wird es dich auffressen.«

»Es ist so verdammt schwer«, seufzte er.

»Liebe ist immer auch ein Stück Kampf«, meinte Helga und lächelte.

Holger nickte.

»Jetzt aber mal was anderes. Hat Thilo vor, mich zu verlassen?«

223

»Das weiß ich nicht«, antwortete Holger. »Man hört aber hie und da, dass er davon spricht, ein eigenes Restaurant aufzumachen.«

Ein quäkendes Hupen riss die beiden aus ihrem Gespräch. Das grausige Geräusch verursachte die alte Hupe des Borgwards, der schnell auf die Pension zufuhr.

»Was ist passiert?« rief Helga, die Tristan noch nie so rasen gesehen hatte.

Der Borgward hielt bremsend vor der Pension. Fast gleichzeitig sprang Tristan aus dem Auto und eilte zum Beifahrersitz, wo Recarda völlig zerstochen und noch nicht bei Bewusstsein in den Gurten hing.

»Ich brauche Hilfe!« rief Tristan und hob Recarda aus dem Sitz.

»Oh, mein Gott!« Helga war entsetzt. Die Bienenstiche hatten Recardas Haut wie böse Eiterbeulen aufblähen lassen.

»Sie ist am Leben«, japste Tristan unter Recardas Gewicht, »aber sie muss unbedingt liegen.«

Holger eilte Tristan zu Hilfe. Zusammen trugen sie die Fotografin in Helgas Wohnung hinauf. Dort legten sie Recarda auf das Sofa.

»Ich brauche eine Pinzette«, forderte Tristan, »die Stacheln müssen raus.«

Helga eilte ins Bad und kam mit einer Pinzette zurück.

»Danke«, nickte der Detektiv und begann die winzigen Stacheln aus Recardas Fleisch zu ziehen. »Wir brauchen zudem etwas Kaltes. Wickel wären gut, um die Stellen zu kühlen.«

Helga nickte und ging in die Küche, um kalte Wickel vorzubereiten.

Holger stand schweigend und fassungslos daneben. »Wird sie wieder gesund?«

»Der Notarzt wird gleich hier sein«, murmelte der Detektiv, während er einen weiteren giftigen Überrest einer Biene entfernte. »Ich habe ihn per Handy angerufen und er hat mir diese Maßnahmen empfohlen.«

»Was ist geschehen?« fragte Helga und legte den ersten Wickel über eine geschwollene und stachelfreie Stelle.

Von Weitem war die Sirene des Notarztwagens zu hören.

»Jemand hat versucht Recarda zu töten«, antwortete Tristan und erzählte dann, warum er Recarda im Studio besucht hatte und wie er schließlich zurückgegangen war und sie fand.

Das Sirenengeheul kam näher.

»Das ist schrecklich«, seufzte Helga. »Wer macht so etwas?«

»Jemand, der genau wusste, dass Recarda gegen Bienenstiche allergisch ist«, antwortete Tristan zornig. »So, das waren jetzt alle Stacheln.«

Draußen verstummte das Sirenengeheul und eine sonore Männerstimme rief von unter aus dem Flur: »Der Notarzt ist da, wo sind Sie!?«

»Wir sind hier oben, die Treppe herauf«, antwortete Helga.

7

Aus dem Restaurant drang Kaffeegeruch in Helgas Wohnung. Der Notarzt war gegangen, nachdem Recardas Kreislauf keine Achterbahnfahrten mehr machte. Holger hatte ihn nach draußen geführt. Die Fotografin war noch nicht erwacht, aber der Arzt beruhigte Helga und Tristan, dass dies normal sei. Der Körper, so der Arzt, schütze sich so vor größeren Schäden. Statt der Wickel hatte Helga Eisbeutel aus der Tiefkühltruhe geholt und sie in Gefriertüten auf die verwundeten Hautstellen gelegt.

Marlowe beobachtete von seiner Kletterstange aus, wie sich die Eisbeutel im Brustbereich auf und ab bewegten. Tristan erkannte, was dem Kakadu in den Sinn kommen könnte, und warnte: »Marlowe, bleib auf deiner Stange!«

Der Vogel legte seinen Kopf schief und spreizte dann seinen Kamm: »Da sprach der Kranke, / Als er das Tränklein sah: „Nein, Danke"«.

»Was war das?« stöhnte plötzlich Recarda und schlug langsam die Augen auf. »Wo bin ich?«

»In der Pension«, antwortete Helga, die neben ihr auf einem Sessel saß.

Sie hob den Arm und sah die geschwollene Haut.

»Jetzt erinnere ich mich – Bienen!« Sie atmete schwer aus, dann blickte sie zu Tristan. »Danke!«

»Der Arzt sagte, dass du noch etwas liegen bleiben sollst, wenn du aufgewacht bist«, Helga rückte ein Kissen für Recarda zurecht. »Jetzt hole ich erst mal was zu trinken.«

»Kaffee wäre gut«, meinte sie.

»Auch noch ein Stück Kuchen?« fragte Helga.

»Etwas Süßes gerne«, nickte Recarda.

»Tristan, soll ich dir was mitbringen?«

»Gerne«, nickte der Detektiv.

Helga verschwand im Flur. Für einen Moment schwiegen die beiden Zurückgebliebenen.

»Das entlastet mich jetzt, oder«, sagte Recarda schwach mit einem Unterton, der Kampfbereitschaft signalisierte.

»Ganz sicher«, nickte der Detektiv. »Aber ich habe Sie nie als Verdächtige betrachtet.«

»Recarda, nenn mich Recarda«, stöhnte sie.

»Tristan«, erwiderte der Detektiv.

Recarda nickte. Sie hob vorsichtig ihre rechte Hand. »Mann, sieht das schrecklich aus. Welcher Idiot hat es auf mich abgesehen?«

»Du hast keine Ahnung?« fragte Tristan.

»Überhaupt keine.« Recarda schüttelte vorsichtig den Kopf. »Die Bienenwabe, die stammt aber aus Pauls Bienenstock.«

»Woran hast du das erkannt?« hakte der Detektiv nach.

»Die Rahmenzarge«, antwortete Recarda. »Paul benutzte unterschiedliche Hölzer.«

»Das sollte ein Hinweis sein«, überlegte Tristan. »Aber ein Motiv fehlt noch.«

»Weshalb hast du mich eigentlich verdächtigt?« fragte sie.

Tristan sah Recarda an, dass diese Beschuldigung sie mehr verletzt hatte als die Bienenstiche.

»Ich habe dich nicht verdächtigt«, antwortete der Detektiv leise. »Ich bin nur Spuren nachgegangen.«

»Was für Spuren?«

»Du warst an Pauls Todestag beim Schuppen«, sagte Tristan.

»Ja, ich habe Polizei und Leichenwagen gesehen und wurde neugierig.«

»Deshalb bist du gestern zu uns gekommen«, erkannte der Detektiv und nickte. »Hast du irgendwas Verdächtiges gesehen?«

»Nein, zu diesem Zeitpunkt ...« Die Anstrengung ließ sie husten. Recarda fing sich wieder und meinte weiter: »... zu diesem Zeitpunkt wusste ich ja noch nichts von Pauls Tod.«

»Hm«, seufzte Tristan, der anfing, seine goldene Halbbrille zu putzen.

»Ich habe ein paar Fotos geschossen, wie ich das immer mache«, fügte sie noch an.

Tristan sah sie überrascht an. »Hast du auch das Innere des Schuppens fotografiert?«

»Ja, warum?«

»Weil das wahrscheinlich das Motiv war, dich zu töten«, antwortete Tristan.

Helga kam mit einem Tablett voller Kuchen, Tassen und einer Kanne frischen Kaffees zurück. Sie stellte das Tablett auf dem Sofatisch ab.

Recarda erkannte den mitgebrachten Kuchen und meinte: »Das ist jetzt wohl ein Scherz, oder?«

Erst jetzt wurde Helga bewusst, dass das Anbieten eines Bienenstichs angesichts der Ereignisse in der vergangenen Stunde Irritationen auslösen konnte.

»Auweia!« stieß Helga aus und hätte fast die
Kaffeekanne umgestoßen. »Das habe ich gar
nicht bedacht! Wirklich, dahinter steckt keine
böse Absicht!«

»Ist schon gut, Helga«, beruhigte Recarda und
musste sich ein Lachen verkneifen. »Der ist doch
selbst gemacht, oder?«

»Ja, sicher«, nickte die Pensionsbesitzerin stolz.
»Thilo hat ihn gebacken.«

6. Wo ist die Speicherkarte ...

Samstagnachmittag

»Wo ist die Speicherkarte?« fragte Tristan plötzlich und nippte an einer Kaffeetasse.

Die drei hatten den frischen Bienenstich genossen und über alles Mögliche gesprochen, bis der Detektiv die beiden Frauen mit der Frage überraschte.

»Was für eine Speicherkarte?« wunderte sich Helga.

»Er meint eine SD-Karte, auf der ich meine Fotos speichere«, erklärte Recarda.

»Ist sie im Studio?« hakte Tristan nach.

»Dort bewahre ich meine Fotosachen gewöhnlich auf«, nickte Recarda und erklärte Tristan, in welchem Fach der Fototasche die Speicherwunder gewöhnlich steckten. Sie wies Tristan darauf hin, dass sie mehrere SD-Karten benutzte. Die Karte mit den Aufnahmen des Schuppens sollte in einer Plastikhülle verpackt sein. Außerdem hatte sie die Aufnahmen auf ihrem Notebook gesichert.

Tristan stellte die Tasse auf den Tisch und stand auf.

»Mist« fluchte er und suchte seine Autoschlüssel.

»Tristan, was ist los?« Helga wirkte beunruhigt.

»Recarda hat gestern vom Inneren des Schuppens Aufnahmen gemacht.«

»Du meinst Pauls Schuppen?« fragte Helga nach.

»Ja«, nickte der Detektiv. »Ich glaube, Recarda hat dort etwas fotografiert, das der Mörder verheimlichen will.«

»Deshalb hat er Recarda diese Falle gestellt!« erkannte Helga.

»Ja, um zu verhindern, dass jemand jemals diese Aufnahmen sieht«, schnaufte Tristan. »Und er könnte damit durchkommen, wenn ich mich nicht beeile.«

»Du willst nochmals in dieses von Bienen verseuchte Studio!« rief Helga entsetzt.

»Ich besorge mir Schutzkleidung bei Anne«, antwortete Tristan.

Dann fiel ihm ein, dass Anne ihren Mann besuchen wollte.

»Hat jemand Annes Handynummer?«

Helga fragte erst gar nicht, weshalb er die Telefonnummer benötigte und sah im Adressbuch ihres Handys nach. »Ich habe sie!«

Tristan erklärte Helga, was er vorhatte, und bat seine Freundin, sich mit Anne in Verbindung zu setzen. Er wollte sich die Schutzkleidung aus dem Gartenhaus borgen, erinnerte sich aber daran, dass an der Gartenhaustür ein Schloss angebracht war. Er hoffte, dass der Schlüssel irgendwo vor dem Gartenhaus versteckt lag.

»Ruf mich an, sobald du die Information hast«, bat er Helga. »Ich mache mich auf den Weg.«

Der Detektiv eilte zum Auto und hätte fast den Koch umgestoßen, der mit einem weiteren Tablett Bienenstich im Flur auftauchte.

»Wow, wohin so schnell?« rief er und konnte soeben noch das Tablett gerade halten.

»Die Arbeit ruft«, antwortete Tristan und eilte nach draußen.

Der Motor des Oldtimers sprang an und Tristan dankte seinem Mechaniker Horst, dass der Wagen so gut in Schuss war. Auf dem Rücksitz befanden sich die Unterlagen, die Anne ihm mitgegeben hatte. Er sicherte die Papiere, denn er konnte nicht hoffen, dass sie ein zweites Mal bei offenem Verdeck nicht verloren gingen.

So schnell es ging jagte er den Gillerberg hinauf und erreichte Annes Haus, als sein Handy klingelte. Tristans Vermutung bestätigte sich. Es gab einen Ersatzschlüssel für das Schloss, den Jens immer unter einem Blumentopf neben dem Gartenhaus versteckte.

Der Detektiv fand den Schlüssel am angegebenen Platz und schloss die Tür zum Gartenhaus auf. Zwei Schutzanzüge und zwei Hüte mit Schleier hingen an einem Haken in dem Häuschen. Tristan griff sich je eines der Teile und suchte nach Handschuhen. Er fand sie schließlich in einer Schublade neben dem Schreibtisch. Hastig schloss er wieder ab, legte den Schlüssel zurück und rannte zum Auto.

Wenige Minuten später parkte er vor Recardas Studio. Beim Anziehen wäre er fast hingefallen, weil er auf ein Hosenende getreten war. Der weiße Schutzanzug war an den Beinen zu lang und spannte in der Hüftgegend. Ungeachtet des Erscheinungsbildes setzte der Detektiv den Hut mit Schleier auf und ging zur Studiotür.

Bei der ganzen Aufregung hatte er die Tür angelehnt zurückgelassen, als er Recarda rettete. Er drückte sie nun vorsichtig auf und betrat das Studio. Die Bienen summten aufgeregt umher und flogen gegen den feinen Schleier. Tristan zuckte jedes Mal zusammen, wenn dies geschah. Nach einigen Minuten hatte er sich jedoch daran gewöhnt. Zudem begann er, sich auf die Suche nach der Speicherkarte zu konzentrieren. Als Erstes nahm er die Wabe und stellte sie gegen eines der Beine des Leuchttisches. Dann wandte er sich der Fototasche zu, die für Fotografen genäht worden war. Zahlreiche Ablagefächer mit und ohne Reißverschluss befanden sich innen und außen auf der Tasche. Recarda hatte ihm genau erklärt, dass die SD-Karte in einer Plastikhülle zu finden sei. Tristan sah in jedem der Fächer nach, schließlich stieß er auf eine Plastikhülle und nestelte sie heraus.

»Mist« fluchte er. Die Plastikhülle war leer.

Langsam legte Tristan die Tasche aus der Hand. Dann sah er nach dem Notebook, doch auch das fehlte.

Es gab keine Speicherkarten, kein Notebook. Tristan begann fieberhaft nachzudenken.

Der Attentäter hatte genügend Zeit gehabt, Recarda eine Bienenwabe in die Fototasche zu stecken. Da war auch genug Zeit gewesen, um die Speicherkarten und das Notebook zu finden und zu entwenden.

Tristan fühlte sich nach dem Verschwinden der Honiggläser zum zweiten Mal besiegt. Das Summen der Bienen wurde lauter. Er entschied sich, den Raum zu verlassen. Draußen in der warmen Nachmittagssonne zog er den Schutzanzug aus. Wütend warf er den Hut mit Schleier auf die Rückbank und ließ sich müde in den Fahrersitz fallen.

»Was für eine Pleite«, zischte er und dachte nach. »Was habe ich übersehen?«

Er griff zu den Unterlagen, die er zwischen Sitz und Lehne des Beifahrersitzes geklemmt hatte.

Auf den Blättern waren zahlreiche Kunden aufgelistet, deren Namen Tristan nicht viel sagten. Ab und zu tauchte immer mal ein Name aus dem Dorf auf. Nichts Verdächtiges, bis er eine Verschlüsselung mit den Buchstaben und Ziffern „NaHo 2000" hinter einem Namen fand, die in keiner der Spalten zuvor aufgetaucht war. Tristan blätterte weiter, fand aber keinen weiteren Eintrag dieser Art. Dafür fand er eine Liste, in der Jens den Kauf von Honiggläsern aufgelistet hatte. Er hatte Spalten für die Menge, für den Schraubglastyp sowie die Kosten angelegt. Ungefähr in der Mitte des Blattes fand er einen Eintrag, in dem sich ein Minuszeichen in der Spalte der Menge befand. In der gleichen Reihe befand sich ebenfalls ein Minuszeichen bei den Kosten.

»Jens muss Gläser verkauft haben«, murmelte er.

Leider fand er keinen Eintrag, an wen er diese Gläser verkauft hatte.

Tristan griff zu seinem Handy und wählte Hauptkommissar Pfeiffer an.

2

Pfeiffer saß auf der Dachterrasse des Polizeigebäudes und qualmte. Deprimiert sah er über die Stadt und fragte sich, wie es so weit kommen konnte? Die Sonne schien vom Himmel, es war Wochenende und er saß in der Behörde. Nun, genau genommen saß er auf der Behörde, aber diese Feinheit half dem Hauptkommissar im Moment auch nicht aus seinem Tief. Staatsanwalt Büdenbender forderte einen exakten Bericht, um am Montag vor die heimische Presse treten zu können.

Die Schreibarbeit war dem Beamten so verhasst, dass er lieber auf einen Trabi umgestiegen wäre, als sich hinter den Computer zu setzen. Arne hatte die Arbeit übernommen, angeleitet von Holzbaum. Für den Hauptkommissar blieb Zeit zu rauchen. Total ungesund, wie jeder weiß, aber das einzige Vergnügen, dass er sich an diesem Nachmittag noch gönnen konnte.

Schüsse knallten in seiner Hosentasche und Pfeiffer grinste. Er schnipste die Zigarette über

235

die Brüstung hinunter auf die Straße und holte sein Handy heraus.

Mit „Hauptkommissar Pfeiffer" meldete er sich.

»Irle! Was für eine Überraschung!« Er nickte, als ihn am anderen Ende Tristan bat, zuzuhören. »Es ist was passiert?!« Pfeiffer schüttelte den Kopf und konnte nicht glauben, wie hinterhältig manche Dorfbewohner werden konnten. »Okay, Irle«, sagte er schließlich. »Ich mache mich gleich auf den Weg … Ja, ich habe mir das Kürzel gemerkt … Bis später.«

Er beendete das Gespräch und tippte schnell das genannte Kürzel in sein Smartphone ein.

»Da war die ganze Schreibarbeit für die Katz«, grinste er.

Im Büro waren die beiden Kommissare gerade mit den letzten Sätzen des Berichts beschäftigt, als Pfeiffer hereinplatzte und rief: »Vergesst den Schreibkram! Irle hat angerufen. Mann, ich sage euch, die spinnen da oben im Dorf. Es hat eine Bienenattacke gegeben und Irle hat eine Spur gefunden. Wir müssen sofort ins Untersuchungsgefängnis!«

Holzbaum ließ den Stift fallen, während Arne noch ungläubig auf den Stapel beschriebener Blätter schaute, die vor ihm lagen.

»Vergessen Sie es«, mahnte Holzbaum, »die Arbeit war umsonst.«

»Das ist doch diabolisch«, ärgerte sich Arne und stand auf.

»Deshalb mag Büdenbender keine Privatdetektive«, sagte Holzbaum und zog sein Jackett über. »Die bringen immer mal wieder etwas zutage, was man eigentlich gar nicht wissen will, weil es nur wieder mehr Arbeit macht.«

»Glauben Sie im Ernst, dass die neuen Informationen eine Wende im Mordfall Nöll bedeuten können?« Arne wunderte sich. »Schließlich haben wir belastendes Material zusammengetragen, das sich nicht einfach im Äther auflösen wird.«

»Es kommt auf die Interpretation dieses Materials an«, erklärte Pfeiffer. »Können wir endlich losfahren?«

Das Untersuchungsgefängnis befand sich in einem Trakt des Unteren Schlosses. Die ehemaligen Fürsten von Nassau und Oranien hatten einst in den alten Gemäuern gewohnt. Es lag mitten in Siegen unweit eines großen Kaufhauses und des Museums für Gegenwartskunst.

Die Fahrt dorthin dauerte keine fünf Minuten. Als sie das Untere Schloss erreichten, traten gerade Anne und Lotte Weisgerber auf den Hof vor dem Untersuchungsgefängnis.

»Der Mann hat heute mehr Besuch als der Papst«, scherzte Pfeiffer und parkte den Dienstwagen.

Die beiden Frauen erkannten den Hauptkommissar und blieben stehen.

»Sie haben uns erkannt«, stellte Arne fest. »Sind sie über die neuesten Entwicklungen informiert?«

»Das glaube ich kaum«, meinte Pfeiffer und stieg aus. »Hallo, Frau Weisgerber und …?«

»Ebenfalls Weisgerber«, antwortete Lotte, die den Polizisten noch nicht vorgestellt war.

Pfeiffer zog die Augenbraue nach oben.

»Ich bin Jens' Schwester«, erklärte Lotte, »wir haben uns gestern Abend auf dem Fest gesehen.«

»Ich erinnere mich«, log der Hauptkommissar.

»Gibt es Neuigkeiten?« fragte Anne, die mit roten Augen ganz mitgenommen aussah.

»So wie es aussieht«, erklärte Pfeiffer, »hat Ihr Mann einen Komplizen oder er ist wirklich unschuldig. Jemand hat versucht, eine gewisse Recarda Bolz umzubringen.«

Die beiden Frauen sahen sich an.

»Was sagen Sie da?!« Lotte wurde ganz schwindelig.

»Irle konnte sie gerade noch retten«, berichtete Pfeiffer weiter, »jemand hat ihr ein Bienenvolk ins Studio geschmuggelt und gegen Bienenstiche ist sie anscheinend allergisch.«

»Wollen Sie meinen Mann jetzt freilassen?« fragte Anne aufgeregt.

»Das können wir noch nicht«, antwortete Pfeiffer, »aber wir haben einige Fragen an ihn. Wenn die uns weiterhelfen, dann wird man sehen.«

3

Tristan konnte jetzt nur auf Pfeiffers Antwort warten. Er packte die Listen zusammen und verstaute sie sicher im Handschuhfach. Er blickte auf Recardas Studio und schlug mit der Hand gegen das Lenkrad. Der Verlust der Speicherkarten und des Notebooks schmerzten ihn zutiefst.

Was konnte er jetzt noch unternehmen, um dem Mörder näher zu kommen?

Den Tatort nochmals absuchen, das würde keine neuen Erkenntnisse bringen. Zumal der Mörder oder die Mörderin dort ebenfalls schneller war.

Er kramte sein Notizbuch heraus und blätterte es durch. Auf einer Seite hatte er eine Skizze eines Fingerhutes gezeichnet. Als er das nicht gerade galeriereife Kunstwerk betrachtete, wusste er, was zu tun war.

»Hoffentlich spielt Lea mit!« murmelte er und startete den Motor.

Lea spielte mit. Sie erlaubte Marie, mit Tristan auf Expedition zu gehen.

»Zum Glück habe ich mich noch nicht gewaschen«, grinste Marie den Detektiv an, als sie auf dem Beifahrersitz Platz nahm. »Das wäre nämlich jetzt echt umsonst gewesen.«

»Du bist mir eine«, nickte Tristan. »Also, wo müssen wir hin?«

»Zuerst auf die Eisenstraße«, antwortete Marie und schnallte sich an. »Wusstest du, dass da schon die alten Kelten drüber gewandert sind? Kein Wunder, dass die Straße so viele Löcher hat.«

Tristan ließ den Motor an und wendete auf dem Hof.

»Marie, dir ist schon klar, dass der Straßenbelag jüngeren Datums ist«, bemerkte Tristan und lenkte den Borgward auf die Straße.

»Klar, Tristan!« Sie packte sich an den Kopf. »Ich bin doch nicht dumm!«

Der Detektiv fuhr über die B 62 bis zur großen Kreuzung und bog dann auf die Eisenstraße ab. Sie passierten die Siedlung, als Marie warnte: »So, jetzt langsamer!«

Sie streckte ihren Kopf wieder aus dem Fenster und schien etwas zu suchen.

»Da ist er!« rief sie aufgeregt und deutete auf einen Baumstumpf. »Wir müssen bei dem Baumstumpf in den Wald gehen.«

Tristan sah in den Rückspiegel, um zu sehen, ob ihnen jemand folgte, dann bremste er langsam ab und suchte sich eine Stelle am Straßenrand, wo er den Oldtimer parken konnte.

»So schnell war ich noch nie am *ollen Trollkop*«, freute sich Marie und stieg aus.

»Du nennst den Baumstumpf *ollen Trollkop*?« wunderte sich Tristan.

»Ja, komm her!« Sie nahm Tristan an die Hand, führte ihn vor den Stumpf und bückte sich.

Tristan tat es ihr nach.

»Siehst du, der Baumstumpf sieht doch aus wie ein Trollkopf.« Nachdenklich murmelte sie. »Ich hab zwar noch keinen echten Troll hier im Wald getroffen. Die sollen ja im Verrücktenland zu Hause sein, aber in meinen Büchern sehen sie so aus.«

Die Bruchkante des alten Stammes hatte mit viel Fantasie eine gewisse Ähnlichkeit mit einem knorrigen Gesicht. Was Marie jedoch unter Verrücktenland verstand, blieb dem Detektiv ein Rätsel.

»Ja, der sieht wirklich wie ein Troll aus«, nickte Tristan und mahnte: »Sieh nicht so oft hin, sonst wirst du noch verrückt.«

Marie richtete sich sofort auf und sah weg.

»Sind deshalb die Menschen im Verrücktenland alle irre?« fragte sie.

»Eigentlich sollen die Menschen ja zu Stein werden, wenn sie einem Troll ins Gesicht sehen«, antwortete der Detektiv.

»Sagt Mama auch«, stöhnte Marie. »Sie will auch nicht, dass ich Verrücktenland sage.«

»So?!« Tristan sah sich um.

»Sie nennt es Irrland«, mokierte sie sich. »Verrückt klingt doch weniger schlimm als irre, oder?«

Jetzt verstand Tristan und schüttelte den Kopf. »Marie, du bist eine. Das Land nennt sich Irland und hat nichts mit irre zu tun.«

»Klar!« nickte Marie, aber es klang, wie „ihr könnt mir viel erzählen, darauf falle ich nicht rein". »Wir müssen da entlang!«

Sie gingen einige Meter, bis sie zu einem verwitterten Schild mit der Aufschrift „Sperrgebiet" kamen. In den Waldgebieten an der Eisenstraße lagen noch Munitionsreste aus dem Zweiten Weltkrieg.

»Ab jetzt gehe ich vor«, entschied Tristan.

»Hier ist es aber nicht gefährlich«, murmelte Marie. »Die ollen Eisendinger liegen viel tiefer im Wald.«

»Egal!« Tristan sah sich um. »Wo geht's weiter?«

Marie deutete auf eine Lichtung, die zirka dreißig Meter vor ihnen lag. Tristan nickte und ging weiter.

»Sag mal, Tristan«, Marie schnappte sich einen Stock. »Was sind eigentlich Energiepflanzen?«

»Das sind Pflanzen, aus denen man zum Beispiel Treibstoff für Autos herstellt«. Tristan sah sich nach Marie um.

»Was für Pflanzen?« hakte sie weiter nach.

»Raps oder Mais«, antwortete der Detektiv.

»Wachsen die auch hier bei uns?« wollte Marie wissen.

»Raps ganz gewiss, bei Mais bin ich mir nicht so sicher. Weshalb willst du das wissen?«

»Ach, nur so«, nuschelte Marie, während sie begann, mit den Fingern zu rechnen.

»Na, was rechnest du denn aus?« Marie schien immer für eine Überraschung gut zu sein.

»Eine Prämie«, antwortete sie.

»Wofür bekommst du die Prämie denn?«

»Für den Anbau von Raps oder Mais«, sagte sie und fragte: »3000 Euro, ist das viel für eine Pflanze?«

»Ja, das ist viel«, nickte Tristan.

Marie lächelte und rief: »Sieh, wir sind da!«

Sie erreichten die Lichtung, die sich als Schonung für Jungbäume herausstellte. Zwischen den Neupflanzungen ragten Ginsterbüsche und kleine Sträucher heraus und am Rand in der Nähe der Tannen leuchteten die roten Blütenblätter des Fingerhuts.

»Da ist der giftige Fingerhut!« Marie deutete auf die Pflanzen.

Sie kämpften sich an den Ginsterbüschen und den Schösslingen vorbei bis zur Pflanzenkolonie. Die kleine Insel mit dem Fingerhut war umzingelt von Ginsterbüschen. Um hierher zu gelangen, konnte man nur zu Fuß gehen. Es gab keine Spuren.

Wieder ein Fehlschlag, dachte Tristan und seine Körpersprache verriet seinen Frust.

Marie bemerkte Tristans Niedergeschlagenheit und fragte: »Bist du böse auf mich?«

Tristan sah das Kind an und lächelte: »Nein, Marie, ich bin nur etwas enttäuscht.«

»Weil wir den weiten Weg umsonst gegangen sind?!« sagte sie leise.

»Ja«, nickte der Detektiv.

»Ich wollte den kürzeren Weg nicht gehen«, schluchzte sie plötzlich.

Tristan, noch in Gedanken mit möglichen Spuren beschäftigt, sah zu Marie.

»Da ist doch Paul gestorben«, erklärte sie weiter. »Da wollte ich nicht am Schuppen vorbeigehen.«

Tristan tröstete das Mädchen und sah sich dann genauer um.

243

Die Schonung war umrahmt von Fichten und Tannen. Nur in Richtung Nordwesten, dort, wo die Siedlung lag, rahmten Obstbäume die Schonung ein.

»Marie, die Obstbäume dort hinten, gehören die zu der Streuobstwiese, an deren Rand auch Pauls Schuppen steht?«

»Ja, bist du jetzt böse auf mich?«

»Komm her!« er drückte sie. »Lass uns zurückgehen. Es ist alles gut! Allerdings musst du mir noch eine Sache erklären!«

Tristans Ablenkungsmanöver funktionierte. Marie nickte und wirkte schon wieder ganz wie die alte.

»Was willst du wissen?«

»Die Sache mit den Energiepflanzen, was hat es damit auf sich?« fragte der Detektiv, während sie zurück zum Auto gingen.

Marie verzog ihr Gesicht, als hätte sie in „Mensch ärgere dich nicht" verloren. Dann nickte sie und berichtete Tristan von dem Gespräch, das Holger und der Journalist aus Hamburg am gestrigen Abend geführt hatten.

»Deshalb hab ich beschlossen«, sagte sie, kurz bevor sie den Borgward erreichten, »dass ich im Garten Energiepflanzen anbauen werde. Damit erhöhe ich mein Taschengeld. Ist doch gut, oder?«

Tristan nickte und wusste erst einmal nichts gegen ihr Vorhaben zu sagen.

»Aber nichts verraten«, flüsterte Marie. »Das ist unser Geheimnis.«

»Einverstanden, aber jetzt bringe ich dich erst einmal nach Hause«, nickte Tristan.

4

Lotte lenkte ihren VW Golf den Giller hinunter. Sie hatte ihre Schwägerin, nachdem sie aus Siegen zurück waren, im Höhenweg abgesetzt. Lotte plagte das schlechte Gewissen. Sie hatte Recarda angeschwärzt und wollte das wieder gut machen, deshalb fuhr sie nicht zu sich nach Hause, sondern zu Helgas Pension.

Sie parkte vor dem Eingang und atmete einmal kräftig durch.

»So, jetzt sei mutig!« sagte sie sich und betrat die Terrasse.

»Helga, hallo, ist jemand da?!« rief sie.

Keine Reaktion. Sie ging langsam ins Restaurant und rief erneut. Dieses Mal kam Thilo aus der Küche.

»Lotte! Was willst du denn hier?« fragte er abfällig.

»Hallo, Thilo«, nickte Lotte und sagte gereizt: »Ich suche Helga?«

»Die ist oben mit Recarda«, antwortete Thilo. »Da würde ich mich an deiner Stelle aber nicht blicken lassen.«

»Was soll das heißen?!« fragte Lotte entrüstet.

»Ach, tu doch nicht so!« Thilo schüttelte den Kopf. »Wer hat denn den Detektiv auf Recarda gehetzt?«

»Das verstehst du doch gar nicht!« fauchte Lotte und deutete mit dem Finger auf den Flur. »Da geht es zu Helgas Wohnung, richtig!«

»Viel Glück«, höhnte Thilo und ging zurück in seine Küche.

»Dieser Scheißkerl!« fluchte Lotte vor sich hin, als Helga plötzlich vor ihr stand.

»Oh!« Lotte zuckte zusammen.

»Welcher Scheißkerl?« fragte Helga und musterte Jens' Schwester.

»Du hast mich aber erschreckt!« Lotte japste nach Luft. »Ich meinte deinen Koch.«

»So?!« Helga gab sich noch nicht mit der Erklärung zufrieden.

»Er hat mich beleidigt, das ist alles«, murrte Lotte.

Helga nickte und fragte dann: »Was willst du eigentlich hier?«

Lotte haderte einen Augenblick mit sich selbst, dann stöhnte sie: »Mich entschuldigen, Helga. Ich möchte mich bei Recarda entschuldigen!«

Die Pensionsbesitzerin musterte Lotte einen Moment, dann nickte sie. »Komm rauf, Recarda liegt oben.«

Die Fotografin war gar nicht begeistert, als plötzlich Lotte im Wohnzimmer auftauchte.

»Was willst du denn hier?« rief Recarda aufgebracht. »Willst du dich an meinem Leid weiden?«

»Jetzt werd nicht hysterisch!« entgegnete Lotte nicht weniger feindselig. »Ich will mich eigentlich entschuldigen.«

246

»Hast du etwa die Bienen in meine Tasche gesteckt?« Recarda richtete sich auf.

»Bist du irre!« polterte es aus Lotte heraus. »So was mache ich nicht!«

»Na, weshalb willst du dich entschuldigen?« fragte die Fotografin aggressiv.

»Jetzt beruhigt euch mal!« rief Helga laut. »Ihr geht ja aufeinander los, als hättet ihr euch die Männer ausgespannt!«

Recarda fand das gar nicht lustig, dass gerade Helga so etwas sagte und sah aus, als wollte sie gleich zuschlagen.

»Tut mir leid, Recarda«, beeilte sich Helga zu sagen, »war vielleicht nicht der richtige Vergleich.«

Lotte starrte stumm auf den Boden und meinte: »Nun ja, ganz falsch liegst du nicht, Helga.«

Für eine Sekunde herrschte völlige Stille in dem Raum, selbst Marlowe, der dem ganzen Gezanke munter zuschaute, schien den Atem anzuhalten.

»Was heißt das!« Recarda vergaß ihre Verletzungen und stand auf.

Lotte trat einen Schritt zurück und sagte: »Ich habe mit Paul geschlafen.«

Recarda traf der Satz wie ein Hammerschlag.

»Ich fühlte mich einsam und Paul war allein, da du wieder in der Weltgeschichte unterwegs warst«, sprudelte es aus Lotte heraus. »Es begann harmlos und dann wurde mehr daraus. Du hast uns im Schuppen erwischt. Danach habe ich mich ganz mies gefühlt. Es tut mir wirklich leid.«

»Du warst das im Schuppen!« Recarda verdrehte die Augen, und wären ihre Hände nicht mit Stichen übersät gewesen, sie hätte Lotte ins Gesicht geschlagen. Stattdessen fauchte sie: »Wie konntest du nur!«

»Es ist passiert! Dann wurde Paul plötzlich tot aufgefunden und ich wollte nicht verdächtigt werden, deshalb habe ich nichts gesagt.«

»Schlampe!« warf ihr Recarda an den Kopf.

Helga kratzte sich den Kopf. Die Situation entwickelte sich nicht gerade positiv für einen Krankenbesuch. In diesem Moment betrat Tristan das Wohnzimmer und sagte: »Hallo, Lotte, schön, dass du hier bist.«

Die Frauen sahen ihn an, und Tristan konnte sich plötzlich vorstellen, wie sich eine Antilope fühlen musste, die von jagenden Löwinnen umkreist war.

»Äh, habe ich was Falsches gesagt?«

»Lotte ist die Hure! Nicht Anne«, ätzte Recarda und legte sich wieder.

Tristan brauchte eine Sekunde, bis sein Verstand die Information zuordnen konnte. Er betrachtete Lotte und murmelte: »Dann war das dein Höschen?!«

Lotte blickte beschämt erst zu Tristan und dann zu Boden.

»Was für ein Höschen?« hakte Recarda nach.

Der Detektiv erklärte der Fotografin, was es mit dem Höschen auf sich hatte und meinte schließlich: »Einen DNA-Test können wir uns dann wohl ersparen.«

»Ich gehe jetzt besser«, nuschelte Lotte und verließ das Wohnzimmer.

5

»Hast du die Speicherkarte gefunden?« fragte Recarda, als Lotte den Raum verlassen hatte.

»Nein«, schüttelte Tristan den Kopf. »Die Fächer in deiner Fototasche waren alle leer. Bloß eine leere Plastikhülle befand sich in der Tasche. Und das Notebook ist auch weg!«

»Was, das kann nicht sein!« Recarda saß auf dem Sofa und die Stiche juckten. »Welche Farbe hatte die Plastikhülle?«

Tristan dachte nach und sagte: »Die war blau.«

»Blau?!« wiederholte Recarda. »Das ist die Hülle für die Speicherkarte mit den Waldfotos. Du sagst, die Plastikhülle war leer?!«

»Ja, ganz sicher«, nickte Tristan. »Sonst befanden sich weder Hüllen noch SD-Karten in der Tasche.«

Recarda dachte nach. Ihr Gesichtsausdruck sorgte dank der geschwollenen Hautstellen auf Wange und Stirn für eine gewisse Komik.

»Ich habe die Karte das letzte Mal in Holgers Atelier benutzt«, erklärte sie. »Allerdings bin ich

249

nach der Nachricht, dass Jens verhaftet wurde, hastig fortgegangen.«

Tristan spürte plötzlich Hoffnung, doch noch an die Fotos zu gelangen.

»Du meinst, du hast die Karte im Atelier vielleicht liegen lassen?!« Tristan sah die Fotografin eindringlich an.

»Ja«, nickte sie.

»Das könnte erklären«, überlegte Tristan laut »warum nur die eine leere Hülle in der Fototasche zurückgeblieben war. Der Mörder hat sich die vollen Hüllen genommen und die leere natürlich zurückgelassen.«

Recarda stand auf.

»Was hast du vor?« fragte Helga.

»Wir müssen die Karte finden«, antwortete Recarda. »Und ich weiß, wo wir in Holgers Atelier suchen müssen.«

»Fühlst du dich denn stark genug?« fragte Tristan.

»Wenn du das Auto fährst«, sie versuchte zu lachen, »dann wird's schon klappen.«

Recarda ging langsam die Treppe hinunter. Mit jedem Schritt, den sie tat, fühlte sie sich besser. Das Schwindelgefühl war ganz verschwunden und wären die angeschwollenen Stellen nicht gewesen, sie wäre ganz die alte gewesen.

»Zombie im Anmarsch«, scherzte sie, als sie den Flur erreichte und in einen Spiegel schaute. »Mann, sehe ich scheiße aus!« murmelte die Fotografin und überlegte, das gruselige Erscheinungsbild für die Nachwelt festzuhalten. »Meine Haut sieht ja aus, als hätte ich die Beulenpest!«

Helga nickte. »Schade, dass wir nicht Karneval feiern, das passende Kostüm hättest du schon.«

»Danke«, brummte Recarda, »wer solche Freunde hat, braucht keine Feinde mehr.«

Sie erreichten den Borgward. Tristan schloss das Verdeck und hielt ihr dann die Beifahrertür auf.

»Du schnallst dich besser nicht an«, schlug der Detektiv vor. »Der Gurt könnte zu sehr reiben.«

Etwas unbeholfen setzte sich Recarda in den Sitz.

»Okay, ich wäre so weit«, nickte sie und meinte: »Hoffentlich sieht mich so keiner.«

Tristan schloss die Beifahrertür und ging eilends um den Borgward herum.

»Solange du nur dieses Problem hast«, kommentierte der Detektiv, »geht es dir ja noch gut.«

Die Fahrt dauerte dieses Mal etwas länger. Tristan fuhr den Giller langsam hinauf. Jede hastige Lenkbewegung setzte Fliehkraft frei, und Recarda stieß gegen die Beifahrertür oder sie fiel ungewollt hastig in die Rückenlehne.

»Hat sich dein Ausflug eigentlich gelohnt?« fragte Recarda.

»Ja, ich denke schon«, nickte Tristan und sah die Fotografin von der Seite an. »Marie hat mir eine interessante Stelle gezeigt.«

»Sie sollte mich so nicht sehen«, sagte Recarda nachdenklich.

251

»Das werden wir einrichten«, nickte Tristan. »Wir sind da.«

Der Detektiv lenkte den Oldtimer direkt vor das Atelier.

»Ich steige zuerst aus«, sagte Tristan. »Bleib du erst mal sitzen, bis ich mit Holger gesprochen habe.«

»Okay« nuschelte Recarda.

Holger wirkte überrascht, als er Tristan das zweite Mal an einem Tag in seinem Atelier begrüßte. Der Detektiv erklärte dem Künstler, was zwischenzeitlich vorgefallen war.

»Nimmt das denn kein Ende?« zischte Holger wütend. »Wer ist denn so krank?!«

»Recarda ist draußen im Wagen«, sagte Tristan. »Könntest du dafür sorgen, dass uns Marie nicht überrascht? Recardas Anblick ist wirklich nichts für Kinderaugen.«

»Kein Problem«, nickte Holger bereitwillig. »Muss ich irgendwie helfen?!« Er wedelte mit seinen Händen umher.

»Nein, sie sieht schrecklich aus, kann sich aber, Gott sei Dank, bewegen.«

»Gut, dann gehe ich rauf zu Marie, während ihr hier sucht.«

Tristan und Holger gingen zum Scheunentor. Holger warf einen kurzen Blick auf Recarda und beeilte sich danach zu Marie zu kommen. Unterdessen betrat auch Recarda das Atelier für diesen Tag zum zweiten Mal.

Sie sah sich um und orientierte sich. Tristan blieb neben dem Kunstwerk stehen.

»Meine Tasche lag da hinten auf der Werkbank.« Sie humpelte zu der Stelle. »Hier stand das Notebook und hier habe ich meine Karten gewechselt.«

Sie versuchte sich zu bücken, doch das tat zu weh. Sie schrie kurz auf.

»Alles klar mit dir?!« rief Tristan und eilte zu ihr.

»Wenn ich die Karte verloren haben sollte, dann muss sie hier runtergefallen sein.«

Die Stelle rund um die Werkbank erfüllte alle Eigenschaften, um Dinge verschwinden zu lassen. Besonders kleine Dinge. Holger schien von Sauberkeit am Arbeitsplatz ungefähr so viel zu halten wie ein Moslem von Schweinefleisch. Um die Werkbank verteilt auf dem Boden lagen Metallstücke, alte Lappen und leere Farbdosen herum. Eine kleine Speicherkarte versank in dem Dreck ganz leicht.

Tristan begann mit einem Handfeger, den er auf der Werkbank fand, den Dreck auseinanderzukehren.

»Kann die Karte beschädigt werden?« fragte er besorgt.

»Keine Angst, die Dinger sind robuster als man glaubt«, erklärte Recarda. »Das Einzige, was sie wirklich nicht mögen, das sind Magnetfelder oder Magnete.«

»Dann wollen wir mal hoffen«, murmelte Tristan auf dem Boden kniend, »dass diese Metallreste nicht magnetisch sind.«

Er fegte vorsichtig weiter, während Recarda aus dem Stand zuschaute.

»Zurück!« rief sie plötzlich. »Da zwischen dem kleinen gelben Teil und der Farbdose.«

Tristan fummelte den Dreck auseinander. Ein kleines, flaches Plastikkärtchen, nicht größer als ein Eurostück, kam zum Vorschein.

»Ja, das ist sie!« freute sich Recarda und konnte dennoch nicht lachen, da ihre Wangen fürchterlich brannten.

»Woran können wir sehen, ob die Karte intakt ist?« fragte Tristan.

»Habt ihr in der Pension einen Computer und einen Kartenleser?« Recarda musste sich beherrschen, nicht an den Stichstellen zu kratzen.

In diesem Moment klingelte Tristans Handy. Am anderen Ende meldete sich der Hauptkommissar. Tristan schoss sofort die entscheidende Frage in den Kopf: »Pfeiffer, haben Sie die nötigen Informationen erhalten? … Und was bedeutet das Kürzel „NaHo 2000"... Was … Naturhonig 2000g … Und an wen wurde der Honig verkauft? … So? … Ja, das hatte ich befürchtet. … Recarda geht es gut, wir haben die Speicherkarte gerade gefunden … Was für eine Karte? Ach, das erkläre ich Ihnen später. Hören Sie mir jetzt bitte genau zu.«

Tristan erklärte dem Hauptkommissar, dass er zwei Dinge erledigen musste und dann sollte er mit Jens zur Pension kommen.

»Beeilen Sie sich bitte, ich werde dem Mörder eine Falle stellen, kommen Sie also nicht zu spät.« Tristan beendete das Gespräch und steckte nachdenklich das Handy in seine Strickjacke.

»Du weißt, wer mir das angetan hat?« Recardas Blick verriet Rachegefühle.

»Ja«, nickte er.

»Wer ist es?«

»Wirst du schon sehen«, antwortete Tristan kalt und ließ keinen Zweifel daran, dass er mehr nicht verraten würde.

Recarda schluckte ihren Ärger hinunter und nickte.

»Wir müssen uns die Bilder trotzdem ansehen«, sagte Tristan. »Aber nicht in der Pension und auch nicht hier.«

»Anne wird sicher einen Computer haben«, schlug Recarda vor.

»Gute Idee, lass uns fahren.«

Anne fiel es schwer, Recardas entstelltes Gesicht anzusehen. Ihre anfängliche Wut auf die Frau, die sie in der Öffentlichkeit des Ehebruches beschuldigt hatte, verflog mit jeder Minute, die sie vor ihrem Computer saß.

Die Speicherkarte war unbeschädigt. Anne lud die Bilder auf die Festplatte ihres Computers. Das dauerte einige Minuten, dann öffnete sich plötzlich ein Fenster auf dem Bildschirm und das erste Bild war zu erkennen.

Eine umgeworfene Tanne mit einer dicken Moosschicht war zu erkennen.

»Die Aufnahmen des Schuppens kommen später«, erklärte Recarda. »Du kannst vorklicken.«

Anne nickte und drückte die Cursortaste. Nach und nach bauten sich weitere Fotos in dem Fenster auf. Schließlich sagte Recarda: »Jetzt langsam, das nächste Foto müsste das erste des Schuppens sein.«

Und so war es. Auf dem Bildschirm erschien der Tatort. Recarda hatte die Bienenstöcke und die dahinterliegende Streuobstwiese im Gegenlicht fotografiert.

»Das sieht so idyllisch aus«, bemerkte Anne, »man kann sich gar nicht vorstellen, dass das ein Tatort ist.«

Der Detektiv nickte und wartete darauf, dass endlich ein Foto mit dem Inneren des Schuppens erschien.

Es folgten noch weitere Außenaufnahmen, dann war es so weit. Das erste Foto zeigte das gesamte Innere des Schuppens. Das zweite lichtete die einfallenden Sonnenstrahlen ab und das dritte erfüllte Tristans Hoffnungen. Recarda hatte die Werkbank mit dem dahinter angebrachten Regal fotografiert. Am rechten Rand erkannte Tristan den Teller mit den Brotscheiben und ein Glas Honig.

»Das ist es«, rief er aufgeregt. »Kann man den Bereich vergrößern?« Er deutete auf den rechten unteren Bildausschnitt.

Anne nickte und zoomte heran. Der Teller und das Honigglas wurden größer. Dank Recardas guter Kamera und der richtigen Einstellung für die Bildgröße war die Vergrößerung gestochen scharf.

»Seht hier!« Tristan deutete auf das Etikett des Schraubglases. »Dies ist das offizielle Etikett des Deutschen Imkerbundes. Links steht die Adresse des Imkers, in diesem Fall die von Paul, und rechts findet man die Überwachungsnummer.« Tristan holte sein Notizbuch heraus und verglich die Nummer im Notizbuch mit der auf dem Bildschirm.

»Eine Frage noch, Frau Weisgerber, waren Sie vorgestern Nacht mit Ihrem Wagen unterwegs?«

»Nein«, antwortete Anne.

»Jetzt habe ich dich!« murmelte Tristan und griff zu seinem Handy.

Die Frauen sahen ihn überrascht an.

6

Helga hörte ihrem Freund genau zu. Dann legte sie auf. Sie sah auf die Uhr und überschlug die Zeit, die Tristan benötigte, um von Annes Haus bis zur Pension zu fahren. Wenn sie sich beeilte, könnte es gerade soeben klappen. Von Pfeiffer fehlte jedoch noch jede Spur.

Helga verließ das Wohnzimmer und ging in ihr kleines Büro, das neben der Küche lag. Sie sollte ihr Notebook ins Restaurant schaffen. Die vielen Kabel verwirrten Helga und dann steckte das Notebook auch noch in einer Dockingstation. Da die Zeit knapp wurde, rief sie Thilo zu Hilfe.

»Was ist los, Chefin?« fragte der Koch, als er eine aufgewühlte Helga vorfand.

»Ach, ich soll das Ding hier ins Restaurant schaffen«, stöhnte sie, »aber ich bekomme es nicht aus diesem Teil heraus.«

Thilo grinste und sagte: »Warte, ich helfe dir.«

Der Koch legte einen kleinen Hebel um, der sich an der Dockingstation befand, und löste das Notebook. »Was soll noch rüber?«

»Tristan sprach von einem Kartenleser«, seufzte Helga. »Ich glaube, er meint das Teil hier!«

Thilo nickte und stellte fest: »Da fehlt noch ein Kabel.«

Helga deutete auf einige der gelösten Kabel.

»Nein, das muss ein USB-Kabel sein«, erklärte Thilo und sah im Schreibtisch nach. »Hier ist es!«

Zusammen gingen sie ins Restaurant und stellten den Computer auf. Thilo verband den Kartenleser mit dem Rechner, dann schaltete er ihn an.

Draußen bremste ein Wagen und wenig später erschien Tristan mit Recarda auf der Terrasse. Recarda sah nicht gut aus. Sie wurde von Tristan gestützt, als sie das Restaurant betraten.

»Wir haben die Karte gefunden«, sagte Tristan und zeigte die Speicherkarte in der Hand. »Aber Recarda geht es wieder schlechter.«

Diese stöhnte plötzlich auf und sackte dann in sich zusammen.

»Schnell!« rief Helga, »wir müssen sie nach oben bringen!«

Tristan legte die Speicherkarte neben den Computer und griff Recarda unter die Arme.

»Soll ich helfen?« fragte Thilo.

»Geht schon«, erwiderte Tristan und trug die Fotografin aus dem Restaurant.

Helga folgte ihm.

Thilo blieb allein zurück.

Hauptkommissar Pfeiffer gab Gas.

»Das ist doch verrückt!« schimpfte er und bog mit quietschenden Reifen auf die Gillerbergstraße.

Neben ihm hockte Holzbaum, der mühsam auf seine Uhr schaute.

»Noch fünf Minuten«, stöhnte der Kommissar.

Im Fond saßen Arne Affolderbach und Jens Weisgerber. Sie krallten sich am Türgriff fest.

»Das wird knapp«, zischte Pfeiffer, während die Stoßdämpfer die Ausbuchtungen der Straße knarrend wegsteckten.

Mit hohem Tempo schoss der Dienstwagen den Gillerberg hinunter.

»Schalt das Blaulicht aus!« rief Pfeiffer zu Holzbaum.

Der Kommissar beugte sich vor und eine weitere Bodenwelle traf den Wagen. Holzbaum schlug mit dem Arm gegen das Armaturenbrett, erreichte schließlich den Schalter und fiel kopfschüttelnd in den Sitz zurück.

Vor dem Jugendwaldheim bremste Pfeiffer den Wagen abrupt ab und lenkte ihn zwischen zwei Bäume.

»Raus hier! Schnell!« rief der Hauptkommissar und stand schon neben dem Wagen, als Holzbaum endlich die Tür aufmachte.

Pfeiffer spähte zur Pension hinüber und sah, dass Tristan gerade den Oldtimer parkte.

»Beeilung!« befahl er. »Irle ist gerade angekommen.«

Die Männer rannten durch den Wald auf die Pension zu. Sie erreichten die gegenüberliegende Seite der Pension, als Tristan mit Recarda die Terrasse betrat.

»Die Haustür ist offen!« Holzbaum japste nach Luft.

»Gut, dann los! Und seid leise!« Pfeiffer zückte seine Waffe und rannte aus dem Wald auf die Eingangstür zu.

Thilo hörte, wie im Stockwerk über ihm etwas umgestoßen wurde. Er blickte zum Notebook und dann zu der Speicherkarte. Seine Hand zitterte, als er nach der Karte griff. Er steckte sie in den Kartenleser und legte seine Hände auf die Tastatur. Hastig tippte er einige Befehle ein und wollte gerade die ENTER-Taste drücken, als Pfeiffer schrie:

»Hände hoch und weg vom Computer!«

Mit der Waffe im Anschlag betrat der Hauptkommissar, gefolgt von Holzbaum und Arne, das Restaurant.

Wenige Augenblicke später erschienen auch Tristan, Helga und eine muntere Recarda. Jens Weisgerber stand verwirrt im Türrahmen und starrte Recarda an. Solche Beulen hatte er noch nicht gesehen.

»Was soll das?« fragte Thilo ganz ruhig. »Ich wollte mir nur die Bilder anschauen.«

Arne ging zum Computer und sah sich die eingegebenen Befehle an.

»Mit diesen Befehlen, Herr Niemayer, wird eine Datenformation auf dem Speichermedium veranlasst«, erklärte der Jungkommissar ruhig. »Nicht gerade die richtige Vorgehensweise, um sich die abgespeicherten Bilder anzusehen.«

»Das muss ein Irrtum gewesen sein«, seufzte Thilo und zuckte mit den Schultern.

»Sie sind verhaftet«, knurrte Pfeiffer und steckte seine Waffe ins Holster zurück.

Holzbaum zückte seine Handschellen und legte sie Thilo an.

»Und was werfen Sie mir vor?« fauchte Thilo.

»Den Mord an Paul Nöll«, sagte Tristan traurig.

»Ach was!« höhnte Thilo, »das müssen die Bullen mal beweisen!«

»Das können wir.« Tristan ging zum Computer.

»Er ist jetzt sicher«, sagte Arne und startete das Bildprogramm.

»Du hast dich angestrengt«, begann Tristan, »das muss man sagen, aber letztendlich hatte dein Plan einen großen Fehler. Du musstest das

Gift vom Tatort entfernen, damit man dir nicht auf die Spur kommen konnte. Denn um Paul täuschen zu können, mussten Etiketten gefälscht werden. Aber fangen wir von vorne an.

Bis vor ein paar Stunden tappte ich noch völlig im Dunkeln. Erst als mir Holger und auch Recarda berichteten, dass du sie über Jens Weisgerbers Verhaftung informiert und auch gleich noch den Grund genannt hast, wurde ich hellhörig. Bis zu diesem Zeitpunkt wusste nur eine Handvoll Leute, dass Paul vergiftet worden ist. Dass er mit Honig vergiftet wurde, war nur dem Mörder, der Polizei, Helga und mir bekannt.

Das brachte mich auf deine Spur. Du bist Koch und damit ist dir die Verarbeitung von Lebensmitteln vertraut. Paul wurde mit Blättern des Roten Fingerhutes vergiftet. Sie schmecken bitter und man muss eine gehörige Menge davon einnehmen, damit das Gift wirken kann. Dir war es möglich, die Blätter in Honig zu tränken.«

»Das ist ja eine schöne Geschichte, aber wie willst du sie beweisen?« grinste Thilo.

»Du hast bei Jens Weisgerber vor Kurzem unbehandelten Honig gekauft«, antwortete Tristan.

»Das ist wahr«, rief Jens.

»Diesen Honig hast du dazu benutzt, um ihn mit den Blättern des Roten Fingerhutes zu präparieren. Deine Einkochkünste hast du uns ja heute bewiesen. Zudem hast du von Herrn Weisgerber einige Schraubgläser gekauft. Bei der Gelegenheit wirst du wohl auch einige Etiketten geklaut haben. Um den Verdacht von vornherein auf Jens Weisgerber zu lenken, hast du seinen Honig mit Antibiotika behandelt und diesen Honig dann Paul zugespielt. Dir war das Problem mit der Faulbrut bekannt.«

»Ich habe mich bei ihm erkundigt«, mischte sich Jens ein. »Das habe ich den Polizisten bereits zu Protokoll gegeben.«

»Außerdem sorgte das Gerücht, dass Anne Weisgerber etwas mit Paul am Laufen haben sollte, für ein weiteres Tatmotiv.«

»Tut mir leid, Jens«, sagte Recarda, »ich habe mich da geirrt.«

Jens nickte und verfolgte weiter, was Tristan zu sagen hatte.

»Mit dieser Konstellation von möglichen Motiven wäre nie jemand auf die Idee gekommen, dich zu beschuldigen. Die Polizei hatte zudem Laborergebnisse, die eindeutig bewiesen, dass der Honig in Pauls Magen mit dem Honig identisch war, den Paul dem Kreis zur Untersuchung zukommen ließ. Beide Proben sagten aus, dass der Hersteller Jens Weisgerber war.

Dummerweise gibt es im Dorf ein kleines Mädchen, das nicht gerne in der Stube hockt. Als du vorgestern Nacht den vergifteten Honig in Pauls Schuppen deponiertest, hat dich Marie gesehen, genau genommen deinen Kastenwagen. Marie gestand uns, dass sie die Hühner von Tante Hilde freilassen wollte. Sie glaubte, dass sie Anne Weisgerbers Wagen gesehen hatte. Ihr fahrt

263

das gleiche Modell. Anne erzählte mir eben, dass sie vorgestern Nacht mit dem Kastenwagen nirgendwo unterwegs war.

Und dann hast du erfahren, dass Recarda Fotos vom Inneren des Schuppens geschossen hatte. Damit hätte man das Honigglas mit deinem gefälschten Etikett nachweisen können. Dein fieser Angriff mit den Bienen hätte sie fast umgebracht. Zum Glück hast du nur wertlose Speicherkarten stehlen können.

Zweimal schien es, dass du mir einen Schritt voraus warst. Aber letztendlich bist du doch in die Falle getappt, als du glaubtest, die Speicherkarte löschen zu können.«

»Was soll das Etikett denn schon beweisen!« grinste Thilo. »Fingerabdrücke werdet ihr auf dem Foto nicht finden.«

»Nein, das nicht.« Tristan ging zum Computer und klickte das Bild mit dem vergrößerten Honigglas an. »Wenn man genau hinsieht, dann erkennt man, dass dieses Etikett auf der linken Seite einen feinen länglichen Strich hat. Es sieht so aus, als hätte man den linken Teil des Etiketts ausgetauscht. Herr Weisgerber, wie lautete Pauls Überwachungsnummer?«

Jens nannte sie auswendig.

»Und wie lautet die Ihre?«

Wieder nannte Jens eine mehrstellige Zahlenfolge.

»Genau wie die auf diesem Foto«, stellte Tristan fest. »Das Dumme bei dieser Aktion war, dass du nur ein intaktes Etikett verwenden konntest. Eines, das an Glas und Deckel klebt. Es zerreißt, wenn man das Glas zum ersten Mal öffnet. Auf den Etiketten stehen aber die Namen der Imker. Auch auf den gestohlenen Etiketten von Herrn Weisgerber stand sein Name. Das wäre Paul sofort aufgefallen, deshalb hast du die Etiketten von Pauls Honiggläsern genommen. Helga hatte ja genügend im Haus. Du hast den Namensteil abgetrennt und ihn über Jens' Namen geklebt. Daher der feine Strich auf dem Foto. Ich bin sicher, dass wir im Müll die nötigen Beweise finden werden.

Die Art und Weise, wie du den Honig behandelt hast, ließ nur ein volles Glas zu, ohne Verdacht zu erregen. Deshalb musste das Glas mit dem Etikett auch verschwinden. Wahrscheinlich hattest du mehrere vorbereitet, um ganz sicher zu gehen, dass dein Plan auch funktioniert.«

»Was ist mit meinem Motiv?« fauchte Thilo.

»Das war eine noch härtere Nuss, die ich knacken musste«, stöhnte Tristan. »Herr Pfeiffer, haben Sie die Beweise?«

Pfeiffer nickte und zog einen zerknüllten Zettel aus seinem Jackett.

Tristan nahm ihn entgegen und nickte, dann sah er Thilo an.

»Eigentlich müsste ich mich bei Marie bedanken«, begann Tristan. »Sie hat mich heute zu der Stelle geführt, an der der Rote Fingerhut wächst. Das Interessante an dieser Stelle ist, dass sie direkt neben deiner Streuobstwiese liegt. Ich hatte mich schon gefragt, wie der Mörder den Fingerhut eigentlich gefunden hat. Mit Maries kleiner Exkursion durch die Wälder ist das beantwortet worden.

Außerdem ist es erstaunlich, was das Mädchen alles aufschnappt. Ich rate euch, in Zukunft darauf aufzupassen, was ihr in Maries Anwesenheit sagt.

Jedenfalls hat sich dein Bruder gestern Abend ausführlich mit einem Journalisten über den Sinn oder Unsinn der Sanierungsaktion unterhalten. Dabei hat Holger erwähnt, dass die EU enorme Summen an Förderung für Energiepflanzen bereithält. Jene Pflanzen, die im Sprit landen, den keiner haben will. Marie fand das so interessant, dass sie mir heute einen Plan ausbreitete, der mich auf einen Gedanken brachte. Mir fiel ein, dass die Streuobstwiese für dich, Thilo, alles andere als ein Segen ist. Also fragte ich mich, warum verkaufst du sie nicht? Wie sich herausstellte, kannst du sie erst verkaufen, wenn der Ertrag unter eine Tonne pro Jahr liegt.«

Tristan hielt das Papier hoch.

»Holger war so freundlich, uns eine Kopie des Testaments deines Vaters zu geben. Darin ist klar festgelegt, welche Kriterien erfüllt sein müssen, damit du die Wiese verkaufen oder anderweitig nutzen kannst. Dummerweise sorgten Pauls Bienen jedes Jahr aufs Neue dafür, dass die Ernte üppig ausfiel. Warum hast du ihn nicht gebeten, mit seinen Bienen umzuziehen?«

»Mann, das habe ich mehr als einmal versucht!« platzte es aus Thilo heraus. »Aber der Kerl wollte den Schuppen nicht aufgeben. Diese verdammten Bienen!«

»So, das reicht!« Pfeiffer gab Holzbaum ein Zeichen.

Der schwergewichtige Kommissar führte Thilo ab.

»Irle, danke für die Unterstützung«, brummte Pfeiffer und verabschiedete sich.

Arne zog die SD-Karte aus dem Kartenleser und folgte Pfeiffer.

Als die Beamten das Restaurant verlassen hatten, sagte Helga: »Wer möchte etwas zu trinken?«

»Etwas Hochprozentiges wäre nicht schlecht« sagte Recarda.

»Dem stimme ich zu, nach dem gespielten Schwächeanfall hast du das verdient«, grinste Tristan und sah zu Jens. »Sie sollten Ihre Frau anrufen.«

7. Das Feuer flackerte ...

Samstagabend

Das Feuer flackerte in der Eisenwanne. Die Feuerstelle lag hinter der Pension und wurde nur von Freunden des Hauses benutzt. Auf einer Holzbank, die rund um die Feuerstelle stand, saßen Helga, Tristan, Lea, Recarda und Marie, auf deren Schulter Marlowe thronte.

Marie hielt einen Ast, an dessen Ende eine Bratwurst hing, über das Feuer.

»Ich hab also wirklich einen Mörder überführt?« fragte sie bereits zum vierten Mal.

Lea stupste ihre Tochter an.

»Das hast du jetzt genug gefragt«, mahnte Lea.

»So was habe ich aber noch nie gemacht«, schnaubte Marie. »Das ist doch gut, oder?!«

»Ja, darauf kannst du stolz sein«, sagte Recarda.

Ihre Schwellungen sahen nicht mehr ganz so schrecklich aus wie noch vor Stunden. Marie hatte Recarda gründlich gemustert und etliche Fragen gestellt, bis sie endlich von der Fotografin abließ.

»Und Lotte hatte was mit Paul?« wunderte sich Lea.

»Ja, leider«, nickte Recarda.

»Das hätte ich ihr nie zugetraut«, meinte Helga und wandte sich an Tristan. »Was passiert eigentlich mit dem Höschen?«

»Oh, das wird wohl zurückgegeben«, murmelte Tristan verlegen.

»Wie konnte ich mich nur in Thilo so täuschen?« sagte Lea traurig.

»Man kann einem Menschen nur ins Gesicht schauen, nie dahinter«, bemerkte Recarda und sah Helga dabei an.

»Helga, was war eigentlich zwischen dir und Recarda?« fragte Tristan, der den Blickwechsel mitbekommen hatte.

»Deine Freundin hat mir damals meinen Freund ausgespannt«, sagte Recarda trocken.

»Wir waren jung!« seufzte Helga. »Und dann ist er so früh verstorben.«

Es raschelte hinter ihnen und plötzlich stand Holger am Feuer.

»Na, habt ihr noch ein Plätzchen frei?«

»Sicher!« rief Helga, die froh war, nicht weiter auf das traurige Thema eingehen zu müssen.

Holger suchte sich einen Platz neben Lea.

»Tut mir leid, was mein Bruder angestellt hat«, sagte Holger ernst.

»Du bist nicht dein Bruder«, sagte Tristan. »Mach dir also keinen Vorwurf.«

»Er hatte tatsächlich vor, Energiepflanzen anzubauen«, erklärte Holger. »Ich habe Unterlagen in seinen Sachen gefunden. Er hätte ein Vermögen von der EU dafür bekommen.«

»Was hast du jetzt mit der Streuobstwiese vor?« fragte Helga.

»Ich weiß es noch nicht«, antwortete Holger. »Sie gehört unserer Familie schon eine Ewigkeit.«

»Kannst du Marmelade kochen?« fragte Marie.

»Ich kann es lernen«, antwortete Holger.

»Dann behalt die Wiese«, sagte Marie trocken.

Holger grinste und sagte dann ernst: »Es tut mir wirklich leid, Leute, was mein Bruder angestellt hat.«

Lea griff nach Holgers Hand. »Wir machen dir keinen Vorwurf.«

Holger atmete einmal tief ein und fragte: »Wollen wir mal ausgehen?«

Lea zog die Augenbrauen hoch und nickte.

»Äh, ich meine, wie ein richtiges Date?« stotterte Holger.

Helga grinste und sah ihren Freund an. Marie schüttelte den Kopf und untersuchte die Bratwurst. Lea sah Holger in die Augen und küsste ihn.

»Na, endlich«, rief Tristan, »jetzt können wir den Salat holen gehen.«

Ein Dankeschön …

… an Frank Keller. Der Zuchtobmann des Kreisimkervereins Siegerland hat mir mit seinen Informationen und sachlichen Hinweisen einen Einblick in die faszinierende Welt der Imkerei gegeben. Eventuell auftretende Ungenauigkeiten in der Darstellung der Imkertätigkeiten unterliegen dem Erzählfluss und haben nichts mit Frank Kellers Einführung zu tun.

Für die kritische Begutachtung der Geschichte danke ich Rolf Engel, Anja Georg, Maria Leyener, Ralph Rottler und Sabine Rottler. Ums Manuskript kümmerten sich Marlis Klein, Prof. Dr. Jürgen Kühnel und Rebecca Schmidt.

Darüber hinaus danke ich meinen Freunden, die ein wohltuendes, schreibfreundliches Klima verbreiteten, ohne das ein Roman nicht entstehen kann. Zum Schluss danke ich all jenen, die sozusagen hinter dem Vorhang mit ihren Anmerkungen und Taten diesen Roman ermöglicht haben.

Ralf Strackbein

Mordgemetzel

Tristan Irle
Zwei Dekaden Ermittlungen im Kreisgebiet
Siegen-Wittgestein

Bildband – Gebunden, 18,5 x 26 cm – 136 Seiten

Einen Sommer lang besuchte der Autor Ralf Strackbein die realen Orte, an denen der fiktive Privatdetektiv Tristan Irle aus der Siegener Altstadt seit zwei
Dekaden ermittelt. Mit der Kamera bewaffnet foto-
grafierte er die ausgewählten Schauplätze. Dabei ent-
stand eine Bildreise, die das wunderschöne Kreisgebiet Siegen-Wittgenstein darstellt. Neben diesen
zahlreichen Momentaufnahmen werden weitere Informationen und Recherchematerial zu den einzelnen
Tristan-Irle-Romanen abgebildet.

ISBN: 978-3-935378-30-9

Ralf Strackbein

Der Billy-Code

Roman · Taschenbuch · 296 Seiten

Bedrohlich ziehen dunkle Schneewolken von Westen heran, während sich Raphael Olofsson, ehemaliges Mitglied der Deutschen Botschaft in Stockholm, und seine Assistentin, Miriam van Heyden, auf den Weg zu einem schwedischen Möbelhaus machen. Im Möbelhaus werden sie von einem Stromausfall überrascht. Die plötzliche Dunkelheit raubt ihnen die Sicht. Dann treten sie in eine Blutlache. Nicht weit entfernt finden sie eine Leiche, die auf mysteriöse Weise ums Leben kam.

Die anrückende Polizei und der Niederlassungsleiter gehen von einem Unfall aus, doch Olofsson findet Indizien, die auf Mord hindeuten. Unterdessen ahnt keiner der Möbelhaus-Besucher, dass sich ein katastrophaler Schneesturm über das Land ausbreitet, der ein Verlassen des Möbelhauses unmöglich macht. Als die Betroffenen ihre Situation erkennen, ist es zu spät, und Olofsson fragt sich: Konnte der Mörder fliehen oder ist er mit uns eingeschlossen?

ISBN: 978-3-935378-19-2

Im
März 2012
erscheint

Raphael Olofssons zweiter Fall

Der Ex-BND-Agent und glücklicher Besitzer eines Reisebüros ist auf dem Weg nach Hause. Zusammen mit seiner Mitarbeiterin Miriam van Heyden hat Olofsson Südafrika besucht. Nun freut er sich auf den Heimflug im größten Flugzeug der Welt. Eine illustre Gesellschaft trifft sich in der first class des Riesen-Airbus. Doch bald nach dem Start findet die Bordbesatzung einen der Passagiere der first class tot auf. Schnell stellt sich heraus, es war Mord.

In 30.000 Meter Höhe über Afrika beginnt Olofsson seine Ermittlungen. Er hat elf Stunden Zeit, den Schuldigen zu überführen, dann landet der Airbus in Frankfurt am Main. Ein gefährliches Katz- und Mausspiel beginnt.

Roman · Taschenbuch

ISBN: 978-3-935378-32-1

In dieser Reihe bereits erschienen:

Tristan Irle und der Rubensmord (1991)

Eigentlich sollen die Feierlichkeiten zum 350. Todestag von Peter Paul Rubens friedlich und ohne größeres Aufsehen in der Stadt Siegen gefeiert werden. Doch das ändert sich schlagartig, als man eine Leiche im Vorhof des Oberen Schlosses findet. Privatdetektiv Irle übernimmt den Fall und muss bald feststellen, dass mehr hinter dem Fall zu stecken scheint, als es vordergründig aussieht.

Tristan Irle – Eine Leiche auf der HTS (1992)

Friedlich bereiten sich die Bewohner des Siegerlandes auf das Weihnachtsfest vor. Doch plötzlich wird die festliche Ruhe gestört, als man eine Leiche im Schnee begraben findet. Tristan Irle übernimmt die Aufklärung des mysteriösen Mordes. Dabei verfängt er sich in einem Netz von Intrigen, Bestechungen und Lügen.

Tristan Irle – Mord Pur (1993)

KulturPur – seit Jahren ein Begriff für ein Fest der besonderen Art. Tristan Irle gönnt sich ein paar Tage Urlaub auf dem Giller und trifft dort Pensionsbesitzerin Helga Bottenberg. – Eine Frau, in die er sich verlieben könnte? Beschaulichkeit bestimmt den Tag, bis ein hinterhältiger Anschlag die Idylle zerstört.

Tristan Irle – Die Abseitsfalle (1994)

Die Damenmannschaft des SC Siegen hat es wieder geschafft. Sie steht im Endspiel um die deutsche Meisterschaft. Doch dann verunglückt auf mysteriöse Weise ein Mitglied des Vereins. War es Mord? Diese Frage soll Tristan Irle klären. Voller Tatendrang stürzt er sich ins Spiel. Doch das Spiel ist nicht fair, und er durchschaut die heimtückische Abseitsfalle.

Tristan Irle – Das sexte Gebot (1995)

Seit Tagen ziehen Regenschauer über das Siegerland. In dicke Regenjacken gehüllt, gehen die Menschen ihren Geschäften nach. Plötzlich erschüttert des Nachts eine fürchterliche Autoexplosion die Stadt. Es gibt einen Toten. Zur gleichen Zeit findet Tristan Irle ein Findelkind in der Marienkirche. Die Polizei steht vor einem Rätsel. Haben beide Ereignisse etwas miteinander zu tun?

Tristan Irle und das Rathauskomplott (1996)

Weihnachtsmarkt in Siegen. Es ist der Beginn der Adventszeit. Plötzlich erschüttert ein fürchterlicher Fund auf dem Weihnachtsmarkt die Gemüter. Schockiert schalten sich Staatsanwaltschaft und Polizei ein. Ihnen eine Nasenlänge voraus ist eine junge Journalistin. Sie vermutet Verbindungen zum Rathaus und bittet Detektiv Tristan Irle um Hilfe. Machenschaften allerorts und der kommunale Filz drohen schließlich die Ermittlungen fast zu ersticken.

Tristan Irle – Der Braumeister (1997)

Der junge Braumeister Roland Eichbaum hat die Idee seines Lebens. Er möchte Bier in Asien brauen. Die Verhandlungen sind in vollem Gange, als plötzlich ein Mord die Bierbrauer der Region erschüttert. Bis Tristan Irle durch die trübe Suppe von Verdächtigungen eine klare Spur findet, muss er so manches Glas Bier leeren, und nicht selten beginnt die Recherche mit einem lauten: Prost! Und da ist dann auch noch ein geheimnisvoller Chiffrierschlüssel, der Tristans Ermittlungen behindert.

Tristan Irle – Gegen den Strich (1998)

Die kleine Großstadt Siegen steht im Fokus der Weltöffentlichkeit. Im Medien- und Kulturzentrum laufen die letzten Vorbereitungen auf Hochtouren für eine ganz besondere Ausstellung, als ein Siegener Künstler zu Tode kommt. Tristan Irle beginnt seine Ermittlungen, was Künstlern und anderen Kreativen gegen den Strich geht. Dann muss Irle feststellen, dass die Kunstszene genauso schillernd ist wie eine Malpalette.

Tristan Irle – Tödliche Doktorspiele (1999)

Im Arzt-Gelöbnis steht: »Ich werde meinen Beruf mit Gewissenhaftigkeit und Würde ausüben. Die Erhaltung und Wiederherstellung der Gesundheit meiner Patienten soll oberstes Gebot meines Handelns sein.« Diesen Satz haben auch die Ärzte in einem Krankenhaus in Siegen gelobt. Doch eines Morgens findet man eine tote Patientin. Und wie sich herausstellt, wurde sie falsch behandelt. Chefarzt Dr. med. Killian steht plötzlich unter Mordverdacht, doch er behauptet, unschuldig zu sein. Privatdetektiv Tristan Irle wird eingeschaltet, um den mysteriösen Todesfall zu untersuchen. Ihm gegenüber eine Schar weißer Kittel, die alle etwas zu verbergen scheinen.

Tristan Irle – Siegener Maskerade (2000)

Schriftsteller Raffael Leich trifft sich im Geheimen mit dem persönlichen Referenten des Bürgermeisters. Ein mysteriöses Bild wechselt den Besitzer, dann fallen plötzlich Schüsse. Raffael kann fliehen. Tags darauf wird Privatdetektiv Tristan Irle eingeschaltet, um zu ermitteln. Zur gleichen Zeit bereitet der Anwalt Hallenberger eine Millionen-Spende für die Stadt Siegen vor, um mit dem Geld das Projekt Apollo-Theater zu finanzieren. Steht der Mord etwa mit dem Theaterprojekt in Verbindung? Welche Rolle spielen Schriftsteller Raffael Leich und der Bürgermeister? Und da ist da noch das geheimnisvolle Bild. Im Buch enthalten: ein ausklappbarer Abzug des mysteriösen Bildes.

Tristan Irle – Eisenhart (2001)

Die Stadtkasse – so ausgetrocknet wie ein afrikanisches Wadi – treibt Stadtkämmerer Goldmann den Schweiß auf die Stirn. Sein Chef, der Bürgermeister, eröffnet unterdessen ein neues Museum und weiß selbst nicht so recht, wie er die anstehenden finanziellen Probleme lösen soll. Tristan Irle, Privatdetektiv, ist an diesem Tag einer Einladung auf das Segelfluggelände nahe der Stadt gefolgt. Dort muss er einen schrecklichen Unfall mit ansehen. Der Detektiv beginnt zu ermitteln und dabei entpuppt sich die scheinbar eingeschworene Fliegergemeinschaft als lebensgefährliche Bedrohung für Tristan und seine Freunde.

Tristan Irle – Die Fürstenjagd (2002)

Es ist Jagdsaison im Wald des Fürsten zu Widerstein. Allerlei Prominenz aus dem Ausland trifft sich nahe Bad Berleburg in einem Forsthaus, um zusammen mit Fürst Siegfried dem Wild auf die Pelle zu rücken. Vom Jagdfieber gepackt, verteilen sich die Herrschaften im Wald. Schüsse fallen und plötzlich ertönen Jagdhörner. Wenig später wird die Jagd abgebrochen, denn im Wald liegt ein Toter. Tristan Irle, Privatdetektiv, als Treiber bei der Jagd dabei, übernimmt die Ermittlungen. Die stellen sich als äußerst schwierig heraus. Die Jagdgäste aus höchsten adeligen Kreisen schweigen, bis die Beweislast immer erdrückender wird.

Tristan Irle – Lokalzeit (2003)

Die Journalisten des regionalen Fernsehsenders sind ein eingespieltes Team. Erhöhter Stress gehört bei ihrem Job zum Alltag, und da bringt es den verantwortlichen Fernsehredakteur nicht sonderlich aus der Ruhe, als ein Übertragungswagen für die aktuelle Stunde liegen bleibt. Doch als vor laufender Kamera jemand stirbt, da liegen plötzlich bei allen Beteiligten die Nerven blank. Noch ahnt keiner, dass dies der Auftakt zu einer unheimlichen Mordserie ist.

Tristan Irle, Privatdetektiv, übernimmt die Ermittlungen. Und die führen ihn überraschend zu einem großen schwedischen Möbelhaus, dessen Ansiedlung zum Interessenkonflikt mächtiger Parteien geführt hat. Schließlich drängt sich dem Detektiv die Frage auf: Hat das Rathaus etwas mit dem Mord zu schaffen?

Tristan Irle – Baum fällt! (2004)

Die heimische Politprominenz ist hocherfreut. Der brasilianische Botschafter besucht anlässlich einer Fürst-Johann-Moritz-Ausstellung die Region. Eine gute Gelegenheit die Gäste aus Übersee in den Wald einzuladen, um uralte Haubergstradition zu vermitteln. Der Botschafter ist begeistert. Weniger enthusiastisch zeigen sich die Kuratoriumsmitglieder der Ausstellung sowie die verantwortlichen Historiker, allen voran die Rektorin der Universität. Und dann endet der Ausflug für einen Gast auf mysteriöse Weise tödlich.

Tristan Irle, Privatdetektiv, beginnt zu ermitteln. Bald stellt er fest, dass die feine Gesellschaft der Ausstellungsmacher ihre eigenen dubiosen Ziele verfolgt. Und schließlich gerät der Privatdetektiv ins Schussfeld, denn im Hintergrund agiert noch der Geheimdienst …

Tristan Irle – Die zitternden Tenöre (2005)

Der Männergesangverein „*Pro Patria*" steht vor einer großen Herausforderung. Zusammen mit dem engagierten Chorleiter Gottfried Kunze möchten die Mitglieder nach 100-jährigem Bestehen endlich den Status „Meisterchor" erlangen. Sie proben, bis ihre Stimmbänder zittern, doch dann geschieht während der Probenpause ein Mord. Chorleiter und Erster Vorsitzender sind sich einig, dass dieses hinterhältige Attentat nur einer aufklären kann. Sie engagieren den Privatdetektiv Tristan Irle.

Die Tenöre verfolgen misstrauisch Tristans Ermittlungen. Je mehr der Detektiv in ein klebriges Geflecht aus Intrigen dringt, desto gefährlicher wird es für ihn. Und dann stellt sich plötzlich heraus, dass das Opfer einen berühmten Verwandten hat.

Tristan Irle – Der Killersteig (2006)

An einem herrlichen Spätsommertag trifft sich eine Gruppe Polizisten, um zusammen mit Staatsanwalt und Landrat über einen Teil des berühmten „Rothaarsteigs" zu wandern. Mit Rucksack und Wanderschuhen ausgerüstet beginnt die Wanderung im Süden des Kreisgebietes Siegen-Wittgenstein. Doch schon bei der ersten

Übernachtung kommt es zu einem tragischen Zwischenfall.

Tristan Irle, Privatdetektiv, erhält kurz darauf einen geheimnisvollen Anruf, der ihn dazu bewegt, sich der Gruppe am nächsten Tag anzuschließen. Schon bald muss er feststellen, dass nicht alle in der Gruppe so freundlich sind, wie sie vordergründig vorgeben. Als es erneut zu einem Zwischenfall kommt, ahnt der Detektiv, dass ein Mörder unter ihnen weilt.

Tristan Irle – Locht ein! (2007)

Große Aufregung unter den Golfern im Kreisgebiet. Am Vorabend der Clubmeisterschaft findet man einen Toten auf dem Golfplatz und das mitten im Wasserhindernis. Keiner kann sich so richtig erklären, wie dieser scheinbare Unfall vonstatten ging, und zum Erstaunen von Privatdetektiv Tristan Irle hält sich die Trauer um das verstorbene Clubmitglied in Grenzen.

Als der Detektiv die Ermittlungen übernimmt, kommen Hinweise zutage, die auf Mord deuten. Tristan Irle beginnt Fragen zu stellen, die erheblich mehr Aufregung erzeugen als der Start der Clubmeisterschaft. Besonders der Clubpräsident und der Spielführer fühlen sich belästigt, dann findet Irle die Tatwaffe …

Tristan Irle hat Lampenfieber (2008)

Intendant Wolferl Wanderschmied hat sich für den Saisonbeginn etwas Großes ausgedacht. Eine prächtig inszenierte, romantische Komödie mit jungen Schauspieltalenten und alten Hasen soll das Publikum zum Lachen verführen. Dummerweise überlebt einer der jungen Schauspieler die Generalprobe nicht, was eine

Kette von Ereignissen auslöst, die sich Intendant Wolferl so nicht für seine Inszenierung vorgestellt hat.

Zum Glück gehört Privatdetektiv Tristan Irle zur Schauspieltruppe. Er übernimmt die Ermittlungen. Jetzt zeigt Tristan sein wahres Talent und stöbert Intrigen auf, was ihn ins Rampenlicht führt. Doch auf den Brettern, die die Welt bedeuten, ist manches nicht so, wie es scheint, und Tristan weiß, der Mörder beobachtet die Szene ganz genau.

Tristan Irle und der Grabräuber (2009)

Ein mitternächtlicher Anruf lockt Tristan Irle, Privatdetektiv, auf den städtischen Friedhof. Etwas Ungeheuerliches ist dort geschehen – Grabschändung und Mord. Das Opfer, der Grabschänder selbst. Eine verwirrende Situation, die nicht klarer wird, als sich herausstellt, dass im geschändeten Grab ein Freimaurer liegt.

Dann klopft Lena Lamberti, eine junge Historikerin, an Tristans Haustür und behauptet Unglaubliches. Sie hat Hinweise gefunden, die zu einem geheimnisvollen Artefakt führen, das im Kreisgebiet versteckt sein soll. Zusammen gehen sie einer Spur nach, die weit in die Zeit zurückreicht, immer auf der Hut vor einem Mörder, der ihnen im Nacken sitzt.

Tristan Irle – Wo ist Marlowe? (2010)

Der NRW-Tag steht in Siegen kurz bevor. In der ganzen Stadt ist man damit beschäftigt, die nötigen Stände und Buden aufzubauen, da findet man im Oberen Schloss eine Leiche. Wenig später wird Privatdetektiv Tristan Irle zum Tatort gerufen und ein Unbekannter, der sich van Veen nennt, droht mit einem Bombenanschlag.

Das Innenministerium sowie die örtliche Polizei ist auf das Äußerste alarmiert, doch das Fest absagen will keiner.

Tristan Irle begibt sich zusammen mit ein paar Freunden auf die Suche nach dem Täter. Die Offiziellen sehen jedoch al-Qaida am Werk und ziehen ihre Kräfte zusammen. Zu allem Überfluss ist Marlowe, Tristans Kakadu, verschwunden.

Nicht jeder der genannten Titel ist immer lieferbar. Vergriffene Titel werden in einem bestimmten Rhythmus wieder aufgelegt. Fragen Sie bitte im Einzelfall bei Ihrem Buchhändler nach, welche Titel lieferbar sind.